사람, 참 따뜻하다

사람,
참 따뜻하다

유선진 산문집

지성사

차례

저자의 말 6

그와 내가 있는 삽화 8

딸 30

내 사랑 엄지 50

내 사랑 엄지 52 | 고마주머니 69 | 잠빠 이야기 78

모든 풀은 약초다 90

모든 풀은 약초다 92 | 옷 97 | 그림이 있는 풍경 101 | 네 이웃이 눈에 보일 때 105 | 또 하나의 책 읽기 109 | 살풀이 가락은 겨울바람이다 113 | 남편의 여자 친구, 아내의 남자 친구 117 | 일기예보 122 | 이름 126 | 하늘의 웃음 131 | 얼굴 그리고 사진 찍기 135 | 재미로 산다 141 | 노년 예찬 145 | 버린다는 것 149

열네 살 고개 152

출생 154 | 최초의 기억 158 | 내가 체험한 첫 기적 162 | 제일 높으신
분 167 | 동두천 시절 172 | 둘째언니 175 | 둘째언니의 죽음 180 |
해방 184 | 아버지의 통곡 187 | 셋째언니 192 | 셋째언니의 죽음
196 | 불교 그리고 소설 읽기 201 | 아, 또 하나의 슬픔 205

잔인한 계절 210

저녁 산책 252

시작 254 | 첫날 258 | 팔각정에 머물다 262 | 로또 당첨 267 | 내가
지킨 것들이 나를 지킨다 273 | 천사 278 | 나의 가묘 앞에 서다
283 | 나를 다스리시는 이 288 | 나는 다시 엄마이고 싶다 294

나는 태생이 느리다. 서두르는 법도 없고 조바심도 없다. 일견 좋은 성품일 것 같지만 느리다는 것은 무디다는 말과 일맥상통하는 면이 있어서 옆에서 보는 사람을 답답하게 한다.

1987년에 등단하고 15년 만에 첫 수필집을 상재한 것도 이런 성품과 무관하지 않다. 그런데 7년 만에 두 번째 책을 세상에 내놓는다. 나로서는 빠른 행보이다. 사연이 있다.

나는 수필을 쓰면서 수필이 요구하는 은유, 함축, 절제, 해학, 절제 등의 산문 정신이 불편했다. 문학이 사람들의 사는 이야기라면 진실한 마음으로 바라보고 정직한 붓으로 써 내려가면 된다는 것이 내 생각이기에 나는 형식이나 규정에 상관하지 않고 글을 썼다.

이렇게 구애받지 않고 쓴 나의 글이 어느 출판사 사장님의 눈에 띄었던 것이다. 바로 이 책을 출간해주시는 지성사의 이원중 사장님이시다. 내 글을 엮어서 책을 만들고 싶다는 말씀을 하셨다. 나는 사양을 했다.

내 글은 대단한 철학이나 사상, 예리한 통찰, 통쾌한 비판을 담고 있지 못하다. 있다면 더딘 품성 탓에 재빠른 사람이 보지 못하고 지나가는 일상의 켜를 보는 것뿐인데, 책의 출간은 독서층이 얇은 수필 시장에서 무리가 될 것 같았기 때문이다. 이원중 사장이 웃으면서 대답했다.

"제가 읽으려고 그럽니다, 제가요. 그리고 출판사 일을 한 지 15년. 그동안 저희 책을 사랑해주셨던 독자들에게 선생님의 글을 소개하고 싶어서 그럽니다. 생활 속에 푹 녹아서 곰삭혀진 글, 그런 글의 감동을 나누고 싶어서 그러는 거지요."

명색이 글 쓰는 사람에게 이보다 더 큰 감동이 어디 있으랴. 나는 크게 감격하고 글을 모아보았다. 중편 수필, 연작 수필, 성장 수필, 중구난방이었다. 다채로워서 더 좋다는 그분의 말에 그 여러 가지를 가리지 않고 책 한 권에 다 담았다. 길이가 다르고 형태가 다를 뿐 게재된 모든 수필들이 한결같이 나의 삶이다. 내가 살면서 체험한 일들이다.

사람들은 왜 저마다 다른 삶을 사는가. 왜 저마다 독특한 체험을 하는가. 그것은 그가 살아낸 삶이 누군가의 삶을 반드시 치유하기 때문이다. 그래서 각 사람의 삶은 동일하게 귀하고 가치가 있다.

나는 이제 이 책을 통해 나의 일흔네 해 동안의 삶을 내보인다. 부끄러운 부분, 못난 부분, 실족했을 때의 참람한 부분까지 있는 그대로 내보인다. 이 글을 통해 누군가가 작은 위로를 받는다면 더없는 영광과 기쁨이 될 것이다.

이원중 지성사 사장님께 감사드리며, 주저하는 내게 용기를 준 가족들에게 고마움을 전한다.

2009년 늦가을에

유선진

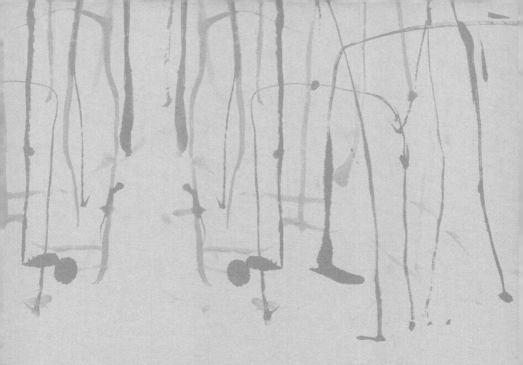

그와 내가 있는 삽화

그와 내가 그리는 삽화에서 그가 잡은 붓은 연민이고
나는 감동이라는 물감을 풀었습니다
계단도 내려오지 못하고 절절매고 있는 어릴 적 친구
그의 연민의 시작이 그것이었다면
그렇게 부실한 눈을 가족들이 잘 모르고 있다는 사실은
그에게 두 번째 연민이 되었습니다

그와 / 내가 / 있는 / 삽화

내 남자 친구

그는 나의 친구입니다. 여자가 아니라 남자입니다. 그러니까 그는 나의 남자 친구입니다. 우리들이 환갑이 되던 해인 1996년, 모교인 미동초등학교가 100주년이 되었습니다. 100주년 기념식에 참석하고 나서 동기생들끼리 뒤풀이를 가졌는데, 그때 내가 앉은 테이블의 맞은편에서 처음 인사를 나눈 나의 남자 친구입니다.

졸업한 지 47년이 지났으니 같은 반을 했던 여자 친구도 알아보지 못하여 서로 당황해하는데 하물며 남자 동창생이야 얼마나 낯설고 멋쩍었겠습니까? 그 어색한 분위기를 깬 사람이 그였습니다.

"아이구! 할망구가 다 되었네. 그래도 참 반갑다. 악수나 하자."

그가 너스레를 떨었습니다.

느닷없는 이 반말은 정말 파격이었고, 우리들을 순식간에 친숙하게 만들어주었습니다.

자기소개들을 했는데 먼저 이름, 6학년 몇 반이었다는 것, 사는 곳 등을 말하였습니다. 자식이 몇이라고 말하는 이도 있었고, 아직도 현역인 친구는 직장을 밝히기도 하였습니다.

때는 5월 4일. 식당의 큰 유리창으로 정원의 흐드러진 봄꽃들이 불빛에 반사되어 더 찬란하였고, 무언지 모를 애상, 비감, 허무, 그러면서도 어떤 설렘 같은 것으로 주름진 얼굴들에 홍조가 필 때, 우리들은 더 이상 낯설지도, 환갑의 늙은이도 아닌 열네 살의 소녀 소년이었습니다.

춥지도 덥지도 않은 상쾌한 밤바람! 어린 시절 걸었던 그 길을 걸으며 지하철을 향해 가는데 "타! 집이 논현동이라며? 방향이 같아" 도무지 어른이라고는 할 수 없는 애 녀석 말투로 그가 차를 세우며 문을 열었습니다.

가까운 길을 놔두고 서울역을 거쳐 남산 길을 돌아 이태원을 지나 강남 방면의 친구들을 한 사람씩 내려주고 논현동 큰길에서 내려 우리 집 언덕길을 올라올 때, 내 가슴에 유년이 강물이 되어 출렁이었습니다. 그리고 두 번째 모임에서 그는 회장이 되었고 나는 총무가 되어, 이 모양새 요상스러운 동기회를 이끌어가야 하는 처지가 되었습니다.

동창회가 결성된 그 주말에, 그가 둘째 며느리를 보는 혼례식이 있었습니다. 이번이 세 번째인데, 그는 세 번 다 일체의 축하금을 받지 않는 것을 신조로 삼고 있는 사람이었습니다.

"아무리 그래도 이렇게 우아한 우리들이 그럴 수야 없지" 하면서 우리 여학생(?)들은 백화점을 누비면서 깔깔 웃어대며 선물을 고르러 다녔습니다. 친구들의 가슴에도 유년이 꽃으로 피어 향기를 뿜어냈습니다. 반나절 고르고 고른 것이 부부 찻잔! 화가의 안목이 집어낸 것이라 그윽하고 기품 있는 빛을 발했습니다. 식장엔 접수처가 없다니 천생 내가 전할 수밖에 없었습니다. 그의 일터는 우리 집의 길 건너에 있기 때문입니다.

나는 분홍빛 웨딩 카드에 또박또박 글을 썼습니다.

시인은 눈 내리는 소리를 멀리서 여인이 비단옷 벗는 소리라고 표현했습니다. 비단옷 벗는 소리의 눈 내리는 아침이나, 시골 하늘로 도망간 서울의 별들이 고향 그리워 찾아온 밤에, 한 쌍의 아름다운 부부가 마주 앉아 찻잔을 들고 침묵 속에서 더 많은 언어 나누기를 소망합니다. 시부모님이 되시는 회장님 내외분도 새신랑 새색시 못지않은 원앙의 정을 누리시옵소서.

_ 여학생 일동

얼마 안 되어 전화의 송수화기에서 터질 듯한 웃음소리가 벨 소리 끝에 들려왔습니다.

"와! 유선진, 정말 멋진 카드다! 점심이라도 같이 하자!"

"점심이라고? 내일 혼주가 될 사람이 무슨 점심? 얼른 쉬어. 그래야 이뻐지지……."

"뭐라고? 이뻐진다고? 날 보고 이뻐지라고? 하하하!"

이렇게 그와 나의 삽화는 그려져갔습니다.

연민

둘째 아들의 결혼식이 지나고 며칠 후, 그는 반나절 동안이나 선물을 고르기 위해 애쓰고 다닌 여학생들을 위해 회식의 자리를 마련하였습니다. 남산에 있는 유명 호텔의 프랑스 식당입니다.

시력이 반은 장님일 정도로 부실한 나는 운전을 못하는지라 주로 대중교통을 이용했고, 생활 반경이라는 것이 고작 내 집 근처이므로 남산의 그 호텔은 집을 나설 때부터 마음이 편하지 않았습니다. 더구나 호텔에 도착해보니 프랑스 식당은 지하에 있었습니다.

계단을 내려가는 일은 언제나 내게 두려움입니다. 계단 끝을 다른 색으로 띠를 둘러놓은 곳은 첫 계단과 마지막 계단만 조심하면 되는데, 벽돌로 무늬를 만든 계단이나 나무로 쪽을 붙인 계단은 어떻게 발을 떼어놓아야 할지 몰라 그 앞에서 울고 싶어지는 것이 나의 사정입니다.

프랑스 식당까지의 계단은 로비를 지나 완만한 경사를 이루며 멋있고 세련되게 만들어졌지만, 까만 대리석이 연이어 붙어 있어서 내 눈에는 그냥 검정 바탕의 펀펀한 홀로 보였습니다. 나는 망연자실, 유리처럼 반사되는 새까만 대리석을 바라보고 서 있을 수밖에 없었습니다.

누구에게 도움을 청할 것인가, 호텔 직원을 두리번거리며 찾고 있는데 "아니, 왔으면 내려오지 거긴 뭐 하러 서 있어? 네가 꼴찌다" 나를 기다리다가 나오는 듯 저만치서 그가 걸어오는 것이었습니다. 나는 왠지 울컥 서러워졌습니다.

"나 좀 잡아줘. 계단이 안 보여."

그는 잠시 무척 의아해하더니 걸음마를 시작한 아기를 부축하는 아빠처럼 조심스럽게 아주 조심스럽게 내 손을 잡아주었습니다.

그 호텔에 차를 마시러 더러 와본 적은 있었어도 프랑스 식당은 처음이었습니다. 다른 친구들도 그런 듯했습니다. 그는 익숙한 자세를 취하며 예약된 좌석으로 우리를 안내했지만, 아직 서먹서먹한 사이인 우리들은 정말 촌닭이 따로 없었습니다.

그곳에서는 메인 디시만 서브를 해주고 나머지 음식은 뷔페처럼 입맛 따라 각자가 갖다 먹습니다. 그는 내 몫의 야채와 과일, 치즈와 케이크를 골고루 담아다 주며 "그런 줄 알았으면 편한 곳으로 잡았지……. 미안해 어떡하니?' 안쓰러워하며 말을 했습니다.

"유선진이가 그렇게 눈이 나쁜 줄 너희들은 알았어?' 여자 동창생에게 묻기도 했습니다.

돌아오는 길은 방향이 같으니까 친구들을 중간에 내려주고 난 후 둘이 남게 됩니다. 그는 차를 다시 남산으로 돌렸습니다.

"잠깐만 앉았다 가자" 그가 말했습니다.

6월 하순의 남산은 사방이 눈이 시리도록 고운 초록빛 녹음으로 아름다운 동화 나라였습니다. 국립극장 뒤로 차량 금지구역엔 등산객들이 삼삼오오 다니고, 새들은 예쁘게 우짖었습니다.

이곳이 남산이라는 곳인가! 이곳에 와본 적이 언제였던가? 아이들 데리고 동물원에 왔었던 30년 전? 도서관에 들렀던 20년 전? 동행이 있다는 사실도 까맣게 잊고 나는 세월 저 너머를 헤매었습니다. 그가 무거운 목소리로 이런 말을 하기까지는…….

"아까는 너무 놀랐다. 너무 놀라서 네가 아니라 내가 넘어질 뻔했다. 언제부터야? 그리고 어떻게 사니? 그 얘기 좀 듣자고 오자했어."

대답 없이 팔각정이 저만치 보이는 돌계단에 앉아, 세월 저 너머를 헤매는 내 눈에 무수한 내가 보였습니다. 열 살 때의 나, 스물의 나, 서른의 나, 마흔의 나……. 나는 나도 모르는 사이 턱없이 감상에 젖어갔습니다. 그도 잠자코 내 감상을 방해하지 않았습니다. 이윽고 한참 만에 나는 말했습니다.

"내가 노래 하나 할 테니 들어볼래요?"

"노래?"

"랩이라는 건데 되려나 모르겠네……."

열한 살 계집애가 있었지. 어느 날 별안간 칠판에 글씨가 보이지 않았네. 해방된 다음 해라 전깃불이 없었지. 계집애는 너무 책을 좋아했었다네. 어두운 남폿불 밑에서 책만 보았지. 그때부터 눈은 점점 나빠지고 계집애는 안경을 썼네. 계집애는 자라서 시집을 갔지. 그리고 애도 낳았다네. 애들이 엄마 코에서 안경만 잡아끌었지. 엄마가 된 계집애는 안경을 아예 던져버렸네. 그렇게 30년이 흘렀지. 그동안도 어른이 된 계집애는 책만 보았다네. 눈은 더욱더 나빠지고 나쁜 채로 시신경이 굳어버렸지. 안경도 안 되고 수술도 안 된다네. 어른이 된 계집애가 볼 수 있는 거리는 고작 1미터. 서서 제 발등이 안 보인다네. 그렇게 반(半) 장님으로 늙은이가 된 계집애는 살고 있다네. 살아갈 거네.

그는 흰 손수건을 내게 내밀었습니다. 내 눈에서 눈물이 흐르고 있었기 때문입니다.

"그만 해."

그의 목소리도 젖어 있었습니다.

이렇게 그와 내가 그린 삽화는 나의 부실한 눈에 대한 그의 연민으로 시작되었습니다. 그러나 나는 곧 그가 나를 연민하는 연민 이상으로 그를 연민할 수밖에 없는 사실을 알게 되었습니다.

유년의 물결

그와 내가 그리는 삽화의 바탕은 유년입니다.

인생을 육십부터라고 하고, 회갑은 십이간지가 다시 시작되니 한 살이라고도 하지만, 그것은 부정할 수 없는 노경의 입문이지요. 일말의 서글픔을 느끼지 않는다면 거짓말일 것입니다. 마음이 착잡해졌습니다. 이렇게 회갑이라는 나이가 물살을 일으키고 있는 산란해진 마음에 유년의 물결이 덮쳐왔으니, 우리는 누가 먼저랄 것도 없이 감성의 투합을 한 것입니다.

그와 내가 그리는 삽화에서 그가 잡은 붓은 연민이고, 나는 감동이라는 물감을 풀었습니다. 계단도 내려오지 못하고 절절매고 있는 어릴 적 친구! 그의 연민의 시작이 그것이었다면, 그렇게 부실한 눈을 가족들이 잘 모르고 있다는 사실은 그에게 두 번째 연민이 되었습니다.

"식구들은 잘 몰라. 가정생활에는 내가 전혀 불편을 안 주거든."

사실 나의 약시는 내게 불편한 일일뿐, 남편과 아이들에게는 상관이 없는 일이었습니다. 눈앞에 가깝게만 놓으면 나는 무엇이든지 잘 보았으니까요. 노안이 시작된 남편이 돋보기 없이도 작은 글씨를 잘 보는 내게 "와, 당신 눈 좋네" 할 정도입니다.

"그래도 밖에 같이 나와서는 알 거 아냐?"

"그때도 잘 몰라."

우리는 동부인을 별로 하지 않는 부부이고, 동반의 외출 때라도 나는 내색 없이 해결해나갔기 때문이죠.

"정말 이해할 수 없네."

그는 남유달리 자상한 성격이고 또 매사를 부부 위주로 생활하는 사람이라 나의 가정생활을 혼자 확대해석하고 친정 오라비 같은 측은지심을 갖게 된 것입니다.

그래서 그는 연민을 그려갔습니다.

그의 일터는 논현동 사거리에 있습니다. 우리 집에서 걸어서 5분 거리이지요. 47년 만에 처음 만나 동창회를 시작하려면, 더구나 남녀 혼성 동창회라면 창설(?)임원들은 의논할 일이 많게 되지요. 가까운 거리에 있는 회장과 총무는 그런 면에서 안성맞춤의 인선이었습니다.

그의 사무실 지하에 찻집이 있습니다. 그곳에서 그는 나에게 우표 500장을 주었습니다. 첫 유인물이 나간 며칠 후의 일이었습니다.

"남자애들이 네 편지를 받고 아주 좋아하더라. 금년에 이 우표 다 써야 돼. 명령이야."

그래서 편지가 완성되면 나는 그 원문을 들고 찻집으로 갔고, 그는 "좋군" 하며 사인을 했습니다. 이 찻집에서 나는 그를 하나하나 알아갔습니다.

9남매의 셋째 아들이라는 것, 어머니를 열일곱 살에 잃었다는 것, 슬하에 2남 1녀를 두었다는 것, 아내가 구슬처럼 영롱하다는 것, 자기 건물은 서초동에 둘, 강남에 둘이 있는데, 여기에 나와 있는 건 이곳 주인이 여든 살이 넘은 분이라 이 큰 빌딩을 운영하지 못해 자기가 대신 해주고 있다는 것, 그러나 이런 것들은 내게 중요하지 않았습니다. 내가 놀라고 감탄하며 감동의 물감을 풀어 삽화를 그리게 된 것은 그의 삶의 내용 때문이었습니다.

그는 눌변입니다. 어휘가 간단하고 어법은 서두와 말미가 생략된 중간 말뿐입니다.

나는 눈을 버려가며 책을 읽은 사람이고, 명색이 글 쓰는 사람이라 그가 던지는 한 단어에서 그가 말하려는 내용을 다 압니다.

"어떻게 알아차렸지?"

그는 사뭇 신기해하곤 하였지요. 그가 대화 도중에 단편적으로 언급한 이야기를 정리하며 나는 그를 존경하지 않을 수 없었습니다.

중풍으로 쓰러진 아버지를 형 집에서 자기 집으로 모셔와 돌아가실 때까지 15년 동안 아들로서 그가 보인 일들은 효가 실종된 이

시대의 귀감입니다. 우선 현관문을 열면 집 안으로 들어오는 입구에 아버지 방을 정했다고 합니다. 텔레비전은 아버지 방에만 놓고, 보고 싶은 사람은 아버지 방으로 오지 않을 수 없게 하였고, 둥글고 큰 교자상을 아버지 방 가운데에 두고 식당을 겸하게 했다네요. 아버지 방은 배설물 냄새로 코를 쥐게 했었는데 말이지요. 그는 엄격한 가장이었고, 투덜대던 아이들도 나중에는 면역이 되더라고 말하며 그는 웃었습니다.

"아내가 애썼어. 아내의 수고를 나는 평생 갚아나갈 거야."

그는 진심으로 아내에게 감사해했습니다. 그러나 효자인 그에게서보다 나는 남편인 그에게서 더 큰 감동을 받았습니다.

잠을 자다 깨어보니 함박눈이 쏟아지고 있었어.
좀 전에 아내가 새벽 미사에 갔을 때는 눈이 안 왔는데
차고에 가보니 아내의 차가 없었어. 성당으로 갔지.
아내의 차가 있더군. 나는 트렁크에서 체인을 꺼내 감아놓고
말없이 다시 돌아와서 잤지.

나는 결혼하고 생긴 돈은 모두 아내 것이라고 생각해.
나는 한 푼이 생겨도 두 푼이 생겨도 아내 이름으로
저축을 하고 있어. 아내가 참아주었으니까 가정이 있는 거야.
누구네 집이든…….

내가 그리는 삽화의 물감은 그래서 감동의 주홍색입니다. 나는 그가 친정 동생처럼 대견해지고, 어찌 그리도 신통방통하냐고 칭찬해줄 때가 많았습니다. 그럴 때면 번번이 그의 얼굴에 어두운 빛이 지나갔습니다.

"아니야. 열심히는 살았지만 열심히 사느라고 가장 중요한 것을 잃었단다. 니가 그까짓 소설책을 보느라고 중요한 눈을 잃었듯이 말이야. 나는 니가 눈이 나쁜 것이 그래서 가슴이 아파."

그날도 찻집에서 동창회 모임을 의논하고 난 뒤였습니다.

"시간 있으면 같이 가줄래?"

"어딜……?"

"오늘이 정기검진 날이야."

그가 방향을 잡은 곳은 잠실 쪽이었습니다. 차는 아산 중앙병원으로 들어갔습니다. 나는 왠지 가슴이 두근거렸습니다.

"가슴이 나빠……. 니가 그랬지? 안경도 안 된다네, 수술도 안 된다네. 내가 그래."

그가 진찰실로 들어간 복도에 앉아 나는 메모지에 이렇게 썼습니다.

바보, 심장병이라니! 수술도 할 수 없다니, 멍텅구리!

아까 내 발이 그렇게 비틀거렸던 것은 병원의 대리석 바닥이 미끄러워서가 아니었단다. 친구야, 친구야!

진찰실 문을 열고 나오는 그의 뒤에서 의사가 말하는 소리가 들렸습니다.

"하루 빨리 정밀검사를 받아보시는 게……. 심장병 치료보다 그게 더 급해요."

아아! 나는 보고 말았습니다. 평소와 다름없는 그의 운전하는 옆모습을 보았을 때, 석양에 반사되던 이슬 한 방울을…….

그가 나를 연민하는 연민 이상의 연민이 내 가슴을 적시며 일어났습니다.

대한민국 최고 학교

미동초등학교 41회 동창회는 장미가 피어 만발한 5월에 시작하여 녹음이 검푸르게 숲을 이루고 있는 남산에서 여름나기 단합대회를 가졌고, 은행잎이 노란 비로 내리는 남한산성에서 단풍놀이도 했으며, 흰 눈이 쌓인 그윽한 밤에 망년회를 열고 47년 만에 이루어진 우리들의 재회를 자축했습니다. 그의 아낌없는 지원이 이 모든 모임을 더할 수 없이 화려하고 풍성하게 해주었습니다.

"마치 동창회를 위해서 지금까지 살아오신 분 같아요."

아직 50대 초반인 그의 아내는 남편이 신이 나서 봉사하는 것이 너무도 기쁜 듯 이렇게 말했습니다.

"앞만 보고 달려온 딱한 분이거든요. 그분에게 즐거운 일 생긴 것이 저는 좋아요."

초등학교 동창회에서 우리는 금기사항 하나를 묵계로 만들었습니다. 본인이 밝히지 않는 한, 그리고 가까운 친구를 통해 알려지지 않는 한, 현재까지의 이력을 묻지 않는 일이었습니다. 그냥 미동 41회 졸업생이면 되었습니다.

사실 육십이 넘은 나이에 학력은 아무것도 아닙니다. 현재 삶의 내용이 학력이지요.

공부를 하는 이유가 건강한 사회의 일원으로서 인간의 존엄성을 지키며 자기 삶을 영위하는 것에 의미를 둔다면, 이미 이웃과 가정과 사회에 유익이 되는 삶을 살고 있는 사람은 명문의 최고 학부 출신이라는 것이 내 생각입니다. 그래서 동창회 시작 때부터 6년이 되는 지금까지 나는 그의 학력에 대해서 아는 것이 없습니다.

"회장이 어디 나왔어?" 여학생들이 나에게 묻습니다.

"세상에서 제일 사람을 잘 가르친, 제일 좋은 학교!"

나는 이렇게 대답합니다.

그러나 눈이 어두운 내게 지팡이처럼 내밀었던 그의 두둑한 손바닥에, 세월이 그리 많이 흘렀건만 아직도 굳게 박혀 있는 굳은살은 내가 모르는 그의 젊은 날을 설명해주고 있습니다. 그럴 때 내 가슴에 젖은 바람 한 자락이 불어옵니다.

어머니 안 계신 9남매의 집. 어떻게 하면 잘살 수 있나 하고 자나

깨나 생각했지. 전쟁이 끝난 폐허의 잿더미 위로 돈이 날아다니
는 게 보였어. 날아다니는 돈을 잡는다는 것이 쉬운 일은 아니었
어. 보이지를 않으면 속이 편할 텐데 말이야. 성질이 고약해지더
군. 만만한 게 아내라 아내를 많이 볶았어.

그 시대의 가난했던 모든 가장들이 하던 식으로, 버는 것이 아
니라 쓰지 않는 것으로 아내를 힘들게 하고, 그 힘듦을 알고도 냉
정하게 외면하며 목표를 이루어갔다고 했습니다.

나는 차 한 잔을 아끼는데, 월급을 받으면 하루를 근사한 소풍으로
보내는 친구가 있었어. 장가를 간다고 청첩장을 보냈더군. 빈 봉투
로 부조를 했지. 20년 뒤였어. 그들 부부와 저녁을 먹으면서 봉투
를 내밀었지.
"니 결혼 축하금이다. 그때 내가 부조했으면 너는 낚시로 없앴을
거야. 부부가 일본이라도 다녀 와."

내가 그의 출신 학교를 대한민국 최고의 학교라고 치는 이유는
너무도 많았습니다.

병문안을 다녀왔어. 옛날 직장 동료인데, 신부전증으로 생명이
위급해. 이식수술만이 살아날 길이라는데, 젊었을 때 몽땅 탕진

한 녀석이지. 비용의 반을 내놓을 테니 나머지는 자식 형제 친구들이 책임지라고 했어. 정성의 문제니까 말이야.

그러면서 정작 자기 몸은 심장으로 흐르는 혈관이 모두 기름 덩어리로 막혀 겨우 실낱같은 곳으로 피를 흐르게 하며 연명하고 있는 딱한 사람. 배고팠던 때를 생각하며 엄청 먹었다는 사람. 어느 날 산행에서 극심한 가슴의 통증으로 혼절을 했고, 협심증이라는 질환을 알게 된 사람. 그런데 오늘 주치의는 또 다른 병증을 진단 내린 것입니다.

나는 더 이상 연민이 아닌, 그의 혈관에 낀 기름 덩이를 녹여내는 수천 도의 우정을 보내기로 작정했습니다. 화내고 침묵하고 엄청 먹어 생긴 병이라면, 기뻐하고 떠들고 엄청 굶으면 낫는다고, 꼭 나을 수 있다고, 그가 내게 지팡이처럼 그의 손을 내밀어 잡게 했듯이 나는 그의 손을 나의 따뜻한 두 손으로 감싸 안았습니다.

사랑보다 깊은

젊은 시절, 내 속은 하나의 활화산이었습니다. 맹렬한 기세로 타오르는 불꽃들이 뿜어낼 곳을 찾아 용트림을 했지만 '어미'라는 지표가 너무 단단하여 분출구를 찾지 못하고, 마침내 시나브로 꺼져갔습니다. 그러나 불이 꺼져버린 자리는 커다란 분화구가 되어 큰 동굴을 이루었고, 무시로 그 동굴에 삭풍이 불어 한여름에도 추위를 느껴야 했습니다.

나는 옷을 껴입는 대신 옷을 벗어 바람을 몸 밖으로 내몰았습니다. 그것은 밖에서 불어오는 외풍이 아니라 내 안에서 일어나는 속바람이었기 때문입니다.

무엇을 갖다 넣어도 채워지지 않는 가슴속의 빈 동굴! 당신은 그 공허를 경험해보신 적이 있습니까? 어느 날은 타는 듯한 갈증으로 허덕이게 하고, 어느 날은 비애의 늪 속으로 빠뜨려 혼절케 하고, 어느 날은 절망으로 울부짖게 하며 지치고 지쳐 삶의 의지를 소진시키는 동굴. 나는 이 어두운 동굴에서 울부짖으며 혼절하며 허덕이며 소진되어가던 어느 순간, 하나의 불빛이 진작 그곳에 켜져 있음을 발견했습니다. 절망의 끝에서야 보이는 그 불빛을……. 그 이후 동굴은 나의 평화요 안식처가 되었습니다.

나는 내가 경험한 이 슬픔과 환희를 그에게 이야기해주고 싶었습니다. 절망하는 자만이 볼 수 있는 빛, 찾고자 하는 사람에게는 고통의 끝에서 반드시 보이는 그 불빛을 그에게 보여주고 싶었습니다. 그의 아내가 독실한 가톨릭 신자인데도, 미사를 보고 선행에 앞장서고 하면서도, 그는 어쩐지 신앙을 마음속으로 받아들이지 못하고 있었거든요. 나는 마치 환갑이 넘어 만나게 될 남자 친구에게 이 '불빛'을 전해주기 위해 그 많은 갈등을 치른 사람처럼,

간절하고 간절하게 죽음을 넘어서 있는 세상에 대해 이야기하였습니다. 그가 이것을 믿고 확신하게 될 때, 지금까지의 그의 모든 것이 새롭게 되고, 새로운 육신이 된다고 설득했습니다. 그것이 그의 혈관에 쌓인 기름을 녹여내는 수천 도의 내 우정이었습니다.

"고맙다. 알았어, 알았대도……."

그가 정밀검사를 받은 두 번째 질환의 결과가 나왔습니다. 그러나 아무도 놀라지 않았습니다.

처음 심장병을 알았을 때같이 힘들지가 않구나.
무슨 병이 진행되든 그보다 먼저 심장이 그것을 막아줄 테니까.
심장이 먼저 멈춰, 나를 고통에서도 추함에서도 막아줄 테니까.
다른 병을 알고 나니까 심장병에 대한 감사로 오히려 편안하다.

그는 그의 말을 입증이라도 하듯 전보다 더 활기차고 의연하게 지냈습니다. 그러나 누구의 눈에도 그의 손 떨림은 확연하게 더해갔습니다. 나는 백과사전을 펴보았습니다. 이런 설명이 쓰여 있었습니다. 손, 발, 목, 입술이 떨린다. 눈이 깜빡이지 않는다. 얼굴의 표정이 없어진다. 일체의 동작이 불가능해진다. 가면을 쓴 것같이 된다. 예후가 좋지 않다. 나는 떨리는 손으로 책을 덮었습니다.

초등학교 동창회에서 그와 나의 임기는 금년으로 끝이 납니다. 우리는 모교의 결식아동을 위한 금일봉을 들고 학교에 갔습니다.

그동안 학교는 신축되어 현대식 건물이 되어 있었고, 어린 눈에 현기증이 날 만큼 넓어 보였던 운동장은 이미 세상에 수없이 큰 것들을 보아온 눈에 더 이상 넓고 큰 운동장이 아니었습니다.

그와 나는 벤치로 가서 앉았습니다. 수업이 끝났는지 운동장으로 여자아이 하나가 나옵니다. 안경을 썼습니다. 그가 별안간 소리를 쳤습니다.

"와! 저기 유선진이 나온다."

그의 느닷없는 이 외침에 아득한 세월 뒤편에 있던 옛날이 운동장 위로 올라왔습니다. 올라와서 안경 쓴 계집애 뒤에 섭니다. 뒤에 서서 계집애를 밀고 갑니다. 한참을 밀고 가는 길에 조그만 아이는 간 곳이 없고, 초로의 여인 하나가 서 있는 것이었습니다.

세월의 연속! 소멸하는 것은 하나하나 개인의 것일 뿐, 장구한 흐름에서는 그냥 큰 물줄기로의 합류라는 생각이 들었습니다. 그러자 알 수 없는 '평안'이 내 안에서 흘렀습니다.

설령 그가 거부할 수 없는 도도한 그 물줄기로 먼저 들어간다 해도, 우리도 또한 바로 합류될 것이라는 생각 때문입니다.

교장실로 향해 가면서 그가 내 손을 잡았습니다. 소경이 따로 없는 내게 그의 손은 손이 아니라 지팡이입니다. 그가 이끄는 대로 가만히 손을 잡히며 따라갔습니다. 가면서 속으로 물었습니다. 언젠가 한 번은 물어야겠다고 생각한 말입니다.

"친구야! 그동안 우리 둘이 그린 삽화 말이야, 그것이 무엇일까?"

그에게선 아무 말이 들려오지 않았습니다. 나 혼자 하는 말이니 들었을 리가 없지요.

"사랑이었을까?"

한참 만에야 교장실 문 앞에서 그의 대답하는 소리가 들려오는 듯했습니다.

"아니……."

"아니라고……?"

"응, 아니지……. 사랑이라는 말로는…… 너무 부족하니까."

어쩌면 내가 나에게 하는 말인지도 모르겠습니다.

딸
어렸을 때는 기르는 재미
어른이 되어서는 엄마에게 둘도 없는 친구
막막할 때도 답답할 때도 더불어 의논하며 같이 길을 찾는 해결사
기쁨과 슬픔을 공유할 수 있는 영원한 동지

딸

내게도 딸이 있었으면

며칠 전 대학 동창 몇 명이서 모임을 가졌다. 금년이 대학 졸업 50주
년이 되는 해이다. 우리 모교는 매년 5월 30일에 개교기념식을 개
최하는데, 그날을 전후로 미국 거주 동창들이 귀국을 하면 동기생
들끼리 졸업 50주년 자축 행사를 갖자고 의논을 하는 자리였다.

반갑게 만나서 의논을 하고 헤어져 나오는데, 한 무리의 중년
여인들을 만났다. 멀리서 보니 연령을 가늠할 수는 없지만 봄이
확 앞으로 다가오는 듯했다. 연분홍, 노랑, 연두의 옷차림들이 봄
꽃을 미리 피어내는 것같이 화사했다.

눈이 부셔서 바라보는데 "어마, 아무개 아냐?" 내 이름을 부르

는 것이다. 깜짝 놀라서 고개를 드니 고등학교 친구들이었다. 하기야 강남에서도 유명한 백화점 앞이니, 지나가노라면 보통 한두 사람은 만나지는 거리이다.

"얼마나 멋진지 젊은 사람들인 줄 알았다. 정말 곱구나. 중년으로 봤으니 한턱해라."

내가 농담으로 말을 하니 "좋아, 그러면 따라와" 한 친구가 말을 했다. 우리는 백화점 5층의 단팥죽으로 유명한 곳을 찾아갔다.

언제나 손님들로 만원을 이루는 곳이다. 그날도 많은 사람들이 단팥죽을 먹고 있어서 대기 번호를 받고 기다렸다.

그곳에도 봄은 와 있었다. 기분이 좋았다. 신문이고, 텔레비전이고, 전하는 소식은 전 세계적인 금융 위기라는 우울한 이야기뿐인데 봄빛을 닮은 옅은 색 옷차림을 한 여인들의 환한 얼굴은 움츠러든 마음에 생기를 넣어주는 듯했다. 십여 분을 기다리니 자리를 차지할 수 있었다.

"당신들을 보니 봄의 전령사를 만난 것 같구나!"

나는 내 칙칙한 차림이 무안하여 친구들을 보며 감탄을 하였다.

"넌 아들만 있어서 그래."

단팥죽을 사주기로 한 친구가 말했다.

철이 바뀌면 딸의 성화에 계절보다 조금 이른 차림을 해야 된다는 둥, 머리 모양이나 화장까지 간섭을 하여 귀찮다는 둥, 딸 가진 친구들이 너도나도 흐뭇한 표정으로 불평을 하는 것이다. 그 모습은 마치 딸 때문에 못살겠다는 비명 같았지만 행복으로 가득 찬 음성이었다.

그 말을 들으면서 사방을 둘러보니 좌석의 반 이상이 모녀인 듯이 소곤소곤 재미있게 이야기를 나누고 있고, 엄마는 딸에게, 딸은 엄마에게 한 수저씩 더 퍼주고 있었다. 나는 혼자 저만큼 떨어져 있는 고도(孤島) 같은 외로움을 느꼈다. 봄이기 때문이었을까? 그날따라 검정 투피스를 입은 내가 이방인 같았다. 순간, 정체를 알 수 없는 고독 한 자락이 휙 나를 낚아채고 달아났다. 먼저 자리를 떠나 집으로 돌아온 오늘, 유난히 딸 생각이 간절하구나. 내게도 딸이 있으면 얼마나 좋을까.

서른여섯의 결정

내가 넷째 아이를 가진 것은 서른다섯 살도 다 지나가는 늦은 나이였다. 이미 아들이 셋 있었다. 1970년 당시는 가족계획 운동으로 '둘만 낳아 잘 기르자' 라는 홍보가 전국적으로 퍼져나갈 때였고, 성공적으로 정착이 되어 임신중절 수술에 크게 가책을 느끼지 않았던 때였다. 한 번의 자연 유산과 한 번의 인공 유산의 경험을 가진 임산부인 나는 배 속의 아이를 낳을 것인가 말 것인가 갈등하지 않을 수 없었다. 어른들께 의논을 하였다.

"딸일지도 모르잖니? 낳거라. 서른여섯 살에 낳게 되겠구나? 낳아라. 서른여섯에 낳는 자식은 효자니라. 내가 너를 서른여섯에 낳았거든……."

딸이 없는 것이 못내 안타까웠던 친정어머니께서는 당치도 않은 이유를 대시며 네 번째 아이 낳기를 권하셨다.

"내년에 태어나면 돼지띠로구나. 아무 말 말고 낳거라. 아범이 양띠이고 큰아들이 토끼띠이니 해(亥), 묘(卯), 미(未) 삼합이 된다. 내가 그렇게 돼지띠 자식을 원했는데, 손자 대에서 뜻을 이루려나 보다."

시어머니께서는 태어날 돼지띠 손자의 양육비, 교육비를 책임지신다고 하며 "딸을 낳을지도 모르잖니? 낳아라" 친정어머니와 같은 말씀을 하셨다.

1985년 기독교 신자가 되시기 이전에 어머님께서는 신수점 보기를 즐기셨고, 궁합을 아주 중히 여기셨다. 시아버님이 토끼띠이고 당신께서 양띠이니 천생연분, 여기에 돼지띠 자손만 있으면 금상첨화겠는데 7남매를 두셨어도 돼지띠가 없었다.

나는 쥐띠이다. 양띠 아들과 쥐띠 며느리는 자미 상충, 원진살이 끼어 있는 나쁜 궁합이라고 한다. 궁합을 보지도 믿지도 않는 친정 부모님께는 문제가 되지 않았는데, 억지 춘향으로 쥐띠 며느리를 보신 이 어른은 큰아들네를 생각할 때면 매양 불안해하셨다. 그런데 돼지 한 마리가 턱 찾아온다니 이제야 모든 근심이 사라지는 듯 좋아하셨다.

"낳거라. 해, 묘, 미 삼합. 삼대 적선을 해도 받기 어려운 복이
다."

"딸이다. 이번엔 딸이야. 낳아라."

이런 두 어머님의 권유 때문만이 아니라 배 속의 생명을 지워버
릴 수 없어 '혹시 딸일지도 몰라?' 기대를 하며 나는 아기를 낳기
로 하였다.

네 번째 임신

예로부터 측간과 사돈은 멀리 있을수록 좋은 것이라고 하는데, 나
의 친정어머니와 시어머님은 당신들의 자매나 친구보다도 더 가
까이 지내셨다. 친정어머니께서 여섯 살 위신데, 이 어르신들은 자
식들의 혼례식을 끝낸 며칠 후 두 분의 친구들을 모아서 친목계를
만드시고는 어머니가 병환으로 바깥출입을 못하시게 될 때까지
한 달도 거르지 않고 35년간 매월 18일에 종로의 한일관에서 만나
셨다.

달라도 너무나 다른 두 분이다. 내 어머니는 학교 문전이라고는
가본 적도 없는 시골 태생이시고, 어머님은 전문학교 출신의 신여
성이셨다. 어머니는 조선조 유교문화가 만들어놓은 전형적인 여

인으로, 솜씨와 맵시와 말씨가 조신하고 기품이 있으셨고, 시어머님께서는 사회 전반에 해박하시고 활달한 여장부이셨다. 자식을 나눠 가졌다는 인연 말고, 서로 다른 상이점을 서로가 좋아하셨던 것 같다.

이 두 분이 나누는 대화 중에 내 호칭은 '충신동 애' 였다. 내가 새살림을 차리고 23년간 산 곳이 종로구 충신동이다.

"오늘 모임에 충신동 애를 대동하고 나갑니다. 반갑게 만나세요" 이런 식으로 시어머님은 말씀하시고, 어머니는 "충신동 애가 사내 녀석 셋에 휘둘려 어질 혼이 다 나가 있더이다" 대체로 이렇게 나를 충신동 애라고 부르셨다.

이 충신동 애가 넷째 아이를 낳게 되었으니, 시댁인 동숭동과 아현동 친정 사이에 전화는 더 빈번해졌고 "낳거라"를 입에 달으신 두 어머니는 염려가 태산이었다. "흰 대접에 냉수를 담은 후 젖을 짜서 떨어뜨려 보거라. 녹두알처럼 똑 떨어지면 아들이고 물에 풀어지면 딸이다", "배꼽이 단단하면 딸이고 물렁거리면 아들이다", "방바닥에 모로 누워서 아이가 눕는 곳으로 기울면 아들이다" 이런저런 조짐을 설명하며 초반에는 성별도 바뀔 수 있다는 터무니없는 억지를 붙이며 배 속의 아이를 딸로 만들자고, 그것이 천부당만부당한 일인 줄 너무도 잘 아시면서 두 어른은 신바람이 나셨다.

"뭐니 뭐니 해도 에미에겐 딸이 있어얍지요. 마님 닮은 걸출한 딸 하나 낳아야지요" 어머니가 말씀하시면 "마님 닮아 얌전한 딸을 얻어야지 무슨 말씀입니까?' 시모님도 겸양의 말씀을 하셨다.

"계동에 사는 친구 집에 함께 가보실래요?'

시어머님은 친정어머니를 꾀셨다. 시어머님이 말씀하시는 계동에는 오랜 지기 한 분이 살고 있었다. 계동 골목으로 죽 들어가 중앙 중학교가 보이는 오른편에 우물이 하나 있고, 그 우물을 끼고 걸어가면 막다른 한옥 대문이 보이는데, 이 집이 그분 댁이다. 주역에 능하고, 명필에다가 호쾌하고, 아는 것도 많고, 재담이 뛰어나서 어머님은 즐겨 놀러 다니셨다.

나와 남편의 혼인 말이 있을 때 "신미생 아들에 병자생 며느님을 보신다고요?' 서슬 퍼렇게 놀라며 말리던 이도 이분이었다고 한다. 그래서 어머님이 꺼려하셨지만 인연이 닿아 나는 원진살이 낀 며느리가 되었고, 어머님을 따라서 새해 인사를 가면 유심히 나를 바라보며 "아들 또 낳았어?' 농담을 하시곤 했다. 팔자 도망은 못한다는 것이 자기의 철학이지만 그러나 당면한 현실에 적응하는 자세에 따라 흉(凶)도 길(吉)로 바꿀 수 있다고 부언하며 "그러자니 남모르는 고충이 얼마나 심할꼬?' 측은한 눈길로 나를 보았다.

"전혀 그렇지 않아요, 아주머니. 저 인내심 별로 없거든요" 내가 말하면 "옳거니, 묘(卯)생 아들이 태어나 아비를 묶고, 신(辛)생 아들이 태어나 에미를 묶고, 이제 해(亥)생 아들이 태어나 꽝꽝 묶어대니 마님, 자미 상충 원진살이 아무리 세도 아드님 부부 앞에서는 맥을 못 추네요."

"아들이라뇨? 또 아들인가요?" 어머님이 놀라시자 "무슨 걱정이세요? 애기 엄마가 사주에 천문(天文), 천간(天干)이 들어 있어서 여우보다 영특해요. 혼인 때 죽자 하고 반대 안 한 것은 색싯감의 이 사주를 보고 꽤 잘해 나갈 것을 알았어요. 보세요. 잘살잖아요?"

이렇게 나의 네 번째 임신은 두 어머님들을 심심하지 않게 해드리며 산달을 향해 가고 있었다.

딸 타령

나는 자라면서 내가 딸이어서 좋구나, 라고 생각해본 적이 단연코 없다. 아들에 비해 부당한 대우를 받은 적은 없지만, 딸의 한계를 절감하면서 컸던 것이 내가 살았던 사회환경, 아니 우리 집의 가정환경이었다.

우리 집은 엄부자모(嚴父慈母)가 아니라 자부엄모(慈父嚴母)였다. 특히 다섯 딸들에 대해 어머니는 서릿발처럼 지엄했다. 둘째 딸과 셋째 딸을 연거푸 잃고 나서 기(氣)가 쇠한 어머니는 넷째인 나와 동생에겐 훨씬 느슨한 훈도를 하셨지만, 우리 자매들은 출가하기 전에 이미 친정에서 '된 시집'을 살았다.

한 가지 예를 들면, 큰언니는 초등학교 교사였는데, 겨울이면 일 해주는 아주머니보다도 먼저 일어나 부엌의 큰 가마솥 아궁이에 조개탄을 활활 불을 살려놓고 설설 물을 끓여놓아야 했다. 그러고 나면 어머니도 아주머니도 부엌에 들어섰다. 출근 준비하기에도 바쁜 큰딸에게…….

딸은 태어나면서부터 떠나는 존재로 키워졌다. 어머니에게 딸은 시한부 자식이었다.

어떤 가문의, 어떤 가풍의 시댁을 만날지 모르는데 "오냐, 오냐" 기르면, 종당에는 저 서럽고 부모 욕보인다는 것이 딸에 대한 어머니의 불변의 철학이었다.

나의 정직한 기억으로는 어머니로부터 단 한 번의 칭찬을 들은 적이 없다. 아무리 성적을 잘 받아 와도, 상을 타 와도 늘 차갑고 냉정하셨다. 그러나 그 어렵던 일제하의 식량난 때나 6.25 전쟁 때 아들들의 밥에는 잡곡을 섞어도 딸들에게는 고운 밥을 먹이셨다. 어머니의 깊은 마음을 깨달은 것은 출가 후였다.

결혼을 하고 내 살림을 차리고 나니, 자유 천지요 해방된 몸이었다. 어머니에 비하면 시어머님은 부드럽고 넉넉하시었다. 나는 시어머님이 편했고, 그래서 따랐고, 작은 일에도 그분은 칭찬을 아끼지 않으셨다. 또 한 번 정직한 기억을 더듬는다면, 나는 단 한 번도 어머니와 친정을 그리워해본 적이 없다.

그런 존재인 딸. 속으로만 가슴앓이하면서 정을 감추어야 했던 딸. 동생이 신혼여행 떠나던 날, 그 옛날 두 딸을 잃고 통곡했던 어머니의 울음을 나는 들었다. 그런데 지금 넷째 아이를 가진 딸에게 어머니는 "낳거라, 낳아라. 딸일지도 모르잖니? 에미에겐 딸이 젤이다"라고 말씀하고 계신다.

아가야, 미안해

1971년 8월 16일 아침. 출산 예정일을 일주일 앞두고 산기가 보였다. 진통이 시작된 후에 입원을 해도 되겠으나, 짐을 싸들고 병원으로 향했다. 세 번의 출산 경험이 있는지라 별 두려움이 없어서 동네의 개인 병원을 예약해둔 터였다. 남편은 출장 중이었고, 연락을 받은 두 어머니는 "너무 서두는 것 같구나. 미리 병원에 가면 마음이 조급해질 텐데……?" 한결 같은 말씀으로 "서둘지 마라" 하셨지만 나는 혼자서 수속을 하고 입원했다. 태어날 아이를 기다리며 조용히 그 아이를 맞이할 준비를 하고 싶었던 것이다.

그동안 아홉 살, 일곱 살, 네 살의 사내 아이 셋에 휘둘려 내 배속에 또 하나의 아이가 자라고 있다는 사실을 잊을 때가 많았다. 몸이 무거워지고 태동이 느껴지면 그제야 '아, 아이가 있었지' 생각이 미쳤고, 부른 배를 보는 사람마다 "딸을 낳으려고 또 가졌군요?"라든가 "딸이면 좋겠네요" 할 때마다 나 자신도 "그러게 말에요……" 대답하였기에 막상 아이가 나오려고 하자 태어날 아이가 아들이면 얼마나 못할 짓을 했었나 미안해지기 시작했던 것이다.

태교도 한 번 제대로 못했구나, 아가야. 이미 남자로 자라고 있을지도 모르는 너에게 모두들 "딸아기를……" 노래하며 너를 서운하게 했을지도 모르겠구나, 아가야.

셋 가지고도 힘들어 절절매는데, 하나가 더 늘어? 하면서 때때로 네가 생긴 것을 부담스러워했는지도 모르겠구나, 아가야. 이를 어쩌니? 미안해, 정말 미안해.

집에서 10분 거리의 병원인지라 병실 예약만 해놓고 산통이 시작될 때, 그때 병원에 가도 되련만 나는 아이가 세상에 나올 때까지 그 아이를 맞이할 나만의 의식(?)을 치르고 싶어서 짐을 챙겨 나섰던 것이다.

말복이 지난 더위는 막바지 기세를 부려서 세상이 끓는 가마솥 같은데, 산모용 입원실은 밖으로 낸 작은 유리창을 빼고는 밀실처럼 막혀 있어서 한증막이 따로 없었다. 짐을 풀면서 솜씨 좋은 어머니가 새로 만드신 분홍빛 아기 옷에 눈이 가자, 나는 쓴웃음을 짓고 말았다.

다시 세상에 태어난다면 꼭 남자로 태어나고 싶다, 그래서 학교도 다녀보고, 돈도 벌어보고, 큰소리도 치면서 살고 싶다, 를 입에 달고 사셨던 어머니. 딸 다섯을 낳을 때마다 섭섭하고 섭섭하여 몽땅 도둑을 맞았다 해도 그렇게 허망하지는 않았으리를 노상 읊

어대셨던 어머니. 그런 어머니가 당신 딸이 낳을 넷째 아이는 "딸이기를……" 바라는 당신의 절박한 염원을 헤아릴 수 있기 때문이었다.

스물한 살에 출가해 온 당신의 며느님. 곱고 얌전하기로 인동(隣洞)에 소문이 자자해서 삼고초려 청혼하여 자부로 맞아들이셨던 그 외며느리. 딸들마저도 어려워하는 그런 지엄한 분이셨으니 어리고, 곱고, 얌전한 새 며느리는 첫날부터 시어머니만 뵈면 몸이 얼고, 입이 얼었다. 10년, 20년, 30년을 함께 살아도 "진지 잡수세요", "전화 받으세요"라는 말밖에 고부간에 오가는 말이 없어서 어머니는 가슴을 치셨다.

아버지가 돌아가시고도 13년을 더 사셨는데, 아버지 돌아가신 날부터 어머니가 하루도 거르지 않고 기도하시는 것이 "저를 어서 어서 데려가십시오. 지루하고 지루해서 살기 힘이 듭니다"였다.

어느 날 내가 "어머니, 어머니는 정말 세상 살기가 싫우?" 정색을 하고 물으니 "말똥으로 굴러도 이승이 좋다는데 난들 왜 살기 싫겠니? 그런데 네 새 형이 하도 말을 하지 않으니까, 기가 콱 질려서 살 힘을 잃는 거다" 하시며 "늬들 세 자매 없으면 어쩔 뻔했나 싶구나. 낳을 때 섭섭하더니만 딸 때문에 산다. 그중에 네 재미로 산다. 어쩐다냐? 너는 딸이 없어서……"라고 대답하셨다.

바로 그것이었다. 내가 낳을 이번 아이가 딸이기를 이 어른이 그렇게 소망하시는 이유는……. 며느리 사이에서 외롭게 늙어갈 딸을 생각하는 노모의 모정이었던 것이다.

딸. 모두들 딸이 더 좋다는 이유가 여자로 태어나는 딸 자신보다 엄마에게 친구가 될 수 있기 때문에, 살갑고 따뜻하고 정겨워서, 자식을 낳고 기른 재미를 누릴 수 있기에, 늘그막에 외롭지 않기에 딸이 더 좋은 것이라면, 나는 곧 태어날 나의 아이가 굳이 딸일 필요는 없다는 생각을 했다.

"아가야, 미안해."

나는 산도(産道)를 뚫고 나올 아이를 적극적으로 도와주리라 다짐하며 비빔밥이며 냉면을 시켜놓고 전쟁에 나가는 용사처럼 투지를 불살랐다. 살살 배가 아파오기 시작했다.

물냉면

오전 10시에 병원에 들어와서 4시간이 지날 때까지 진통이 시작되지 않았다. 시어머님께서는 "밤중에나 낳겠구나" 하시며 돌아가셨고, 어머니는 삼복 뙤약볕 그것도 한낮인 오후 2시에 돼지 삼겹살을 삶아 가지고 오셨다. "미끄러지듯 아기가 쑥 빠져나오라는 것이니 먹어두어라" 딸의 입에 넣어주셨다.

어머니의 한 손에는 노랑 참외 두 개가 들려 있었다. 작은오빠를 낳을 때 아기가 비집고 나오려는데, 우물에 채워둔 참외를 마저 먹지 못한 것이 어찌나 서운하던지, 그 생각이 나서 가져왔다고 하셨다. "아기를 낳으면 못 먹지 않니?" 아기를 낳은 후에는 먹을 수가 없다는 어머니의 말씀에 점심에 먹었던 비빔냉면 생각이 났다. 옳거니, 아기 낳고 난 후에는 미역국만 먹겠구나, 냉면을 못 먹겠구나, 그 안에 먹어야겠다고 생각하고 어머니에게 물냉면을 시켜달라고 했다.

"무슨 물냉면? 소화 안 되게? 애 낳으러 와서 냉면 먹었다는 말은 들어도 못 봤다."

어머니는 웃으셨다.

배달되어 온 냉면을 먹기 시작했을 때였다. 별안간 허리가 두 동강이 나듯 끊어지게 아팠다. 시계를 보니 3시 15분. 이를 악물어도 저절로 비명이 터져 나오는데 '뚝' 소리가 나며 콸콸 양수가 쏟아져 나오는 게 아닌가. 냉면 국수가 입에 담긴 채 분만실로 옮겨졌고, 진통 시작 15분 만인 3시 30분에 나는 아이를 순산했다. 4.4킬로그램의 사내아이. 아들이었다.

소식을 듣고 달려오신 시어머님의 얼굴엔 희색이 만연했다. 혹시 딸일지도 모르니 꼭 낳아야 한다고 주장하시던 때와는 영 딴판이셨다.

"아이고, 형들 호령하게 생겼구나. 해, 묘, 미 삼합이 태어났는데, 호적 파서 남의 가문에 보낼 수 있나? 잘했구나. 잘하고말고."

친정어머께서는 공연히 화를 아이들에게 내셨다. 큰애가 제

동생 손을 잡고 병실로 들어서자 "이 녀석들아, 이제 느 에미 죽게 생겼다. 말썽 피우지 말고 엄마 힘들게 하지 마라" 아이들을 야단 치시며 "어쩐단 말이냐", "어떡하냐"만 되풀이하셨다. 입원실에 아직 불지도 않은 채 있는 냉면을 보며 나는 고소(苦笑)를 금할 수가 없었다.

"완전히 내가 짐승 반열에 들었잖아? 덕구가 새끼 낳을 때도 나보다는 빠르지 않았다. 그치, 엄마?'

"그러게 내 뭐라든? 서른여섯에 낳는 자식은 효자라 안 하던? 나올 때 에미 힘들게 안 한 것처럼 크면서도 에미 어렵게 안 했으면 좋겠다."

어머니는 체념하듯 말씀하셨다.

"삼신할머니는 뭐 하시는 거람. 목 빠지게 아들 기다리는 집 놔두고……."

당신이 서른여섯에 낳은 딸네 집(우리 집)이 유일하게 마음 편히 묵어갈 수 있는 집이고, 말 없는 며느리에게 질리고 질리다가 하루 종일 이야기 상대가 되어주는 내가 천하에 효녀 같아서 '서른여섯에 낳은 자식은 효자' 라고 터무니없이 주장하는 어머니 말씀을 입증이라도 하듯, 삼복염천에 힘들이지 않고 태어난 막내는 힘들이지 않고 자라서 지금 서른아홉 살, 두 아이의 아버지다.

며칠 후면 이 아이의 생일이 돌아온다. 그 아이 생일 때마다 써오던 그 말을 나는 아마 또 쓸 것이다.

"생일 축하해. 엄마가 이 세상에 살아오면서 제일 잘한 일은 아들 셋이 있는 서른여섯 살에 너를 낳은 것. 너를 주신 하나님께 감사드린단다."

딸이 없어서 좋은 점

딸.

어렸을 때는 기르는 재미.

어른이 되어서는 엄마에게 둘도 없는 친구.

막막할 때도, 답답할 때도 더불어 의논하며 같이 길을 찾는 해결사.

기쁨과 슬픔을 공유할 수 있는 영원한 동지.

딸 가진 엄마들이 한결같이 주장하는 이런 것들을 가지지 못한 사람이라면 분명 딸이 없다는 것은 삶에서 가장 소중한 것을 잃고 사는 인생이리라. 나는 때때로 생각한다. 딸이 없는 내 노후의 적막을……. 딸이라는 소중한 친구, 전천후 해결사, 평생의 동지를 못 가졌으니 더 늙어 힘없을 때 얼마나 고적할 것인가를…….

당연히 나는 자구책을 찾지 않을 수 없다. 딸이라야만 될 수 있다는 평생의 친구, 동지, 해결사를 딸 이외의 것에서 찾아 나를 풍성하게 하는 방법을 시도한다. 그보다는 홀로 있어도 외롭지 않을 훈련을 한다.

어떤 친구가 내게 말했다.

"옆에서 보기에 너의 칠십이 참으로 넉넉해 보이는구나."

"그래? 만일 그렇게 보인다면 어쩌면 딸이 없는 까닭에서일 거야."

그 친구는 내 말을 이해했을까?

나는 홀로 있는 시간을 즐긴다. 내가 주로 새벽 한두 시에 잠을 자는 이유이다.

홀로 있다는 것은 물리적으로는 '제 혼자' 있는 것이지만 그것은 '혼자' 있다는 공간적인 개념을 뛰어넘는 '그 무엇'이다. 그 시간에 나는 비로소 나를 본다. 나의 신(神)을 만나고, 나의 본질을 만나며, 나의 어리석음을 만나고, 나의 반성을 만난다. 딸이 없으니 홀로일 수밖에 없다는 절박감에서 시도된 '홀로 있음의 훈련'을 통해 깊고 오묘한 즐거움을 알게 되었다면, 딸이 없다는 것도 그리 나쁜 것만은 아니리라.

딸이 없어서 내게 유익이 되는 것이 또 있다. 며느리와의 관계이다.

내게는 며느리가 셋 있는데 딸이라는 조정 역할이 없으니 나 스스로 며느리와의 언로(言路)에 공을 들여야만 한다. 자연히 며느리와의 소통이 원활하다.

며느리, 얼마나 귀하고 소중한 존재인가. 내가 배 아파 낳지도 않았고, 돈 들여 공부시키지도 않았고, 공들여 키운 남의 딸을 며느리라는 이름으로 자식을 삼은 후 거기서 금쪽같은 손자를 얻고, 그래도 무슨 일이 있으면 열 일 제치고 달려와 책임과 의무를 다하려는 며느리들. 이들이 어찌 잔정에 가슴 울리는 딸만 못할 리 있으랴. 어떤 시어머니라도 다 갖고 있는 며느리에 대한 이 귀중한 마음이 딸이 없는 내 처지로서는 더 각별할 수밖에 없다.

딸.

세상에 더없이 사랑스러운 존재. 이런저런 이유를 들어가며 궁색하게 딸이 없어서 좋은 점을 말하고 있지만, 누군가 세상에서 제일 갖고 싶은 것 한 가지를 말하라면 나는 서슴없이 '딸' 이라고 말할 것이다. 지금 딸 가진 친구들이 부러워 집에 오자마자 이 글을 쓰고 있는 것이 바로 그 증거가 아니겠는가.

내 사랑 엄지

쇠잔이란 얼마나 평화로운 체념인가
젊음의 열정과 과욕이 씻기어 나간 평화
그리고 쇠잔이란 또 얼마나 사람을 조그마하게 만드는가
나는 아주 작아져서
엄지의 엄지가 되어 그의 등에 업혀 잠들고 싶다

내 / 사랑 / 엄지

　나는 내 며느리를 '엄지'라고 부른다. 그 아이가 내 며느리가 되기까지 6년간에도 엄지라고 불렀고, 두 아이의 엄마가 되어 있는 지금도 마찬가지이다. 손가락 다섯 중에 으뜸이 엄지인지라 네가 제일이라는 뜻의 엄지이고, 동화책에 나오는 작고 가련한 엄지 공주 같다고 하여 엄지라고 부른다.

　물론 큰 소리로 "엄지야" 하고 부른 적은 없다. 내 가슴속에서 나 혼자 부르고 있는 이름이다. 그러니까 내게 그 애는 엄지이다. 그리고 내가 그 애를 엄지라고 부르고 있는 한, 그 애는 세상에서 제일 착하고 어여쁘고 가련한 내 사랑으로 남게 된다. 나는 이 애가 사십이 되고 오십이 되어도 나의 엄지이기를 소망한다. 그것은 이름이 아니라 바로 사랑이기 때문이다.

나는 아들만 넷을 두었다.

아들 넷이 자라는 집은 전쟁터요, 파괴의 현장이다. 더구나 나는 이 애들을 기르면서 회초리는 고사하고 볼기 한 번, 큰 소리 한 번 제대로 치지 않은 성미 느긋한 어미였으니 오죽했겠는가. 아버지까지 합친 다섯 남자의 활갯짓은 지붕을 날릴 정도였다. 오 부자가 엮어내는 역동의 회오리에 나는 언제나 저만치 날려가 엎어지기 일쑤였다.

나는 큰애가 대학생이 되자 예쁜 여학생이라도 사귀어 집에 드나들게 하라고 부추겼다. "예쁜 여학생이 드나들면 좀 좋아?" 하고……. 그러나 여자 형제가 없는 집의 남자애는 이성에 늦되는지, 대학교 졸업반이 될 때까지도 전혀 관심이 없었다. 학교 축제 때 파트너를 동반해야 할 경우에는 내가 친구 딸들 중에서 한 명을 조달해야 했다.

아들은 경제학과를 졸업하고 다시 수학을 공부하기 위해 수학과로 편입을 했다. 어느 날, 아들이 잘 정리된 노트를 빌려다가 베끼고 있는 것을 보았다. 두꺼운 수학 노트였는데, 첫 페이지의 글씨가 마지막 장까지 한 획 흐트러짐 없이 똑 고르고 반듯해서 감탄하지 않을 수 없었다.

"어떤 여학생인지 몰라도 성품이 무척 단정하겠구나."

내가 말을 하니 아들이 보충 설명을 해주었다. 일찍이 아버지를 여의고 어머니와 오빠, 세 식구의 단촐한 가족이라는 것, 얼굴이

썩 곱고 키가 아주 작다는 것, 제일 먼저 도서실에 와서 맨 나중에 나가는데, 처음에는 수위 아저씨가 중학생이 몰래 들어와서 공부하는 줄 알고 야단을 쳤다는 것이다.

"원, 기특도 해라."

나는 참으로 보기 드문 기특한 학생이라고 탄복을 했다. 그러나 그 여학생이 나의 엄지가 되리라는 것을 그때 어찌 상상이나 했겠는가.

엄지를 처음 보았던 날을 나는 지금도 기억한다. 1984년 가을이었는데, 그때는 신군부가 5공화국을 탄생시키고 무소불위의 권력을 행사하며 자리를 잡은 절정의 시기였다.

신군부는 정의사회 구현이라는 명분을 내세워 5공의 정통성을 문제 삼는 민심을 다스렸다. 사회악 일소, 공직자 숙청, 과외 추방 등이 그것이었다. 지금도 마찬가지지만 당시의 과외 열풍은 가히 망국적이라 할 수 있었고, 신군부가 여기에 칼을 댄 것이다.

그들은 대학 입시의 대변혁을 일으켰다. 본고사를 없앴고, 일체의 과외 금지 조치를 내렸다. 수업 시간 이외에는 교사들에게 질문하는 것조차 금했다. 교사들 뒤에는 감찰 요원이 따라다녔고, 고발함을 설치하여 과외를 하고 있는 교사와 학생을 고발하도록 했다.

서슬 퍼렇던 시절이었다. 그러나 자식의 실력을 어떻게 해서든 향상시키고자 하는 모성의 노력 앞에는 넘지 못할 장벽이 없었다. 이런 엄마들 눈에 엄지는 안성맞춤의 과외 선생이었다. 첫째는 도무지 대학생이라고 보이지 않는 그 애의 외모였다. 작고 가냘픈 체격과 단발머리의 해맑은 얼굴은 잘 해야 중학생 정도로 보이고, 이 점은 어떤 날카로운 경비원의 눈초리도 피할 수 있었다. 둘째는 그 애의 실력과 성실성이었다. 엄지와 함께 몇 달을 공부하면, 학생들은 반에서 수학만큼은 최고점을 받았다. 내 아들과 엄지가 클래스메이트인 것을 안 학부모 몇이 우리 집으로 와서 엄지를 소개해달라고 요청했다. 엄지에게도 좋은 일이었다.

나는 사실 엄지를 한 번 보고 싶었다. 여학생 얘기를 전혀 하지 않던 아들애가 엄지 이름을 자주 입에 올렸고, 그때마다 아들의 얼굴이 아주 밝고 즐거운 표정이었기에 이미 특유의 어떤 예감이 감지되었기 때문이다.

약속 시간에 아들과 함께 나타난 엄지. 부엌에서 저녁 준비를 하다가 이 애들을 맞이한 나는 그만 '풋' 하고 웃고 말았다. 단발머리에 청바지, 은행 빛 티셔츠를 입은 조그만 여자애. 신비한 미소로 인사를 대신하고 있는 너무도 작은 열세 살 소녀가 거기 있었기 때문이다.

과외를 시키다가 적발된 학부모가 구속이 되고, 벌금을 물고, 학생이 처벌을 받고, 교사가 퇴직을 당했다는 신문 보도가 공포 분위기를 조성했지만, 엄지는 소녀 같은 외모 때문에 무난히 학비를 조달할 수 있었다. 학생들 또한 실력이 향상되어 만족해하였다. 이 과정에서 들려오는 엄지에 대한 칭송은 나를 기쁘게 하였다.

나는 때때로 엄지의 얼굴을 떠올려보곤 했다. 그 애의 얼굴은 유백색이었는데, 양 볼에 분홍 장밋빛의 홍조가 화사해서 그 아름다움을 도무지 어떤 다른 것에 비유해 생각할 수가 없었다. 백합? 아냐. 백합처럼 청초하기는 하나 그보다 따뜻해. 이조백자? 아냐. 백자처럼 기품이 있기는 하나 백자로서는 미흡해. 나는 이렇게 혼자서 엄지의 얼굴을 상상해보았지만, 어느 것으로도 비교하지 못했다. 그러나 확실한 것은 어느 때, 어디서 엄지를 떠올렸건, 내게 남은 마지막 감정은 가슴을 훑고 지나가는 한 줄기 통증이었다.

왜였을까. 나는 지금도 그 통증의 정체를 설명할 길이 없다. 너무도 작고 가냘파서일까. 어린 나이에 아버지를 잃은 탓일까. 제학비와 생계를 스스로 책임지고 있는 안쓰러움 때문인가. 아니면 그가 가르치고 있는 학생의 엄마들이 "선생님은 가르치는 동안 물 한 모금 입에 대지 않아 딱해요"라는 말이나, "그 애의 위가 선천적으로 기능 부전이에요. 음식만 들어가면 아파서 절절매요. 그래서 숫제 굶고 살아요"라는 아들의 말 때문인가.

아마도 이 모든 것이 합쳐져서 내게 엄지를 언제나 아픔이게 했던 모양이다.

이듬해, 이 애들은 수학과 졸업반이 되었다. 아들은 졸업 후에 군복무, 그 후에 도미 유학 계획을 세웠고, 엄지는 교생 실습, 아르바이트, 학점 관리 등 하루 24시간이 모자라게 바빴다. 그렇게 열심인 엄지의 모습을 내게 전달하는 아들의 표정은 승전을 전하는 병사마냥 자랑에 가득 차 있었다. 그러면서 너무나 편안하게 말하는 것이었다.

"그 애를 사랑해요."

그 애를 사랑해요······. 사랑해요······. 아들의 말이 메아리처럼 맴돌았다. 어느 정도 예견은 하고 있었지만, 솔직히 말해 그것은 내가 원하는 바가 아니었다. 엄지. 물론 좋은 여학생이다. 좋다는 말로는 부족할 만큼 훌륭한 아가씨다. 그러나 맏며느리로서, 더구나 장손부로서 합당한 상대가 못 된다. 나의 이런 대답도 입 안에서만 맴돌았다.

"천천히 생각해보자. 급할 게 없잖니?"

겨우 이렇게 말했다. 아들은 뜻밖이라는 듯 놀라는 눈치였다. 그도 그럴 것이 제 의견에 동의하지 않는 어미를 한 번도 경험하지 못했기 때문이었다.

나는 아이들을 키우면서 그들의 의사에 반대해본 적이 없는 못난 어미였다. 그 애들이 좋아하는 것은 나도 무조건 좋으니 어쩌랴. 나는 생(生)이라는 것이 아이들의 마음에 상처를 주면서까지 쟁취하는 것은 아니라고 생각했다. 하루하루 충실하고 평화로운 나날들이 모여 장구한 인생이 된다는 생각에서, 오늘 하루 충만하고 즐거워하라, 내일 때문에 오늘을 상처 내지 말라, 이렇게 아이들에게도 나 자신에게도 일렀다. "이다음에 어찌 되려고 그러니?" 라든가, 개미와 베짱이의 이솝이야기를 예로 들면서 내일을 준비하는 삶을 강조하지 않았다. 나는 아이들의 오늘이, 내일이라는 보이지 않는 시간보다 중요했다. 나는 아이들의 학교 성적 때문에 절망하지도 않았고, 이 애들의 지극히 평범한 인물됨에도 낙망하지 않았다.

이런 어미에게 익숙해져 있는 아들이기에 엄지를 사랑한다는 제 말에 엄마가 주저 없이 동의해줄 것을 의심하지 않았을 것이다. 천천히 생각해보자는 내 말은 아들에게 충격이었다. 그 애는 낙담했고, 외출에서 돌아오면 곧장 제 방으로 올라갔다.

나는 아들이 "그 애를 사랑해요"라고 말했을 때, 왜 선뜻 '그것 참 좋은 말'이라고 하지 못했을까. 아이들이 무슨 말을 해오면 '그것 참 좋은 말'이라고 대꾸했었는데……. 그래서 아이들은 무슨 말을 시작하려면, 시작하기 전부터 먼저 '엄마, 이것 참 좋은 말'이라고 서두부터 꺼내고 말을 하는데, 큰아들이 제딴에는 힘들게 꺼냈을 "그 애를 사랑해요"라는 말에 왜 나는 선뜻 '그것 참 좋은 말'이라고 하지 못했을까. 너무도 중요한 말이기 때문이었을까.

나도 어쩔 수 없이 이 세상의 결혼 풍토에서 벗어날 수 없는 아들 가진 어미였던 것이다. 결혼은 이상이 아니라 현실이며, 결혼은 당사자만의 문제가 아닌 가문과 가문의 결합이고, 인생에서의 최후, 최선의 투자여야 한다는 영악한 계산을 앙큼하게 하고 있었는지 모른다.

그러나 아들의 우울해 보이는 뒷모습을 볼 때면, 또 우는 듯 웃는 듯한 엄지의 얼굴이 눈앞에 아른거릴 때면, 아들의 방을 찾아가 '그것 참 좋은 말' 이라고 해주어야겠다는 생각을 하고 있었다. 내가 무엇보다도 견딜 수 없는 것은 아들과의 불편한 관계였고, 그것보다 이미 엄지를 사랑하고 있는 나 자신을 발견했기 때문이었다.

어느 날, 외출해서 돌아온 아들의 얼굴이 사뭇 화덕처럼 달구어져 새빨갛고, 호흡은 씨름을 끝낸 선수처럼 거칠었다. 손에는 종이 한 장이 구겨져 있었다.

"엄마는 좋으시겠네요. 그 애가 결핵 2기란 말예요. 확실한 반대 명분이 생겼잖아요?"

한껏 야유조의 말을 해대며 두 계단 세 계단씩 뛰어서 제 방으로 올라갔다. 도대체 이게 무슨 소리란 말이냐. 엄지가 결핵 2기라니. 나는 아들의 방문을 밀치고 들어갔다.

"그동안 어머니하고 대화할 분위기가 못 되었잖아요."

엄지가 교생 실습을 나간 학교는 달동네에 위치해 있었다. 학교 선생님들은 교육 여건이 열악한 이 학교에서 어서 4년이 흘러 다른 곳으로 전근되기를 기다리는 듯 맥이 빠져 있었고, 학부모들은 생계에 바빠서 아이들의 실력은 교사와 부모로부터 방치되어 있었다. 방과 후에는 학습지도를 할 수 없는 교육현장에서 엄지는 아이들 노트를 20권에서 30권까지 수거해 갖고 다니면서 붉은 펜으로 일일이 지적을 해주고 고쳐주는 열성을 부렸다.

거기다가 아르바이트는 여전히 해야 되고, 음식은 잘 먹지 못하고……. 두 달 만에 쓰러져 병원에 가니, 진찰하던 의사가 정밀검사를 받아보라고 했다. 흉부 엑스선 촬영, 객담 검사, 피 검사를 했고, 결과는 결핵 2기라는 것이다.

"어머니, 그 애를 사랑해요. 더더욱요."

나는 말이 아니더라도 그 눈빛으로 아들의 결심을 알 수 있었다.

"가자."

나는 아들을 앞세우고 엄지를 찾아갔다.

미열로 얼굴이 분홍 장미가 된 엄지는 조그맣게 아랫목에 누워 있었다. 마치 강보에 싸인 아기 같았다. 나는 가만히 그 애의 손을 잡았다. 아들에게 엄지의 입원을 지시하고, 나는 집을 향해 언덕길을 내려왔다. 내려오면서 아들에게 말했다.

"한 가지 약속을 해다오. 너는 차질 없이 공부만 하겠다고……. 이 애는 엄마가 맡는다."

"알았어요."

그러나 이것은 얼마나 헛된 약속인가. 다음 날도 또 다음 날도 내가 엄지의 병실에 들어서면, 이미 아들은 병상의 그 애를 향해 큰 키를 활처럼 구부린 채 열심히 설명하고 있는 것이었다. 아들의 손엔 대한결핵협회, 보건소 등에서 가져온 결핵에 관한 책자가 들려 있었다.

"알았지, 응? 약을 시간 맞춰 규칙적으로 먹는 게 제일 중요해. 휴식이나 영양 섭취는 그다음이야. 첫째도 약, 둘째도 약, 셋째도 약이야. 알았지?"

"응, 알았어. 알았대도⋯⋯."

마침 회진하러 들어온 담당 의사는 흐뭇한 표정으로 이렇게 말했다.

"아, 요즘 그대와 그대 씨 때문에 나까지 행복해져요."

아들은 엄지의 휴학 수속을 밟았고, 퇴원해서 완치에 이르기까지 엄지의 눈물겨운 투병 생활에 동참했다.

엄지에게 있어 가장 큰 투병의 장해 요인은 위 기능 부족이었다. 몇 수저의 밥도 소화를 못 시키는 위에 한 주먹씩이나 되는 독한 약을 하루에도 몇 번씩 넣어야 했으니 엄지는 결핵균에 의해서가 아니라 소화 장애로 죽어갈 것 같았다. 그 고통을 지켜보는 것은 앓고 있는 당사자 못지않게 힘든 일이었다. 엄지의 곱던 얼굴은 누렇게 버석거리며 풀잎처럼 시들어갔다. 열심히 약을 복용해도 새로운 공동(空洞)이 생기고, 내성이 생겨 더 독한 약으로 바꿔야 하고⋯⋯. 하얀 휴지에 점점이 붉은 선혈이 꽃잎처럼 퍼질 땐, 엄지의 작은 몸은 절망으로 자지러들었다.

그 애의 가족도 나도 힘을 잃었지만 완치의 신념이 조금도 흔들리지 않는 것은 아들뿐이었다. 그 모습은 너무도 아름다웠고, 나는 참으로 사랑한다는 것이 어떤 것인가를 비로소 알게 되었다. 투병 생활 2년 8개월 만에 이제 약을 끊어도 좋다는 진단이 내려졌고, 엄지는 복학하여 좋은 성적으로 졸업을 했다. 그리고 5월의 신부가 되었다.

세상에 어느 신부가 나의 엄지처럼 찬란하게 아름다웠을까. 모진 폭풍을 이겨내고 자랑스럽게 초가을 미풍에 나부끼는 코스모스인가 백합화인가. 아름다운 화관을 쓴 엄지는 승리한 자만이 지을 수 있는 자랑스러운 미소로 하객들의 박수에 겸손한 예를 올렸다.

새색시로서 스무 날을 함께 살다가 미국으로 유학 가던 날, 공항 출구 게이트를 통과하다가 돌연 뒤돌아 뛰어와 내 가슴에 작은 새처럼 안겨 울던 엄지는 지금 두 남매의 어미가 되어 있다. 순수수학과 전산학의 두 가지 석사 학위도 땄고 아직도 공부 중이다.

살림살이에도, 육아에도, 학문에도 다섯 손가락 중 으뜸인 내사랑 엄지. 그 작고 약한 몸 속 어딘가에 활화산 같은 용암이 분출되는지 경이롭다. 사랑이 이 모든 것을 가능하게 한 것은 아닐는지…….

이제 나의 며느리 이야기는 이것으로 끝을 맺는다. 아들의 연인으로서 6년, 며느리로서 7년, 엄지와 나눈 13년은 내게도 엄지에 못지않은 중요한 변화의 시기였다. 내 자식에 국한되었던 모성이 엄지라는 작고 약한 여인을 통해 세상으로 확대되는 시점이 되었고, 내 혼자 겪으며 삭혔던 갈등은 나의 모성을 성장시킨 동시에 인간적으로도 성숙시켰다.

내가 마치 천사표 시어머니처럼 묘사가 되었는데, 절대로 그렇지 않다. 나는 얼마나 교묘한 방법으로 연약한 엄지의 마음에 상처를 주었는지 하나님과 그 애와 나만이 안다.

내가 엄지의 병 때문에 전전긍긍하고 있을 때 엄지가 독백처럼 썼던 일기의 한 구절을 나는 우연히 본 적이 있다.

싫다. 관심도 싫다. 동정은 더욱 싫다.
내 병세가 악화될까 봐 불안해하는 시선. 싫다.
이대로의 나를 사랑해줄 수는 없는가.
병균이 들끓고, 좀먹어가는 내 작고 썩은 몸뚱이를
그 자체를 사랑해줄 수는 없는가…….

사랑이라는 이름으로, 사랑을 가장해 엄지에게 가한 나의 압박이 얼마나 그 애를 힘들게 했나를 알 수 있지 않은가. 용서를 빈다.

흔히 우리는 이렇게 말한다. 누구에게나 장점과 단점이 있다고. 나는 이 말에 반대한다. 장점과 단점은 별개의 것이 아니라 바로 동전의 양면같이 장점이 곧 단점이고 단점이 바로 장점이라고 말하고 싶다.

엄지의 고집은 엄청나다. 내가 수용했던 것은 엄지의 질병과 환경이 아니라 그 애의 고집이었다. 일 년간 휴학하고 복학했을 당시, 엄지의 병세는 조금도 나아지지 않았을 때였다. 마냥 학교를 쉴 수가 없어 담당 의사와 상의하고 복학을 했지만, 사실 조금 무리라는 것을 우리는 알았다.

우리는 엄지가 쉬엄쉬엄 출석하여 시험을 보고, 그냥 마지막 일 년을 채우고 졸업할 수 있기만을 바랐다. 그러나 엄지는 저를 염 려하는 모든 사람의 뜻은 아랑곳없이 맨 먼저 도서관에 가고, 제일 늦게까지 남아서 공부했고, 아이들 가르치고, 수학 참고서 만드는 출판사 일에 누구보다도 많은 분량을 집으로 가져와 늦도록 일을 했다. 도무지 조마조마해서 지켜볼 수가 없었다.

"몹쓸 것. 제 고집대로 저러다가 어느 거리에서 쓰러져도 이제 몰라."

엄지 어머니의 말이었다. 나 또한 당황하고 곤혹스럽기는 마찬 가지였다. 어른들의 정성을 보아서도 저럴 수가 있을까 싶었다. 제 몸무게 100그램을 늘리기 위해서 노심초사하는데, 저렇게 제 고집 대로 밀고 나가 200그램을 감소시킬 수 있는 걸까? 그러나 기왕에 그 애를 사랑하기로 했다면 갈등 없이 사랑하리라 마음먹었다.

고집이란 얼마나 강한 의지인가. 고집으로 보지 않고 의지로 보 기로 했다. 실제로 그 고집은 엄지의 탁월한 의지로서, 빈속에 약 을 단 한 번도 거르지 않고 먹었던 인내였고, 결핵협회 먼 곳까지 단 한 차례 빠짐없이 주사를 맞으러 다니게 한 원동력이 되었다. 고부 관계에서 중요한 것은 각자의 관점에서 장점을 볼 줄 아는 지 혜라고 생각한다. 아니 장점을 찾고자 하는 노력이라고 하겠다.

이제 우리 가정사에서 고부 갈등이라는 단어는 점차 사라지고 있다는 느낌이다. 그것은 무엇을 뜻하는가. 고부 관계의 새로운 국면이라고 할 수도 있다. 시어머니인 우리 친구들의 극진한 며느리 사랑을 보면서 이러한 이해와 사랑이 우리 정서로 굳어져 장구한 세월이 흐른다면, 그것이 곧 민족 정서로 토착화되지 않겠는가. 이 시대를 살고 있는 우리 시어머니들이 부단히 인간적인 성숙을 도모하면서 새로운 고부 문화 창조에 의무와 책임을 느낀다면 젊은 며느리들 또한 이에 동화되리라는 긍정적인 견해를 가져본다.

내 나이 환갑이 넘었다. 환갑은 십이간지가 새로 시작되는 해이다. 그래서 한 살이라고도 이야기하고, 육십에서 칠십에 이르는 나이는 인생의 절정이라고 말하면서 새로운 희망을 다짐하지만, 그것은 부정할 수 없는 쇠락의 나이이다. 쇠잔이란 얼마나 평화로운 체념인가. 젊음의 열정과 과욕이 씻기어 나간 평화. 그리고 쇠잔이란 또 얼마나 사람을 조그마하게 만드는가. 나는 아주 작아져서 엄지의 엄지가 되어 그의 등에 업혀 잠들고 싶다.

에필로그

〈내 사랑 엄지〉는 1996년에 쓴 글이다. 지금으로부터 13년 전이었던 그때, 갑년(甲年)을 맞은 나의 여고 동기 동창들이 회갑 기념 문집을 발간하자는 것에 뜻을 같이했다. 많은 논의 끝에 주제를 '고부 관계'로 정하였다.

오랜 세월 동안 이 땅의 여인들의 수난사였던 고부 문제를 한번 짚어보자는 것이다. 우리들은 그때 모두 시어머니였는데, 며느리를 핍박하는 시어머니는 한 사람도 없었다.

오히려 며느리를 이해하고 배려하는 부분이 더 많았다. 그렇다면 어느 사이에 우리나라에도 새로운 고부상이 자리 잡은 것은 아닐까. 이 문제를 각자의 경험을 통해 이야기함으로써 조명해보기로 하였다. 새로운 고부 관계, 새로운 전통을 만들어가자는 것이었다.

당시 미국에 유학 중이던 며느리에게 나는 이 사실을 조심스럽게 의논했고, 며느리는 흔쾌히 동의해주었다. 그렇게 해서 나온 글이 〈내 사랑 엄지〉이다.

책이 출간되자 내 글에 많은 사람들이 관심을 보였다. 아름다운 이야기라면서 우리 모자를 칭찬하였다. 나는 당황하지 않을 수 없었다. 내가 진지하고 솔직하게 쓸 수 있었던 것은 며느리에 대한 깊은 애정 때문이었는데, 결과적으로 나를 드러낸 글이 되어버렸다면 내 본의와는 너무도 먼 것이었다.

그 이듬해 아이들이 귀국하였을 때, 나는 책을 며느리에게 내보이지 못했다. 그러나 글을 먼저 읽은 아들은 기뻐했다. 제 아내를 사랑하고 인정하는 어미의 마음을 글 행간에서 충분히 알아냈기 때문이다. 나는 비로소 안심하였다.

세월은 10년이 넘게 흘렀고, 며느리는 중고등학교 학생의 자모가 되었다. 결혼 과정의 일 같은 것은 그의 기억에서나 나의 기억에서도 희미하다. 특히 아들 내외의 사생활을 써냈다는 면구함에서 나도 편안해지려는 시점이다. 그런데 어느 날 문우 한 분이 전화를 주셨다.

13년 전 내가 썼던 글 〈내 사랑 엄지〉가 인터넷의 감동 실화로 떠 있는데 알고 있냐는 것이다. 금시초문의 일이었다. 어떻게 된 일인가 알아보지 않을 수 없었다. 70여 개의 댓글을 다 읽어보고 나서야 전후 사정을 알게 되었다.

아들이 블로그를 만들면서 어미의 글을 몇 편 올렸는데 거기에 〈내 사랑 엄지〉가 포함되어 있었고, 그 글을 읽은 한 독자가 감동 실화 코너에 퍼다 놓았던 것이다. 그러자 여기저기에서 퍼가기 시작했고, 열흘이 지나니 조회 수가 10만을 넘어섰다. 이런 것이 인터넷의 힘인가. 당혹스러웠다. 왜 새삼스럽게 사람들이 이 글에 빠져드는가를 생각해보았다.

특별히 잘 쓴 글도 아닌 한낱 수기인 이 글을, 물론 인터넷의 속성인 전파의 영향이 컸겠지만 왜 이 글을 좋아하는지 짐작이 갔다. 어쩌면 이 시대가 점점 각박해져서 더욱 계산적으로 되어가기 때문이 아닐까. 그래서 누군가의 계산을 초월한 사랑이 향수처럼 그리움이 되어 마음을 따뜻하게 만들었기 때문이 아닐까.

내 친구들은 지금도 자주 엄지의 건강을 묻는다. 그럴 때면 늘 아프다고 나는 대답한다. 사실 내 며느리 엄지는 매일 아프다. 미국 유학에서 전공한 분야가 소프트웨어이다. 분석 전문가인데, 기업의 손익을 분석하고 최대의 이윤 창출을 도모해주는 일이니 밤낮이 따로 없다. 엄지는 약한 몸으로 책임자로서 그 업무를 감당하느라고 아프다. 어느 해인가는 금요일 밤에 입원을 하고 월요일 아침에 병원에서 출근하는 일이 다반사였다. 이런 아내를 옆에서 보아야 되는 아들이 딱해서 내가 측은해하면 "건강한 여자 백 명과도 바꿀 수 없는 걸요" 하면서 아들은 어깨를 으쓱한다. 사랑이란 이런 걸까.

고마주머니

고모께서 돌아가셨다. 향년 구십칠 세시다. 따님을 두 분 두셨는
데 작은 딸은 미국에 있고, 팔순이 가까운 큰딸에게는 가족이 없
다. 참으로 고적한 인생이셨다. 그런데 장례식장은 문상객으로 가
득 찼다. 당신 친정댁의 조카들과 종손들이 번성하여 한 사람도
빠짐없이 참석하였다. 그리고 세상을 떠나신 집안의 맨 웃어른의
장례 절차에 정성을 다했다. 나도 부음을 듣는 순간부터 장지 수
행까지 내 어머니를 보내드리듯 고마주머니를 보냈다. 팔십 평생
을 어머니와 친동기 이상으로 자별하게 지내신 분이고, 거의 이웃
에서 지냈기 때문에 나는 어머니와 고모를 따로 떼어내서 생각할
수가 없었다. 엄하고 까다로운 어머니보다 어릴 적부터 부드러운
고마주머니를 더 따랐다. 고마주머니는 내게 어머니 같은 존재였

다. 나는 정말 고봐주머니를 좋아하였다.

지금은 고모, 이모라는 호칭을 쓰지만 우리들이 자랄 때는 고모아주머니. 이모아주머니라고 꼭 아주머니라는 말을 넣었다. 그렇게 부르다 보니 고봐주머니, 이봐주머니가 되어버렸다. 우리들의 고봐주머니는 5남매 중에 고명딸로, 위로 오빠 세 분과 남동생을 하나 두셨다. 셋째오빠인 나의 아버지와는 두 살 터울이다.

어머니가 열여섯 어린 나이로 시집오시니 어른들이 당신 따님과 한방을 쓰게 하셨다고 한다. 혼례는 치렀지만 합방은 좀 더 자란 후에 하는 것이 당시의 관례였던 모양이다.

우리 할머니는 풍산 홍씨 가문인 혜경궁 홍씨의 후손이시다. 동생께서 조선조의 마지막 왕인 순종 임금의 승지이셨다. 나도 생전에 홍승지 어른을 뵌 적이 있다. 우리는 아버지의 외삼촌을 '승지할아버지 또는 서울 할아버지'라고 불렀다. 우리 집안은 본디 파주 사람들이다.

풍산 홍씨 할머니께선 범접할 수 없는 위엄을 갖추신 집안의 어른이셨다. 열여섯 살 새색시는 감히 고개도 들 수가 없었다. 행랑어멈이 있었지만 시어른의 진짓상은 며느리들의 몫이다.

부엌에 들면 그곳에 또 하나의 무서운 시어머니가 있었다. 바로 큰동서 되시는 분이다. 맏동서는 음식에나 침선에나 막히는 곳 없는 분이었다.

모두 한복을 입던 시절이라 열 식구나 되는 옷을 빨아서 새로 짓는 데 하루 빨고, 풀 먹이고, 다음 날 저녁이면 영등같이 해 내오시는 거란다. 너무 놀라서 큰형님 앞에서 그만 기가 죽은 것이 평생 동안 그 앞에서 머리를 숙이게 됐다고……. 어머니의 말씀이다.

의지할 곳이라곤 한방을 쓰는 두 살 아래 시누님뿐이었다. 동갑내기 신랑은 서울에서 공부하느라 잠깐씩 집에 왔지만 멀리서 바라만 볼 뿐 어른들 부끄러워 이야기도 나누지 못했다고 한다.

밤에 시누이와 바느질도 같이 하곤 했는데, 솜씨가 얼마나 좋은지 존경하는 마음이 들었고, 두 살이 적은데도 품성이 진중하고 생각이 깊어 그 어려운 시집살이에서 유일하게 기댈 곳이었다. 잠자리에 들면 한 사람씩 번갈아가며 옛날이야기를 하며 긴 밤을 보냈다.

"옛날 옛적에……" 새색시가 먼저 하면 "옛날 옛적에……" 시누이가 다음 이야기를 하고 몇 차례 이야기가 순번을 돌면 두 소녀는 누가 먼저랄 것도 없이 스르르 잠이 들었다. 그러다가 시누이는 장수 황씨 댁으로 시집을 갔는데, 올케(우리 어머니)는 시누이 시집가던 날 서럽고 서러워서 이불 속에서 참 많이도 울었다. 열여섯 살 어린 새아씨가 두 아이의 엄마가 된 때였지만…….

"딸을 세 번 시집 보내봤지만 고와주머니 갈 때처럼 가슴이 아리진 않더라."

어머니는 자주 이런 말씀을 하셨다.

아버지가 서울 누상동에 집을 장만하시고 장정 다섯(동생, 큰형님 댁 조카 둘과 외사촌 그리고 처남)을 불러 올리셨을 때부터 고와주머니는 누상동에서 우리와 이웃해 사셨다. 그리고 불과 두 살 손 위의 오빠를 평생 동안 아버지처럼 의지하고 보내셨다.

어머니를 떠올리면 생전이나 사후에나 어머니 모습 하나가 아니다. 어머니가 있는 곳엔 두 여인이 언제나 함께 계시다. 두 살 아래의 고꽈주머니와 네 살 밑의 이꽈주머니다.

나의 이꽈주머니 얘기를 하기 위해서는 어쩔 수 없이 내 외가 이야기부터 시작하지 않을 수 없다.

우리 외가는 파주군 광탄면 내동에서 누대에 걸쳐 살아오신 수원 백(白)씨 가문이다. 타성은 없이 일가친척이 집성촌을 이루고 살고 있는 곳인데, 우리 외가가 종가로서 수백 석의 부농이었다.

어머니는 종가 댁 큰아가씨였다. 네 살 터울의 자매가 있고, 다음이 하나뿐인 남동생 그리고 막내도 여자였다. 그러니까 1남 3녀 중 어머니가 맏딸이었다. 외할아버지는 뵌 적이 없는데, 전해 듣기로는 꽤나 괴팍하신 분이라는 생각이 든다. 얼마나 엄하셨던지 시집오기 전까지 어머니는 당신의 아버님을 바로 뵌 적이 없어 얼굴을 몰랐을 정도였다.

사랑채 마루에 어멈이 조석 상을 갖다놓으면 방으로 들어가는 일은 맏딸의 몫이었는데, 어른의 진짓상에 콧김이 쐬면 불경하니까 코 위로 그 무거운 상을 받쳐 들고 들어갔고, 잡수시는 것이 끝날 때까지 발치에 읍하고 서 있었기에 아버지 얼굴을 쳐다보지도 못했다는 것이다.

우리 딸들이 아버지와 요 밑으로 발을 같이 넣고 웃으면서 이야기를 나누고 있으면 어머니는 "쯧쯧, 어찌 딸들을 그리 가르치십니까?" 아버지께 언짢은 소리를 하셨고 "버릇도 없다. 어디 아버지와 턱을 마주하고 만수받이를 하느냐?"라며 우리들을 크게 꾸중하셨다.

외할아버지는 양반을 엄청 좋아하셨다고 한다. 맏사위가 찾아뵈면 열 번이면 열 번, 그때가 아무리 한밤중이라도 도포에 갓을 쓰고 절을 받으셨다고 한다. 사돈을 맺고 보니 사위의 외삼촌이 풍산 홍씨 홍승지가 아닌가. 그리고 승지 댁에 둘째 사위가 될 만한 도령이 있는 게 아닌가. 외할아버지께선 너무도 탐이 나셔서 큰사위를 통해 청혼을 하셨다.

그때 홍승지 어르신은 합방 후 관직을 내놓으시고 칩거해 계셨고, 청렴결백하셨기 때문에 그야말로 가세가 빈한했다. 외할아버지는 내동의 고개 넘어 집을 사고 전답도 쏠쏠하게 떼어주고 홍승지 댁 도령을 둘째 사위로 맞이하셨다. 그러니까 위의 두 딸을 내외종 사촌에게 각각 출가를 시키신 것이다. 큰사위는 유씨이고, 작은 사위는 홍씨이다. 당시의 반가(班家)에서는 연줄혼인을 흔히 했었고, 유서방, 홍서방의 두 사위는 아무 문제가 없었다. 고꽈주머니와 이꽈주머니는 엄마 쪽으로 보면 사돈지간이 되지만 고모 쪽으로 보면 사촌 올케와 시누이지간이 되기에 이꽈주머니는 아버지를 형부라 부르지 않고 '아주버님' 또 우리 고모를 '형님'이라고 당신의 시가 친족으로 호칭을 했다.

세 분의 우애는 찾아보기 힘들 정도로 살뜰했다. 우리 집을 중심으로 두 분 아주머니는 모이셨다. 먼저 서울에 자리 잡은 우리 집 근처로 상경들을 하셨기 때문에 이웃해 살면서, 바느질거리를 안고 오시고, 김치도 같이 담그시고, 밤마다 아버지가 읽어내시는 〈무쇠탈〉, 〈무정〉, 〈유정〉, 〈흙〉 등의 소설을 소녀들처럼 감동하고 눈물지으며 공동의 감성을 일궈가셨다.

세 여인들 중 고꽈주머니와 이꽈주머니 두 분은 한량인 남편들 때문에 적지 않게 속을 태우신 분들이다. 인물 훤칠하고 언변이 능하신 고모부와 광산을 따라다니며 큰 꿈을 버리지 못하는 이모부는 구름 같은 남편들이었다. 어린 기생의 머리를 얹어주던 '첫 남편'들이었고, 장안의 멋쟁이였다.

아버지는 외로운 누이의 가장도 되어야 했고, 가엾은 처제의 버팀목도 되어야 했다. 다정하고 명철한 아버지는 세 여인을 돌보는 것에 마음을 다하셨다. 우리 집 안방에선, 부엌에선, 수도 가에선 어머니 혼자의 목소리가 아니라 언제나 낮고 부드러운 고꽈주머니의 음성, 높고 명랑한 이꽈주머니의 음성이 듣기 좋은 화음으로 울려 나왔다.

조선은 배불숭유(排佛崇儒) 사상으로 개국한 나라이다. 철저한

남존여비의 사회였다. 남성의 외도는 일반화되었던 시대이고, 비난의 대상도 아니었다. 남자들은 보통 화류계 여자를 첩실로 두거나 신분이 낮은 계층의 여인을 취하여 소실을 삼았다. 이럴 경우 첩들은 그들의 위치를 인정하고 어디까지나 작은 여자로서의 한계를 지켰다.

고모부가 취한 여자는 그게 아니었다. 공부를 한 소위 신식 여자였고, 처녀였고, 거기다 성깔이 대단했다. '오뉴월 염천에도 물을 얼게 할 만큼' 표독했다. 시앗을 보는 여자가 한둘이 아니건만 어찌 저런 악종을 만났을까, 어머니는 한숨을 쉬셨다. 실제로 이롸주머니는 평생을 밖으로 도는 남편의 바람기로 상상을 초월하는 인격의 모독을 당했지만 안방 자리를 내놓으라는 여자는 없었다.

고모부의 여자는 본부인이 있는 남자인 줄 몰랐다는 구실로 집요하게 자기가 호적에 들어가기를 시도했으며, 교묘하게 고모부를 닦달하여 착하신 고롸주머니는 명목상으로만 부인이었을 뿐 남편을 아주 잃는 생활을 했다.

나는 고모부 아저씨를 세 번 보았다. 6.25 때 납치를 당하셨으니 내 나이 아홉 살에서 열다섯 살 사이다. 풍채가 좋은 신사 분이 아버지를 만나고 있었다. 털 깃이 달린 망토 같은 외투에 단장을 휘두르고 들어선 것으로 기억되니 아마도 겨울인 성싶다.

"안 돼!"

아버지의 성난 음성이 들렸고, 무엇인가 하소하는 듯한 그 어른의 목소리가 간간이 밖으로 새어 나왔다. 소기의 목적을 이루지 못하고 돌아서는 손님을 향해 "못난 놈, 내 생전엔 안 된다" 아버지는 단호하게 말씀하셨다. 나는 그분이 고모부인 것을 나중에 알았고, 두 번을 더 뵈었는데 그때도 마찬가지로 처진 어깨로 돌아가셨다.

고모부의 뜻은 무엇이었을까? 지아비와 아버지로서의 의무는 충실히 할 것이다. 믿어다오. 문서상의 정리만 할 것이다. 그거였을까? 물론 그것이 첫 번째 문제였지만 두번 세번 찾아온 것은 고모가 살고 계시는 누상동 집을 처분한다는 것이었다.

당신의 돈으로 산 당신의 집이니 팔겠다는 것이고, 아버지는 그에 맞서 굳게 그 집을 지키셨다. 그런 일이 어떻게 가능했는지 확실한 것은 모르지만 내 추측으로는 당시의 고꽈주머니 댁의 등기가 아버지 명의로 되어 있었기 때문일 것이다. 훗날 언니(고꽈주머니의 딸)가 사업을 한다고 집을 팔았을 때 "범달 같은 제 아비가 없애려고 했을 때도 내가 지켰는데 딸년이 팔겠다니 도리가 없구나" 하시던 말씀으로 미루어보면…….

언니의 사업은 불행하게도 재운이 따르지 않아 번번이 실패했고, 고꽈주머니는 그 후 40년을 당신의 집을 가져보지 못하고 점점 후미진 곳, 점점 작아지는 거처로 전전하시다가 고단한 삶을 끝내셨다.

그 모습은 옆에서 뵙기에 민망할 정도였고, 단 한 분뿐인 집안의 어르신을 넉넉한 친정 조카들이 그래야만 했을까는 아직도 서글픔으로 남아 있다. 그렇게 아흔일곱 해를 사시다가 돌아가신 것이다.

아현동 우리 집 근처에서 늘 사셨고, 아버지 돌아가신 후에도 한 달씩 두 달씩 어머니 곁에 머물러 계시며, 열네 살 어린 시절에 "옛날 옛적에……" 이야기를 나누다가 잠들었던 것처럼 두 어른이 모두 귀를 잡수셨으면서도 용케 대화를 이어나가며 아기같이 잠이 드셨던 어머니와 고꽈주머니. 세상에 어느 시누이 올케가 우리 어머니와 고꽈주머니 사이 같을 수 있을까?

어머니는 당신 자신을 위해서는 단 한 푼도 내게 손을 벌리신 적이 없다. 오히려 용돈이라도 드리면 손사랫짓으로 거절하셨다. 그런데 아주 가끔씩 손을 내미셨다. 나는 여쭙지 않아도 알았다. "착하구나. 너는 원래 고모를 닮았느니라" 당신이 받으신 것보다 더 고마워하셨다.

어머니 말고 내가 옆에서 가장 많이 접한 어른이 고꽈주머니다. 이 어른의 어느 모습에서도 시앗을 본 한이나, 원망의 어조나, 가난이 준 궁핍의 빈곤이 보였던 적이 결코 없었다. 그 품위와 격조가 어디서 왔을까? 학교 교육이 전무한 어른이니 학교에서 배운 것은 아닐 테고, 가정에서 이루어진 부모의 훈도일 것이라면 나는 진정으로 조선조 시대의 부모님들을 존경하지 않을 수 없다. 그리고 현대의 우리들을 반성한다.

이제 97년간의 영욕에서 벗어나셨으니 온갖 아픔 다 잊고 천상에서 평화의 안식을 누리시기를 진심으로 기원한다.

잠빠 / 이야기

지난 12월 12일 일요일 저녁에 한 통의 전화를 받았다.

"선진 아줌마?"

부드럽고 다정한 음성이었다. 유태준이다. 창원 유(兪)씨 가문이 배출한 세계적인 석학. 십여 년 전, 노벨 의학상 후보로 거론되기도 한 사촌오빠의 차남이다.

"어머머! 유태준 박사?"

나도 톤을 높였다. 일 년에 한두 번 귀국하여 후배들이 운영하고 있는 자기 이름의 병원을 둘러보는데, 15일에 출국을 하니 한번 얼굴이라도 보자는 전화였다.

마침 병원이 우리 집 근처에 있었다. 조카를 만나러 가는 날은 가슴이 설레었다.

나보다 한 살 위였다. 서울 의대에 다닐 때도 가끔 집으로 놀러 왔었고, 다른 조카들보다 친숙했던 사이다.

회색빛 바지에 까만 와이셔츠, 황금빛 넥타이를 맨, 세련되고 기품 있는 노신사가 미국식 인사로 나를 포옹했다. 백발이 더 많은 나이, 그런데도 옛날 개구쟁이의 웃음은 여전했다.

몇십 년 만의 상봉인데 어제 헤어졌다가 만난 사람들처럼 이야기가 끊이지 않았다. 치매 연구를 위해 100만 불의 지원을 받은 프로젝트가 진행 중이고, 본인의 전공 중 하나인 알레르기 예방약은 미국에서 시판을 앞두고 있는데, 엄청난 시장이라는 설명을 들었다.

젊은 사람 못지않은 윤기 나는 피부와 평화로운 얼굴, 여유로운 분위기, 진지한 매너.

"조카, 아주 이쁘게 나이를 먹었네" 내가 칭송하자 "아마 미국에서 살아서 그럴 거예요. 한국에서라면 사방의 적들이 견제하고, 자연히 조급증에 걸리고, 사회 전체가 무언지 불안하고 바쁘잖아요? 그 가운데서 나도 그런 표정으로 늙었겠지요?"

그러더니 그야말로 진지한 어조로 "영진 아저씨요. 서울에 오면 많이 생각나요" 뜻밖에도 나의 작은오빠에 대해 이야기하는 것이었다.

"I remember him. I like him very much."

나는 둔기로 맞은 사람마냥 아뜩하였다. 내 오빠를 기억하다니,

세상에 우리 가족 말고 오빠를 기억하고 있는 유씨네 친척이 있다니! 좋아한다니! 세계적인 의학자라는 감동보다, 아직도 10년은 왕성하게 연구를 지속할 수 있다는 능력보다, 많은 의사들 중에서 독보적인 존재로 인정을 받는 명성보다, 내 오빠를 기억하고 좋아한다는 그 말에 나는 너무도 벅차 그만 눈이 젖고 말았다.

"유태준, 정말 고맙다. 그대가 나를 울렸어."

나도 미국식의 포옹을 했다. 더 있다가 가라는 그의 다정한 손을 흔들어 악수하고 병원 문을 나섰다. 겨울 날씨에 비는 왜 또 처연히 내리는가. 얼굴에 차갑게 내려 떨어지는 빗물을 그대로 둔 채 가슴에 퍼지는 끝없는 비애를 감당하기 어려워 휘청거렸다.

우리 부모님은 2남 5녀를 두셨다. 작은오빠는 위에서 세 번째 자식이고, 이름은 영진(榮鎭). 세 살 먹은 내가 '작은오빠' 라는 소리가 안 돼서 '잠빠' 라고 한 것이 그대로 호칭이 되어버려 식구들도 모두 잠빠라고 불렀다. 1926년에 태어나 1978년에 세상을 떠났다. 53년의 생애였다. 사인(死因)은 결핵이었다. 잠빠가 세상을 떠난 날은 7월 17일, 제헌절이었다.

그래서 해마다 제헌절이 돌아오면 먼저 오빠가 떠오른다.

내 나이 칠십이 되니, 나도 사랑하는 사람들과의 별리(別離)를 겪었다. 어린 시절의 두 언니, 잠빠, 아버지, 어머니, 큰오빠. 그러나 사별은 잊게 되어 있어서 세월 따라 슬픔이 가시고, 시나브로 기억에서 흐려진다. 하지만 잠빠가 세상을 떠난 지 26년. '하루도 빠짐없이'라면 거짓말이 되겠지만 그와 흡사하게 나는 오빠 생각을 하며 지낸다. 떠나간 사람 그 누구보다 심지어 부모님보다 오빠가 가슴에 더 깊이 머물러 있는 것이다.

좋을 일이 있을 때보다 어렵고 힘들 때에 오빠를 생각한다. 부질없는 욕심에서 헤어나지 못할 때나, 단념할 것을 단념하지 못해 괴로울 때 오빠를 떠올린다. 남들과는 살가우면서 가족들에게는 거리를 두었던 일, 객지로만 돌던 학교와 직장생활, 회생할 수 없는 중증의 결핵환자가 되어 들것에 실려 왔던 귀가, 가히 순교적이라고 할 수 있는 병상의 날들, 이런 모든 것도 생각하지만, 늘 내게서 떠나지 않는 것은 오빠가 떠나고 난 자리이다. 허망할 정도로 간단한 뒷자리이다.

투병생활의 마지막 18년은 두 평 반짜리 방에서 한 발자국도 떼어보지 못하고 누워서만 지냈었다. 잠빠를 산에 묻고 돌아온 날, 깔고 있던 요와 이불, 머리맡의 성모상과 휴지통, 몇 권의 책을 치우니 오빠가 이 세상에 있던 흔적은 5분 만에 사라졌다. 결혼을 안 했으니 일점혈육도 없고, 스무 해 동안 출입을 못했으니 옷도 양말도 신발도 있을 리 없었다.

53년의 세월이 단 5분으로 정리되는 간단명료 앞에서 안타까움이나 허무 대신, 어떤 강렬한 감동에 압도당했던 순간을 잊지 못하는 것이다.

오빠가 병을 앓기 시작한 것은 오빠 나이 스물네 살 때 안양시에 있는 가축위생연구소 시절이었다. 오빠의 병을 이야기하기 이전에 열여섯에 세상을 뜬 셋째언니 이야기를 먼저 하는 것이 순서일 것 같다.

셋째언니는 바로 내 위의 언니였는데, 국민학교를 졸업하고 중학교 입시에 실패하여 한 해를 묵었다가 이듬해에 또 낙방하자 할 수 없이 2차 시험을 보고 합격했는데, 학교가 멀리 왕십리 근처에 있었다.

우리 집은 서대문에 있었고, 서대문에서 학교까지 통학이 힘들었다. 그 해는 해방이 되던 해라 전차로 다녀야 했는데, 나라의 전력 사정으로 전차 운행이 자주 중단되어 걸어 다녀야 했다. 이 와중에서 언니의 다리에 이상이 오기 시작했다. 무릎이 아파오다가 관절염이 되었고, 치료약이 부족해 골수염으로 진행되었고, 나중엔 결핵성 관절염이 되어 2년 만에 세상을 떴다. 관절염을 고치지 못해 어린 딸을 잃다니, 호랑이 담배 먹던 시절이었다.

오빠는 이때 대학생이었다. 어쩌다가 집에 있는 날은 가엾은 동생의 시중을 도맡아 했다. 당시만 해도 결핵은 아주 무서운 병이었고, 전염성이 강해 가까이 하기를 겁냈었는데 잠빠는 "염려 마세요. 저는 튼튼하잖아요?" 하면서 동생의 임종 뒷마무리도 앞장서서 했었다.

아마도 이때 전염되었던 것이 잠복기를 거쳐 대학을 졸업하고 연구실에 박혀 연구에 골몰할 때 발병이 된 것이 아닌가 싶다.

오빠는 수원에 있는 농과대학 졸업생이다. 대학입시 원서를 내던 날, 오빠는 아버지의 반대를 무릅쓰고 농대를 지망했다. 우리 7남매 중에 제일 영민했던 둘째 아들에 대해 부모님은 기대가 컸었다. 당신의 조카들처럼 의대에 가기를 원하셨다. 그러나 해방된 조국에서 시급한 과제는 농촌의 근대화라는 소신 때문에 부모님의 뜻을 어겼고, 이 문제로 아버지와는 소원한 사이가 되어버렸다.

오빠는 안양에 있는 가축위생연구소의 연구실에서 돼지 콜레라 백신 연구에 몰입했다.

가축은 농민의 큰 재산인데 전염병에 걸리면 순식간에 떼죽음을 당했다. 맨 먼저 한 일이 시계를 없앤 일이었다고 한다. 밤낮이 없는 연구와 실험. 그나마 받는 월급은 최소한의 식비를 제하고는 인근의 가난한 이웃을 위해 썼다. 하숙하고 있는 집의 두 아들을 공부시켰고, 좁은 자기 방은 동네 환자의 입원실이었다. 오랜 객지 생활과 과로에 영양실조. 어떻게 발병이 되지 않을 수 있었겠는가.

오빠는 남몰래 약을 복용했다. 연구를 멈출 수가 없었고, 부모님께는 차마 알릴 수가 없었다. 이것이 첫 번째 잘못이라면, 두 번째 불행은 이듬해 일어난 6.25 동란이다.

가족과 떨어져 직장을 따라 남하했는데, 전쟁의 와중에서 병은 돌이킬 수 없는 지경이 되었다. 불규칙하게 복용했던 약은 내성만 키워 오히려 악화를 초래했다.

이때쯤은 부모님도 오빠의 병을 알았다. 당시 메디컬센터의 원장이 어머니의 외사촌오빠의 아들인 안병훈 박사였다. 스칸디나비아 3국의 세계 최고 결핵전문의가 방한했을 때 입원을 하여 다각적인 검사를 했고, 수술도 시도해보았다. 그러나 치유는 불가능하다는 진단이 나왔다. 10년 동안에 오빠의 양쪽 폐는 좀이 먹은 듯 상해 있어서 절단해낼 수가 없었다. 또 신체 다른 부위에까지 옮겨져 일 년을 장담할 수 없다는 마지막 선고를 받았다.

오빠는 병원을 몰래 빠져 나와 연구소로 달려갔다. 혼신을 다해 연구에 몰두했다. 한국 최초로 예방약은 성공했고, 오빠는 폐인이 되어 들것에 실려 우리 곁으로 돌아왔다.

그때 오빠 나이가 서른다섯이었다.

집으로 온 이래 두 평 반짜리 방의 문지방을 한 발자국도 넘어보지 못하고, 오빠는 일 년의 열여덟 배를, 현대 의학으로는 도저히 알 수 없다는 18년의 생을 더 살아낸 것이다.

우리는 오빠를 얼마나 몰랐던가.

오빠가 집으로 온 후 안양에서는 매일 문병객이 왔는데, 공부를 시켜준 사람, 병을 치료해준 사람, 빚을 갚아준 사람들이었다. 그것을 입증이라도 하듯 오빠를 따라온 짐은 찢어진 구두와 낡은 옷 한 벌, 책과 성모상이 전부였다. 오빠는 피난지에서 영세를 받고 가톨릭 신자가 되어 있었다.

그들은 오빠를 살아 있는 예수라고 칭송했다. 그러나 나는 감격하지 않았다. 그것이 다 무슨 소용이란 말인가. 내 몸이 만신창이 된 다음에는.

나는 그 후 곧 출가를 했기 때문에 오빠의 병상을 옆에서 지켜보지 못했다. 그러나 그런 만큼 마음은 더 무거웠고, 회갑을 넘긴 노모가 회생의 기약도 없는 아들의 병 수발 드는 것을 볼 때는 앓는 오빠도 오빠지만 늙은 어머니가 딱하고 가엾어서 부엌 서쪽 창문을 열고 그 너머에 있는 친정 쪽 하늘을 보며 눈물을 짓곤 했다.

그때 우리 친정 부모님은 큰오빠네 식구와 같이 살았었는데, 어린 조카들에게 전염이 될까 두려워하신 아버지께서는 바로 옆에 있는 방 세 개짜리 조그만 한옥으로 작은오빠를 옮기셨다. 다만 어머니만이 따라가시어 함께 기거하며 병구완을 하셨다.

오랜 병상에서 제일 두려운 것은 육신의 고통이 아니라 고독이라고 한다. 더구나 결핵 말기의 전염병 환자임에랴. 오빠를 은인이라고 칭송했던 사람들의 발길도 세월과 함께 끊기고, 가족들과도 격리되어 있어야 했다. 나와 동생의 아이들을 무척 보고 싶어했지만 선뜻 데려가지 못했다. 오빠가 수용한 것은 육신의 고통과 더불어 정신의 고독이었다. 긴 병 환자에게서 있음직한 짜증이나 비관이 전혀 없고, 어떤 것에도 감사하고 평온한 표정이었다. 누워만 있기 때문에 욕창이 심했는데, 핀셋으로 살 속의 벌레를 골라낼 때까지도…….

어머니는 밥을 떠먹이는 것은 물론 대소변도 받아내셨다.

"어머니, 힘드시지 않우?"

내가 물으면 어머니는 고개를 저으셨다.

"아니, 힘들다가도 감복을 하니까 힘들지 않단다. 네 오라빈 사람이 아니다. 성인(聖人)이고 부처야."

"여자 부처가 낳았으니 아들 부처겠지."

나는 진심으로 이렇게 말했다.

한 숟갈밖에 뜨지 않는 환자의 밥상을 위해 엄마는 삼시 세때 새 밥을 지으셨고, 김치도 속대 겉대 다 버리고 연하고 부드러운 가운데치로만 담갔으며, 생선 한 토막이라도 짤짤 끓게 조려서 입에 떠 넣어주는 엄마가 짜증 안 내는 환자보다 더 성스러워 보였기 때문이다.

오빠는 다섯 가지 약을 열심히 먹었다. 그 약이 자기를 살리지 못할 것을 알면서도 지성으로 먹었다. 그것은 소생할지도 모른다는 기대에서가 아니라, 살아 있는 자의 자기 목숨에 대한 최대의 성실이었다. 성한 몸이든, 병든 몸이든, 생명을 부여받은 자로서 생명을 준 자에 대한 최고의 감사며 경외였다.

한 달에 한 번 봉성체를 해주시는 신부님도 놀라운 신자라고 칭찬을 하시고, 기도하러 온 레 지오 단원들도 오히려 은혜를 받고 간다며 감동했지만, 나는 그들과 같은 마음이 되지 못했다. 그게 뭐야. 그건 사는 게 아냐. 나는 안타까움 때문에 분노하였다.

나는 열심히 살았다.

오빠의 몫까지 살려는 것처럼, 일념으로 생을 사랑하고, 아이들을 키우고, 저금 액수를 늘려갔다. 산다는 것은 이런 것이라고 오빠에게 보여주기라도 하는 것처럼, 늙은 부모님의 처진 어깨를 나의 활기로 일으켜 세우려는 듯이. 사랑할 것이 많은 생활, 사랑할 것을 늘려가는 생활은 활기찼고, 생에 대한 의욕을 높여주기도 했다.

오빠, 산다는 것은 부처가 되는 길이 아니라우. 아무것도 할 수 없는 병상의 성인이 아니라우. 성한 육신을 건강하게 가꾸며 무언가를 창조해나가는 것, 발전해나가는 것, 싱싱하고 아름다운 것, 나는 정체를 알 수 없는 오기에 밀려 열심히 정말 열심히 살아갔다.

오빠의 몸이 발끝에서부터 굳어가기 시작한 것은 오빠가 집에 온 지 18년 2개월째 되는 때였다. 목까지 올라오는 데 닷새가 걸렸다. 그간에도 오빠는 의식이 분명해서 자기 생명의 소멸 과정을 지켜보았다. 그리고 소식을 듣고 모인 형제들에게 미소를 지으며 "고마웠어요" 말을 하고 자는 듯이 눈을 감았다. 모처럼 단잠에 잠기는 듯 편안하게. 그 모습은 맑고 고왔다.

"어서 와서 영진의 이뻐진 얼굴을 보아라!"

용케 참고 계시던 아버지가 오열을 터뜨리셨다. 모여 있던 사람들이 가까이 다가갔다. 그러나 나는 움직일 수가 없었다.

진작부터 나는 어떤 화살에 명중이라도 된 듯 꼼짝할 수가 없었다. 조용하고 평화로운 오빠의 임종 얼굴을 보는 찰나, 그 얼굴 위로 고뇌로 일그러진 죽어가는 내 얼굴을 보고 만 것이다. 차마 두고 갈 수 없는 사랑하는 아이들, 열심히 모은 저금통장, 아름다운 집, 이 좋은 모든 것들을 두고 떠날 수 없어 눈을 부릅뜨고 있는 내 얼굴을······.

무슨 조화였을까. 두겹 세겹 여름 날 덧옷을 걸치고 있는 남루한 내 모습을 보고만 것은.

"오빠야, 잠빠. 내가 졌어. 내가 졌어."

남들이 들으면 이해 못할 소리를 해대며 나는 엉엉 울었다.

옆에서 보기에 답답하고 한심하고 지루한 병상에서 오빠가 누렸을 자유! 그 자유가 내게 전이되어오는 순간이었고, 그것은 내 기억 속의 오빠를 더 이상 불행한 사람이라고 생각하지 않아도 좋은, 육친으로서의 위안과 안도의 울음이었다.

오빠를 산에 묻고 돌아온 날, 50여 년의 세월이 단 5분으로 마감되는 완전하고 깨끗한 종결에 전율했던 것도 이런 맥으로 이어진 충격과 감동이었다.

오빠가 세상을 떠나고 난 후, 가족과 친지들은 누가 먼저랄 것 없이 오빠의 신(神)을 찾아갔다. 유학(儒學)을 생의 근본으로 삼고 부처의 가르침을 종교로 가졌던 부모님과 무신론자인 형제들까지······. 그리고 살아생전 밥 수저 한 번 제대로 잡아보지 못한 무능한 한 병객이 어떤 건강하고 잘난 사람도 하지 못한 얼마나 엄청

난 일을 우리에게 해주고 갔는지 생각하는 것이다. 일 년밖에 살수 없다던 현대 의학을 조롱이나 하듯 지극한 고통의 18년 속에서 한 사람이 받쳐준 봉헌의 섭리를 비로소 깨달은 것이다.

모든 풀은 약초다~

아들을 묻은 날 어미는 한 번 죽었고
그 아들을 죽게 한 것이 자기라는 자책으로 두 번 죽어갔다
제정신을 잃었다 그 친구의 모습에서 나는
연거푸 두 딸을 잃고 실성했던 젊은 내 엄마를 떠올렸다
사람은 왜 저마다 독특한 체험을 하는가
그것은 훗날 누군가의 삶의 치유제가 되기 위해서라고 나는 믿고 산다

모든 / 풀은 / 약초다

나는 몇몇 인터넷 사이트에 글을 올리고 있다. 여고 선후배 동문들이 우정을 나누고 있는 사랑방도 있고, 아들이 카페지기로 있는 시댁의 산소관리 카페, 친정의 형제자매끼리 소식을 나누고 지내는 조촐한 집도 있다. 나는 그곳에 글을 올린다. 사실 글이랄 것도 없다. 그냥 사는 이야기, 내가 살아가는 이야기이다. 어떻게 기쁘고 또는 슬프고, 어떻게 힘겹고 어려운지를 자판이 두드려지는 대로 편하게 써서 올린다.

　처음 수필 문단에 등단하고 졸문이 인쇄되어 나왔을 때 부끄러워서 숨어버리고 싶었다. 글 솜씨가 미숙한 이유도 있었지만 장르의 특성상 자기 고백의 글을 주로 썼는데, 벌거벗고 속 고쟁이 바람으로 큰길에 앉아 있는 것 같은 부끄러움 때문이었다. 그래서 남이 보기에도 무난한 소재, 나를 그다지 드러내지 않는 글을 쓰기도 했다. 그러나 그런 글은 쓰면 속은 감춰놓고 겉치레만 하는 것 같아서 뭔가 미진했다. 한동안 글을 쓰지 못했다.

그러던 내가 지금은 잡다한 글들을 여기저기 흩뿌리고 있다. 너무 솔직하여 가족들을 불안하게 할 정도이다. 칠십이 훌쩍 넘은 나이가 수치를 잃게 하는 걸까. 분별력을 잃어가는 걸까. 그도 아니면 삶의 어느 부분을 벗겨놔도 무방할 정도로 도덕 군자가 되었단 말인가. 물론 아니다. 어느 날 마주친 아주 짧은 글과의 인연 때문이다. 이런 글이다.

의성(醫聖)이라고 추앙받는 스승 밑에서 수련을 하는 한 제자가 있었다. 그는 십수 년을 의술에 전념했다. 진맥과 침술에도 능통했다. 능히 환자를 볼 수 있는 실력인데도 스승은 허락하지 않았다. 그러고는 치료할 약재를 찾는 일, 약초를 캐는 일에만 몇 년을 보내게 했다. 그가 약초를 캐 오면 스승은 감별도 하지 않고 번번이 "아니다. 아직 멀었다"라는 말만 반복했다.

마침내 제자는 행장을 꾸리며 기필코 훌륭한 약재를 발견하리라 다짐하고 원행을 떠난다. 수삭의 세월이 지난 어느 날, 그는 빈손으로 돌아왔다.

"웬 빈 망태기냐? 약초를 구하지 못한 게냐?"

스승이 물었다.

"알고 보니 모든 풀이 약초이더이다. 얼마나 큰 망태기를 가져야 세상의 모든 풀을 담을 수 있으리까? 그래서 빈 망태로 왔습니다."

제자가 대답했다.

"네가 드디어 약을 알았구나. 이제 인술을 펴거라."

스승은 그제야 제자에게 환자 보는 것을 허락하였다.

이 짧은 글, 그중에 '모든 풀이 약초' 라는 말은 신선한 감동으로 나를 흔들어댔다. 생각해보면 평범한 말일 수도 있는데 나는 왜 그렇게 크게 받아들여졌는지 지금도 알 수가 없다. 그래서 나는 '인연' 이란 단어를 썼다. 어쨌든 '모든 풀이 약초' 라는 짧은 말에서 나는 인생을 다른 시각으로 바라보게 되었다.

새로운 시각으로 보는 세상은 새로웠다. 땅 위에 존재하는 모든 것이 다 그만의 가치를 지니고 있었다. 그냥 존재하는 것이 아니라 무언가에 꼭 쓰이기 때문에 존재한다고 깨달았다. 따라서 아무리 하찮은 것에도 존재의 이유가 있고, 그 존재는 반드시 남에게 필요한 것, 그것이 창조의 목적이고 존재의 의미라고 알아냈다.

제자가 모든 풀의 가치를 깨달을 때, 동시에 모든 환자의 귀하고 천함이 없음을 깨닫게 하려고 오래 참고 기다렸던 스승의 깊은 뜻을 이해한 것이다. 그렇다면 사람의 존재는? 저마다 다르게 겪는 삶의 의미는? 나는 마치 철학하는 사람처럼 풀과 사람을 동일시하고 생각의 늪으로 들어가 보았다.

모든 풀이 약초이듯이, 그래서 사람의 병을 치유하고 생명을 살리는 일에 쓰이듯이, 한 사람 한 사람의 삶이 약초이구나. 그래서 다른 이의 삶에 치유의 구실을 해야 하는 것이구나. 그럼으로 내가 살아내는 삶이 비록 하잘 것 없고 실패와 아픔, 실수와 상실의 연속이라고 해도, 반드시 누군가에게 위로가 되고, 교훈이 되고, 힘이 되는 것이구나. 그러기 위해서 사람은 독특한 체험, 자기만의 남다른 삶을 살고 있는 것이구나. 내가 얻어낸 한 잎 풀의 철학이다.

그 이후 나는 겁도 없이 글을 쓴다. 청탁해주는 곳이 없어도 글을 쓸 공간을 마련해주는 곳이면 불특정 독자를 위해 쓴 글을 즐겨 올린다. 아니 글을 쓰는 것이 아니라 이야기를 한다. 구태여 익명으로 나를 감추지도 않는다. 언제나 실명이다.

이런 일련의 자기 노출 작업에서 나는 여러 가지로 내적 변화를 체험한다. 우선 초라한 내 삶이 조금도 부끄럽지 않다. 실패의 가치에도 눈을 뜬다. 내 존재에 대한 긍정적인 인식과 타인의 존재에 대한 깊은 경외심을 갖게 되며, 한 사람이 살아내는 삶에 대해 높은 가치를 부여한다.

친절한 문우는 내게 충고를 한다. 인터넷에 글을 자주 올리다가 인터넷에 맞는 글을 쓰다 보면 '산문 정신'을 잃게 된다고 우려한다. 품격, 은유, 함축, 절제에 소홀해질 수 있는 위험이 있다는 것이다. 고마운 말이지만 나는 개의치 않는다. 그래서 지금도 모두가 잠든 새벽 두 시에 이렇게 글을 쓰고 있다. 내가 사랑하는 한 카페의 사랑방에 올릴 글이다. 제목을 '모든 풀이 약초'라고 붙인

다. 모든 풀이 약초이듯이 내가 하는 이야기 또한 누군가에게 약
이 될지도 모르지 않는가.

옷

찜질방에 다녀왔다. 미아리 근처에 시설이 좋고 규모가 큰 찜질방이 생겼으니 가보자고 권유하는 친구를 따라 어제 다녀왔다.

"혹시 누가 아니, 어깨 아픈 것에 효험이 있을지?"

그 말에는 거역할 수 없는 힘이 있었다.

나는 반 년 넘게 소위 오십견으로 애를 먹고 있다. 오른팔을 위로도 옆으로도 뒤로도 움직일 수가 없다. 다행히 통증이 없어 불편한 대로 그냥 지냈더니 이제는 몸 전체가 무겁고 어느 때는 손끝까지 기분 나쁘게 저릿하다. 물리치료를 받아보라고 하는 사람, 침과 뜸으로 다스리라는 사람, 경락 지압으로 풀라는 사람 등 처방이 갖가지였는데, 이구동성으로 하는 말이 놔두면 팔이 굳어버린다고 충고한다. 새로 생긴 찜질방엔 한증막도 있고, 부항도 뜨고 경

락도 하니 일거에 세 가지 치료를 할 수 있어 좀 좋으냐는 말에 귀
가 솔깃했다.

찜질방 건물은 7층인데, 만국기가 펄럭이고 풍선으로 만든 아
치형 입구를 통해 본관으로 들어가면 표를 끊은 사람에겐 옷을 준
다. 여자에게는 분홍색의 티셔츠와 반바지를, 남자에게는 회색빛
의 옷을, 그리고 아이들에게는 자주색 옷을 주며 다른 옷은 일체
안 된다고 일러주었다.

나도 찜질방이 처음은 아니었다. 몇 번인가 친구들과 함께 갔던
적이 있다. 모두 여성 전용의 조용한 곳이었고, 흰 면 옷은 개인이
가지고 가도 괜찮았다. 그런데 이곳은 욕탕만 남녀 구별하여 있고
다른 시설은 공용이었으며, 신발장의 번호가 2000번이 넘는, 한 층
이 운동장만 한 규모였다. 그 넓고 큰 곳에 분홍빛, 회색빛, 자줏빛
의 사람들이 가득가득하니 어떤 건물 안이 아니라 어느 이상한 소
도시에 와 있는 느낌이었다.

친구를 따라 한증막에도 들어가 보고, 산소 방에도 가보고, 얼음
방에도 들어갔다. 사람들이 편안하게 누워 있었다. 나도 그들 사이
에 누워 땀도 흘리고 식히기도 하였다. 낯모를 회색 옷의 남자가
있어도 조금도 불편하지 않았다. 중앙 홀에 나가서 누워보라는 권
유를 받았다. 뜨겁다가 차게 이완을 계속한 몸을 쉬게 해야 한다는
것이다. 홀은 각 방으로 가는 통로이다. 덥지도 차지도 않은 알맞
은 온도. 많은 사람들이 누워 있었는데 모두 편안해 보였다.

연인으로 보이는 젊은 남녀가 정답게 이야기를 나누고 있었다. 반바지 아래로 보이는 남자의 다리가 탄탄하고 여자의 팔은 미려했다. 저들이 만일 지금 휘황한 식당에서 데이트를 하고 있다면 꽉 조인 넥타이, 높은 구두, 처지가 기우는 쪽에선 더 그럴듯하게 포장을 했겠지. 그리고 그 분장에 가려 본질을 놓칠 수도 있었겠지. 지금 허름한 겉옷 한 벌로 마주하고 있는 정직한 모습이 보기에 좋았다.

나는 누워서 혹은 앉아서 오고 가는 사람들을 지켜보았다. 아무리 봐도 모두 똑같았다. 화장을 하지 않은 민낯, 손질하지 않은 머리칼, 똑같은 복장, 빈 손……. 다른 것이 있다면 남녀와 노소뿐이었다. 아니다. 노소뿐이다. 낯선 회색 옷의 남정네와 멀지 않게 누웠어도 망측하거나 불편하지 않았으니 그는 이미 남자가 아니지 않은가.

참으로 평등했다. 나는 일찍이 경험해보지 않은 편안 속에서 언젠가 방송에서 무용가 홍신자 선생이 했던 말을 떠올렸다.

"나체촌에 갔을 때입니다. 들어가기 전에 옷을 벗어 바구니에 담아야 했어요. 조금 멈칫해지더라고요. 그런데 옷을 벗고 열흘간 그곳에서 살다가 나올 때였어요. 벗어놓은 옷을 꺼내 입을 때, 처음 옷을 벗을 때보다 더 힘들었어요."

나는 뜸을 뜨러 가자는 친구의 팔을 뿌리치고 하나의 망상을 그려나갔다.

범죄가 많은 어느 큰 도시. 한 젊은 시장이 취임한다. 범죄의 원인을 검토한다. 지나친 빈부 차이, 가진 자의 오만, 못 가진 자의 분노…… . 마침내 시장이 결단을 내린다. 모든 여자들에게는 분홍색 옷, 남자들에게는 회색, 아이들에게는 자주색 옷을 준다. 그리고 일주일에 하루는 모든 시민이 반드시 그 옷을 입어야 밖으로 나올 수 있다는 법을 만든다. 어길 경우 중벌로 다스린다. 장관도 수위도 같은 옷이다. 사모님과 파출부 아줌마도 같은 옷이다. 너도 내가 입은 옷, 나도 너와 같은 옷, 너와 나는 같다. 우리는 같다. 그 도시에서 점차 범죄는 사라진다.

친구가 나를 흔들었다.
"그만 자. 시장 한복판 같은 데서 잠이 오니?"
치료는 받지 않을 거냐는 그녀의 재촉에 나는 오십견이 아니라 다른 곳이 나았다고 선문답 같은 대답을 했다. 나는 정말 무언가 치유되는 느낌을 받았다. 태어날 때 터럭 하나 달고 나오지 않은 동물이 사람 말고 또 있을까. 추위와 더위에 대책 없는 무방비의 탄생이 인류 문명의 근원이 되었는지도 모르겠다. 그러면서 인간에게만 갈등과 비애를 주었는지도 모르겠다.
옷장에서 옷을 꺼내 입고 찜질방 문을 나서면서 나는 인간에게 '옷'이 주는 기쁨과 슬픔을 생각해보았다. '옷'이 극복되는 세상도 생각해보았다.

그림이 / 있는 / 풍경

그 여자는 그림을 좋아합니다. 마흔이 갓 넘어 남편을 먼저 보내고 혼자서 세 아이 키우기를 20여 년. 넉넉한 살림이 아닌데도 좋아하는 그림을 위해서는 천금 같은 돈을 내놓습니다. 저의 손아래 동서입니다. 지난 IMF 때 금리가 연 25퍼센트가 되자 차액만큼 이자 소득을 얻기 위해서 제 집을 전세 주고 작은 집을 얻어 갔습니다. 이사하는 것을 거들려고 갔었는데, 좁은 공간이라 그림들을 몇 점씩 포개서 벽을 따라 죽 세워놓을 수밖에 없었습니다. 그래서 가장 아끼는 것만 거실 중앙에 걸어놓았습니다. 2호, 4호, 5호짜리 작은 그림들이었습니다.

"이 그림들이 어떤 건데 이렇게 소중하게 거누? 귀하고 유명하고 비싼 것들이야?"

내가 물었습니다.

"그런 것 묻지 말고 가만히 앉아서 바라만 보세요."

그녀가 대답했습니다.

"쓸데없는 생각하면 그림이 보이지 않아요."

민망한 이야기지만 나는 그림을 모릅니다. 그러니까 그림을 감상할 줄도 모르지요. 생각해보면 그리 궁색한 살림도 아니었는데 부모님은 자식들에게 문화적 환경을 만들어주시지 않으셨습니다. 넓은 대청마루에 조부모님의 사진과 액자라고도 할 수 없는 큰 사진틀에 이것저것 스무 장가량의 사진을 넣어 걸어놓았을 뿐입니다. 나는 그림을, 아니 예술을 접하면서 자라지 못했습니다. 그림을 모르는 것이 이런 성장 환경 때문인가 자문해보곤 하는데, 맞는 말인 것 같습니다. 내 아이들을 보면요.

그 애들은 한 술 더 뜹니다. 예술을 모르면 야만인이 되는 세상인데도 제 자식들에게 음악도 미술도 가르치지를 않습니다.

"싫어하는 걸 왜 강요합니까? 억지로 시키는 것 말이에요. 부모들의 문화적 허영일 수 있어요."

문화적 허영? 그러나 그림을 보며 감동을 감추지 못하는 친구들의 모습을 보면 나는 인생에서 귀한 무엇을 놓치고 사는 자신을 발견하며 무언지 모르지만 심한 부끄러움을 느끼곤 합니다.

"아무 생각 마시고 그림만 보세요."

동서가 가만가만 말을 합니다.

나는 가만히 앉아 그림들을 바라보았습니다. 한참을 바라보았습니다. 세 작품이 모두 한 작가의 것이었습니다. 파랑, 노랑, 분홍 연두의 색들이 파스텔보다 짙게 칠해져 있는데, 형태는 그려져 있지 않고 곱디고운 색깔뿐이었습니다. 그런데 색깔뿐인 그림을 자꾸만 보니 모자를 쓴 여인이 나오고, 갓 피어난 장미 한 송이도 있었습니다. 얼마나 화사하고 맑고 밝고 따뜻한지 한참을 보고 있는 사이 이윽고 내 마음이 편안해지기 시작했습니다.

"김인중 신부님이라고, 프랑스에서 활동하고 계신 분인데 그곳에서 더 유명하셔요. 성화(聖畵)의 대가인 안젤리코의 후계자가 되시는 분이에요. 이분이 창조해내는 칼라는 정신과 치료에도 쓰여요. 오직 색으로 최고의 미를 창출하신답니다."

귀국 전시회가 몇 번 있었는데 그때마다 무리를 하면서 제일 작은 것을 구입했답니다.

"신부님의 그림을 보면 슬픔이 달래져요."

집으로 돌아와서도 그 황홀할 정도로 밝고 따뜻한 색들이 잊히지 않았습니다. 그리고 무엇이 그녀의 작은 거실을 그렇게 넓고 풍성하게 했는지 깨닫게 되었고, 남편을 먼저 보낸 후 어린 3남매를 키워낼 수 있었던 힘을 발견할 수 있었습니다.

그 이후 나는 틈이 나면 동서의 집을 찾아갔습니다. 그림을 보기 위해서입니다. 그녀도 내 마음을 아는 듯 차 한 잔만 탁자에 놓고 제 일을 합니다. 밝고 따뜻하고 명랑한 기운이 서서히 내게 찾아오고, 그녀의 거실 가득히 햇살이 퍼지는 느낌이 들 때면, 그럴 때면 가당치 않은 욕심 하나가 햇살이 퍼지듯 내 안에 퍼집니다.

'아아, 저 그림 같은 존재가 되었으면 좋겠다. 누군가를 따뜻하게 해주고 편안하게 해주는 그런 사람이었으면 좋겠다. 아무 말하지 않아도 차 한 잔 나누는 것으로 충분히 남에게 기쁨을 주는 그림 같고 싶구나.'

나는 오늘도 그 집을 다녀왔습니다. 금리가 낮아져 더 이상 이자 소득의 의미가 없기에 제 집으로 들어간 그녀의 이삿짐을 함께 풀며 그림을 정리하였습니다. 그러면서 나는 인생에서 귀한 무엇하나 놓치고 살았던 것을 찾은 듯했습니다. 다시는 그림을 모른다는 말을 하지 않기로 하였습니다.

네 / 이웃이 / 눈에 / 보일 / 때

나의 교통수단은 주로 지하철이다. 부실한 시력 때문에 운전을 배우지 못했고, 그렇다고 기사 딸린 승용차를 탈 수 있는 부류도 아니니 대중교통을 이용할 수밖에 없는데, 집 근처에 3호선과 7호선이 있는 것을 행운으로 여기며 감사한 마음으로 출입을 한다. 나는 지하철 마니아다. 우선 지상의 교통 혼잡이 없으니 오가는 시간을 예측할 수 있고, 요즘은 1호선에서 8호선까지 운행되고 국철에다 분당선까지 있어 수도권의 웬만한 곳은 내린 후 걸어서 20분이면 갈 수 있다. 전 지역이 역세권 내지 준 역세권이다. 거기에다 우대권까지 받는 처지고 보면 지하철 예찬도 나올 만하다.

특별히 따로 운동을 하고 있지 않기 때문에 지하철 타는 일은 내게 좋은 운동이 된다. 우리 집은 언덕 위에 위치하고 있어서 집에서 내려오는 것, 올라가는 것, 또 지하철 계단을 오르고 내리는 일로 등에 기분 좋은 땀이 흐르면 마음까지 유쾌해진다.

역을 향해 걸어가다 보면, 날렵한 차를 몰고 가는 이웃을 종종 만나게 된다. 그들은 운전석 옆 유리창을 열고 정중하게 동승을 권한다.

"역까지라도……."

나는 한껏 상냥한 어조로 사양을 한다. 미끄러지듯 멀어지는 차를 보며 '당신은 오늘 그 귀찮은 물건을 끌고 다니느라 수고가 많겠구나' 하고 가당찮게 오히려 동정을 한다. 그러면서 상대적인 자유를 느낀다.

역으로 들어가 전동차를 기다릴 때면 내가 즐겨 찾아가는 곳이 있다. 의자가 놓여 있는 벽면에 광고 화면도 있고 안내문도 붙어 있는데, 그 옆에 작은 액자가 있다. 어느 때는 아름다운 시가, 어느 때는 채근담이, 때로는 성구(聖句)가 번갈아가며 담겨 있다. 나는 들어온 전동차를 보내면서까지 그 글귀에 매료되어 읽고 또 읽는다.

'작게 내려놓아라. 조금 편할 것이다. 많이 내려놓아라. 크게 편할 것이다. 전부 내려놓아라. 이 세상을 이길 것이다' 라든가, 애벌레가 나방이 되려고 꼬치를 뚫을 때 너무 힘들어하여 구멍을 조금 내주었더니 막상 밖으로 나오자 날지를 못하더라는 관찰자의 기록을 읽으면 나는 아주 행복하다. 그래서 언제나 시간을 넉넉히 남겨두고 집을 나선다. 액자는 한 달에 두세 번 바뀌는데, 요즘에는 이런 글이 걸려 있다.

"너희는 너의 새벽이 오는 것을 언제 아느냐?"
랍비가 제자들에게 물었다.
"고양이와 양을 구별할 수 있을 때 저는 먼동이 트는 것을 압니다."
"틀렸다."
"무화과나무의 잎과 포도나무 잎이 구별될 때 새벽이 오는 것을
압니다."
"그것도 틀렸다."
그러면 어느 때냐고 묻는 제자에게 스승이 말했다.
"네 이웃이 네 눈에 보일 때가 어둠이 걷히고 새벽이 오는 때이
니라."

이 글을 본 날, 나는 전동차를 타고 목적지까지 가면서 줄곧 액
자 속 말을 상기했다. 네 이웃을 네 몸과 같이……. 수없이 들어온
이 말이, 하도 많이 들어 별다른 감흥도 없던 그 말이, 내 몸같이 사
랑하기가 너무 어려워 나하고는 상관없게 되어버린 그 말이 '네 눈
에 이웃이 보일 때……' 로 쉽고 가깝게 구체화되는 것을 느꼈다.
전동차의 흔들림은 생각을 이어가기에 가장 알맞은 진동이었
다. 이웃은 누구인가. 아침저녁 마주치는 골목 안 사람인가. 아니
야. 동시대를 같이 살고 있는 모든 남들, 그중에 힘들고 고통스러

위 누군가의 손과 마음이 필요한 사람, 그에게도 나에게도 관심과 이해와 용서와 화해가 꼭 필요한 사람, 그런 사람이야. 그러자 광의(廣義)의 이웃에 밀려 이웃이라고 느껴지지 않았던 '나의 이웃', 그래서 이웃 사랑의 범주에도 들어오지 못했던 나의 이웃이 조금씩 내 눈에 보이기 시작했다.

눈물이 흘러나왔다. 나의 이웃은 내가 마땅히 수용하고 감당해야 할, 내게 주어져 나를 힘들게 하고 비참케 하는 나의 인연들이 아닌가.

오늘은 음력 팔월 열이틀. 사흘 후면 추석이다. 더도 덜도 말고 한가위 같기만 하라는 풍성한 명절. 소외된 이웃이 눈에 보여 내 것을 나누는 일만이 나의 새벽을 보는 일은 아닐 것이다. 누군가의 상한 마음이 보이는 것, 가깝기 때문에 더 단단히 웅어리져 있는 노여움을 풀어내는 것, 내 소유일지라도 이웃을 생각하며 자제하는 일. 이런 것들 또한 내게서 어둠이 걷히고 새벽이 오는 일은 아닐까.

지하철로 향해 가는 길은 내게는 외출 이상의 의미가 있다.

또 / 하나의 / 책 / 읽기

내가 처음 읽은 소설이 춘원 이광수의 〈흙〉이다. 해방이 된 후 한글을 익힌 이듬해 열두 살 때였다. 그전에 일본어로 된 동화책이나 다른 책도 읽었으련만 첫 번째 읽은 책이 늘 〈흙〉이라고 기억되는 것은, 그 소설이 그만큼 어린 나에게 영향을 주었기 때문이다.

소설이란 이렇게 재미있는 것인가. 꽤 두꺼워서 작은 손으로 받쳐 들고 읽기에 무거웠는데도 단숨에 읽었고, 하도 여러 번 읽어서 주인공의 이름인 허숭, 유순, 갑진, 정선을 지금도 생각해낸다. 그것이 열두 살 때의 기억이다. 어릴 때 무작위로 읽었던 책들은 어른이 되어 다시 한 번 읽었지만 〈흙〉만은 일부러 읽지 않았다. 어린애의 마음으로 느꼈던 여러 가지를 그냥 그대로 간직하고 싶어서이다.

어린것이 조숙하다는 염려 반, 칭찬 반의 이야기를 들으며 읽었던 〈흙〉은 이후 나를 '소설 읽기'에서 헤어 나오지 못하게 했다.

당시는 읽을거리가 지금처럼 흔하지 않았다. 누구네 집에 어떤 책이 있는지 살피러 다녔고, 책을 발견하면 어떻게 해서든 빌려 보았다. 중학교 2학년 때 6.25 전쟁이 나서 피난을 갈 때도, 거리에 죽 내놓고 파는 헌책에만 눈이 쏠려 가족을 잃을 뻔한 적도 있었다. 지금 생각하면 일종의 독서 중독증이지 않았나 싶다.

따로 독서 지도를 받은 적은 없었지만 인쇄된 것이라면 무작정 읽었다. 그래서 많은 책을 읽을 수 있었지만 불행하게도 시력을 잃게 되었다. 원래 전 가족이 고도근시인 집안이라 유전적으로 눈이 부실했는데, 등잔불 밑에서 책을 읽었으니 눈이 어떻게 견뎠겠는가. 해방 후는 전력 사정이 나빠서 밤이면 촛불을 켰던 때이고, 또 전쟁의 와중에서는 늘 어둡게 살았는데, 그 흐린 불빛으로 몰래 책을 읽었고, 심지어 부모님의 꾸중이 두려워 이불을 뒤집어쓰고 손전등을 비추며 읽기도 했으니, 눈이 나빠지는 것은 당연한 일이었다. 하지만 시력을 잃은 불편함보다는 독서의 즐거움이 더 커서 눈의 건강 같은 것은 염두에도 없었다.

책을 왜 그렇게 읽느냐고 누가 물으면 그냥 습관이라고 말한다. 특별히 재미있는 내용이 아니라도 손에서 놓지를 못한다. 아무리 재미없는 책이라도 읽지 않고 있는 것보다는 재미있기 때문이다.

그러나 이렇게 재미있는 '책 읽기' 인생에도 끝은 있나 보다. 책을 읽을 수 없게 되었다.

회갑이 지나 백내장 수술을 하고 2년이 된 어느 날이었다. 언제부터인가 사물이 흐릿하게 보였다. 약시일 때도 이렇지는 않았다. 신문의 큰 글자인 제호만 겨우 보이고, 확대경을 둘씩 겹쳐놔도 도무지 글씨를 읽을 수 없었다. 당황하여 곧바로 검사를 해보니 후발성 백내장이라는 것이다. 검은 동자에 비닐 코팅이 입혀지는 증상이다. 동자에 막이 쳐지니 어떻게 글씨를 볼 수 있겠냐고 했다. 레이저로 막을 거둬낸 의사는 이렇게 말했다.

"이 시술은 두 번 할 수 없으니 눈을 아끼세요."

눈을 아끼기 위해서가 아니라 두 페이지만 넘겨도 어지럼증이 일어서 나는 책을 덮어버렸다. 열두 살 때부터 60년 가까이 줄기차게 책을 읽으며 살아온 나날들이 함께 덮였다. 그동안 책은 형제였고, 자식이었고, 친구였고, 이웃이었다. 나는 망연자실, 공황장애에 빠지는 느낌이었다. 대책을 강구해야만 했다.

거리로 나섰다. 책 읽기에 밀려나 뒤에 처져 있던 친구와 이웃을 찾아 나선 것이다. 무엇이든지 열중하지 않고는, 책을 대신할 만한 열정의 대상을 찾지 않고는, 무력에서 헤어 나오지 못할 것 같은 어떤 위기감 때문에 나는 열심히 사람을 만나고, 열심히 차를 마시고, 열심히 이야기를 나누고, 열심히 소풍을 다녔다. 그러다 마침내 또 다른 '책 읽기'를 찾아내고는 전율하고 만다.

사람에게서 책을 발견한 것이다. 어린 시절부터 나를 빠져들게 했던 소설이 사람을 통해, 사람에게서 다시 읽어지는 것이었다. 저마다 독특하고 유일한 내용의 기막힌 소설, 문자로 표현되는 한계를 훌쩍 뛰어넘는 소설, 각 사람이 저마다 한 권의 책이었다.

나는 지금 내가 찾아낸 '또 하나의 책 읽기'에 감동하고 있다. 한 사람에게서 그 사람만의 소설을 읽어나간다는 일은 얼마나 따뜻한 일인가. 얼마나 깊은 이해와 사랑이 앞서야 가능한 일인가. 개개인이 겪은 인생살이에 가치를 부여하고 존중할 때 비로소 눈에 보이는 것.

열두 살이 되던 어느 해, 어린아이로서는 힘겹던 소설책을 끝까지 읽었던 것처럼, 그래서 책을 사랑할 줄 아는 사람이 되었던 것처럼, 새로 알아낸 '또 하나의 책 읽기'에도 인내와 정성을 기울일 것을 다짐해본다. 진정으로 사람을 사랑할 줄 아는 사람이 되기 위하여…….

살풀이 / 가락은 / 겨울바람이다

겨울바람에 문풍지 떨리는 소리가 언니들을 잃고 울었던 젊은 엄마의 울음소리 같다는 것을 알고 진저리를 쳤던 것은 내 나이 열두살 적의 일이다. 귀에 아주 익숙한 그 소리가 싫어서 학교가 일찍파해도 집으로 발길을 돌리지 못했던, 딸을 잃고 우는 엄마의 애끓는 울음소리. 어느 때부터인가 그 곡소리가 잦아들어 어린 가슴을 쓸어내고 있었는데, 잠결에 다시 엄마의 울음소리가 들리다니…….

이불을 머리까지 덮어썼다.

'엄마가 또 울기 시작하는구나.'

여간 겁나는 일이 아니었다. 살그머니 옆을 보니 엄마는 곤히자고 있었고, 바람이 세차게 불었다. 그리고 바람이 불 때마다 덧문의 문풍지가 흐느끼듯 떨렸다. 겨울의 소리는 자식 잃은 어미의 울음소리라는 것을 그때 알았다. 그 이후 겨울엔 문풍지에서뿐 아니라 잎이 떨어진 빈 나무에서도 울음이 들렸고, 처마 끝에서도 들려왔다. 어린 내가 알아버린 겨울은 흰 눈이 솜처럼 내리는 설렘도 아니고, 손발이 꽁꽁 어는 칼날 같은 추위도 아니었다. 울고 있는 겨울이었다.

60년 전 겨울의 울음을, 기억에서도 아득한 그 울음을, 아니 자식을 먼저 떠나보내고 호곡하는 어미의 울음을 나는 요즈음 주야로 듣고 있다. 듣는 것뿐 아니라 거기에 맞추어 발을 디디고, 팔을 쓸어내리고, 흰 명주 수건을 공중을 향해 풀어낸다. 살풀이춤을 연습하는 것이다.

우리 춤을 배우기 시작한 지 고작 20개월이니 살풀이를 춘다는 것은 언감생심의 일이다. 가르치시는 분도 3년쯤 민요가락의 춤을 익히고 그다음에 살풀이춤을 시도하자고 했었다. 그랬는데 가까운 친구의 간곡한 청으로 살풀이를 추지 않을 수 없게 되었다.

서른다섯 살이 된 아들을 잃은 친구이다. 아들이 간경화가 심해가자 그래도 아직 체력이 좋을 때 이식수술을 해보자고 서두른 것이 어미였다. 수술 후 한 달 만에 아들을 땅에 묻었다. 아들을 묻은 날 어미는 한 번 죽었고, 그 아들을 죽게 한 것이 자기라는 자책으로 두 번 죽어갔다. 제정신을 잃었다. 그 친구의 모습에서 나는 연거푸 두 딸을 잃고 실성했던 젊은 내 엄마를 떠올렸다.

사람은 왜 저마다 독특한 체험을 하는가. 그것은 훗날 누군가의 삶의 치유제가 되기 위해서라고 나는 믿고 산다. 그래서 누구든지 그가 겪는 어떤 고통이나 아픔은 또 다른 누군가의 동일한 아픔과 고통을 위해 쓰여져야만 한다고 생각한다. 그렇기 때문에 나는 지난 6년 동안 친구의 망극 가까이에 머물며 슬픔을 같이했다.

아들이 살아온 35년을 이 친구는 하나씩 다른 형태로 재생시키며 제 아픔을 달래어갔다. 홈페이지를 만들어 발병과 투병의 과정을 기록하여 이 땅의 이식수술의 문제와 정보를 상세히 제공하며 아들의 그림을 체계적으로 정리하고, 그리고 마침내 그의 예술과 사랑을 한 권의 책으로 묶었다.

"출판 기념회를 열 거야. 내 아픔을 함께해주었던 사람, 위로해주었던 사람을 모두 불러 잔치를 열 거야. 그리고 내 슬픔을 모두 사를 거야. 네가 살풀이를 추어다오. 못 추어도 상관없어. 지금 배우기 시작했다고 핑계대지 말아. 이 춤만은 꼭 네가 추어야 내 슬픔이 전송될 것 같다."

이 청을 거절할 수 없어 나는 서툴게 살풀이춤 연습을 한다. 동이 틀 즈음 잠에서 깨면 먼저 음악을 튼다. 구성진 가락이 심금을 훑어낸다. 한겨울의 문풍지 울음소리, 빈 나뭇가지 사이로 울림을 만들어 통속의 소리를 내는 겨울바람 소리, 내 엄마의 곡소리, 친구의 신음소리가 가락에 실려 들려온다. 그러다가 마침내 춤가락은 없어지고 자식을 먼저 보내고 애통하는 어미의 울음소리만 남는다.

　나는 서서히 발과 손, 팔을 움직인다. 천천히 아주 천천히, 누르면서 끈적끈적하게, 음(音)에 쫓기지 않고 음을 먹어가면서…….
가르치시는 분의 말이 귓가에 맴돌지만 나는 내 마음 내키는 대로 긴 수건을 공중에 뿌리고 걷어내며 춤을 춘다.

　아팠던 마음들이여 가라. 혼백이여 편안한 안식을 취하라. 살아 있는 것들이여 새 기운을 회복하라. 서툰 나의 춤은 춤이 아니라 이윽고 하늘을 향해 드리는 기도가 된다.

　원시 이래 무속은 존재했다. 인간은 초월자를 찾게 만들어진 조물인가. 크고 신비한 것을 경외했고, 주술의 능력을 가진 무속인을 통해 신과의 교류를 시도했다. 간절한 염원과 축복의 발원. 흐느끼듯 애원하듯 흐르는 가락에서 내 어머니의 어머니, 그 어머니의 어머니들이 자손의 무탈과 평안을 위하여 빌었을 기원이 내 안에서도 서서히 발동한다. 음악이 끝나는 4분이 지나면 등에 땀이 흐른다.

　살풀이의 가락은 겨울바람이다. 겨울바람이 만들어내는 울음소리다. 자식을 먼저 보내고 우는 어미의 울음이다. 나는 그 설움과 소망을 춤춘다.

　나를 위해 추는 춤이기도 하다.

남편의 / 여자 / 친구
아내의 / 남자 / 친구

지난 4월 11일에서 13일까지 2박 3일 동안 여고 동창회를 제주도에서 가졌다. 두 내외만이 살고 있는 우리 집이니, 남편이 스스로 식사를 해결하며 홀로 지낼 수밖에 없었다. 마침 며느리 둘이 다 출장 중이고, 라면도 끓이지 못하고 과자처럼 생으로 먹는 남편인지라 제주도로 떠나는 마음이 편하지 않았다.

조석 때가 되면 염려가 되어 매번 전화를 했다. 그럴 때마다 "아무 걱정 말아요. 잘 먹고 있어?" 하는 남편의 목소리가 의외로 활기차고 명랑했다. 다행이구나 생각하며 안심하고 지내다가 일정이 끝나 밤 9시쯤 집에 도착하니 진풍경(?)이 벌어져 있었다. 전혀 상상도 해보지 못한 일이었다.

설거지가 말끔히 되어 있는 것은 물론, 가스레인지 위에 된장찌개가 맛깔스럽게 끓여져 있고, 부추김치, 파김치, 멸치볶음, 콩장, 상추와 깻잎과 장조림으로 식탁이 차려져 있었다. 바쁜 와중에도 시아버지 식사를 챙겨드리기 위해 애쓴 며느리가 기특하여 감동하고 있는데, "왜 그 애 있잖아? 그 애가 와서 밥 차려주고 반찬도 해놓고 갔어" 하고 남편이 말을 하는 것이 아닌가.

"그 애라니, 그 애가 누구?"

"아이, 왜 그 포철……. 포철이 자기 시뉘하고 둘이 와서 했어."

아아, 그 포철? 우리는 그 여자를 '포철'이라고 불렀다. 그 여자의 남편이 포항제철에 얼마 전까지도 근무하고 있었기 때문이다. 나이는 우리 큰며느리 또래고, 남편이 다니는 교회의 교우이다. 나는 정말 기쁘게, 맛있게 저녁밥을 먹었다.

아이고 신통해라, 예뻐라. 며칠 후에 내가 밥을 산다고 전해줘요, 하면서…….

남편에게는 젊은 여자 친구들이 꽤 있다. 모두 이삼 년 동안에 생긴 친구들이다. 원래 남편은 오랫동안 작은 사무소를 운영해왔었다. 그런데 경기가 나빠지고, 이제는 노인이라 패기도 추진력도 젊은 소장들하고는 경쟁이 되지 않았다. 자기 동년배들은 진작 간판을 내린 사람들이 많다. 그래도 남편은 차마 문을 닫지 못하고, 대신 직원 없이 자기 혼자 사무실을 지킨다.

사무실을 열고 있으면 들르는 사람들이 많다. 녹즙 외판을 하는 아줌마도 오고, 보험 설계사들도 들른다. 또 '여호와의 증인' 전도

팀도 짝을 지어 찾아온다. 나는 칠순을 훨씬 넘긴 남편이 빈 사무실에서 벽만 보고 홀로 있는 것보다 젊은 여자들하고 차도 마시면서 이야기를 나누는 것이 좋다. 그래서 출근 가방에 곶감도 넣어주고, 고구마도 쪄서 담고, 사무실에는 커피와 녹차를 넉넉하게 준비해놓는다.

우리 사무실은 201호인데 203호는 인력 관리를 하는 곳이다. 파출 일을 원하는 사람, 찾는 사람들로 복도에는 젊은 사람들의 왕래가 빈번하다. 나는 남편의 하루가 집 밖에서 재미있기를 바란다. "사람들에게 차를 대접하고 이야기도 나누고 그래요" 이렇게 부추긴다. 내 눈에 남편은 정말 그야말로 노인이고, 세상 어디에 내놓아도 안심이 되는 구부정한 할아버지이기 때문이다.

'포철'을 만난 곳은 교회이다. 남편은 한 젊은 부목사가 개척한 교회로 따라나섰다. 교회를 개척하는 일이 얼마나 어려운 일인가. 그래서 도움이 되려고 갔지만, 지하철을 갈아타며 2시간이나 걸리는 먼 곳이라 나는 동참을 하지 못했다. 멀고 힘든 곳을 찾아온 노인을 그곳 신자인 '포철'이 아버지처럼 섬겨주었다. 어른으로 깍듯이 모시며 정중히 대해주고, 딸 없는 남편도 젊은 여인이 무척 귀여운 눈치였다.

여자의 고향인 전라도에 그들 내외와 함께 가기도 하고, 젓갈을 선물로 받아 오고, 상황버섯과 누에 가루도 챙겨주어 내가 열심히 남편에게 꿀에 재었다가 주곤 했다. 알게 모르게 남편에게서 어떤 활기가 뿜어 나오는 것 같았다.

나는 포철이 끓여놓고 간 된장찌개를 맛있게 먹으면서 몇몇 친구들에게 나의 부재중에 일어난 우리 집 이야기를 신나게 해댔다.

"며느리보다 낫지? 그치? 된장찌개가 얼마나 맛있는지 몰라" 하면서…….

그런데 한 친구가 "어머, 어머, 재미있긴 재미있다. 그런데 제일 재미있는 건 맛있다고 신나게 먹는 마누라쟁이다" 하는 것이 아닌가.

딸 같은 남편의 여자 친구가 만들어놓은 음식을 맛있게 먹는 일이 그렇게 이상한 일일까? 나는 나의 초등학교 남자 친구에게 전화를 걸어 자초지종을 이야기하며 내 행동에 자문을 구해보았다.

"얼마나 좋은 일이냐? 얼마나 아름다운 일이야? 우리들이 정말 좋은 나이에 와 있구나. 내가 말이야, 환갑 넘어서 만난 초등학교 여자 친구들을 좋아하는데, 왜인지 아니? 사심 없이 만날 수 있어서야. 우리 집 사람이 너희들 만날 때 끼어들고 싶어 하는 이유도 그거지. 된장찌개 맛있게 먹어라."

이렇게 말하는 것이었다.

내가 고희가 되던 해 50명 정도의 지인을 초대하여 나의 칠순 생일을 치렀는데, 내 남편이 꼽은 첫 번째 초대 손님이 나의 초등학교 남자 친구 내외였다. 그는 마이크를 잡고 내가 그의 얼마나 좋은 친구인지를 진지하고도 유머러스하게 이야기해서 하객들의 박수를 받았다.

환갑을 지나고 칠순을 넘기면 남편의 여자 친구, 아내의 남자 친구, 얼마든지 가능하다. 그들이 있어 삶이 풍요롭다.

일기예보

나는 매일 밤 일기예보를 본다. 아홉 시 뉴스는 놓쳐도 그 말미에
있는 예보 시간은 잊지 않고 챙긴다. 특별히 외출할 일이 있어서
미리 준비해놓으려는 게 아니다. 그냥 일기예보 보는 일이 좋은
것이다. 기상 캐스터의 설명을 듣기보다 화면에 나오는 기상도에
흥미가 있다. 그래서 나에게 일기예보는 듣는 일이 아니라 보는
일이다. 그리고 인생을 생각하게 하는 일이다.

　언제부터인가 나는 일기를 비 오고 바람 불고 하는 날씨로가 아
니라 하나의 생명체로 느끼게 되었다. 어느 해 태풍이 대단하던
가을이었다. 곳곳에서 피해가 속출했었는데 그때 화면을 통해 태
풍의 눈을 보았다. 힘차게 돌고 있는 팽이의 무늬 같은 태풍 속, 그
한가운데 있는 태풍의 눈이 마치 살아 있는 맹수의 눈처럼 날카롭

고 번뜩이는 것이었다.

태풍은 살아 있는 생물이구나. 그러고 보니 큰 나무를 뿌리째 뽑아버리는 바람도 살아서 작용하는 힘이지 않은가. 날씨가 생명체라는 생각을 처음으로 했다. 그 스스로가 물러가지 않는 한 누구도 대적할 수 없는 괴력의 소유자. 그래서 나는 일기예보를 볼 때면 힘 있는 어떤 위대한 존재를 생각하지 않을 수 없다.

요즈음은 '날씨와 생활'이라고 이름을 바꿔서 날씨에 알맞은 생활을 하도록 정보를 주고 있다. 아이들은 쉽게 새로운 명칭에 익숙해지는데, 나는 끝까지 일기예보라고 고집한다. '날씨와 생활' 시간 되었나요? 물음에 아직은 '일기예보' 시간이 아니야, 라는 식으로……

예보 시간에 통보관은 기상도에서 한반도 지도 위에 곳곳의 일기예보를 그림으로 보여준다. 우리나라를 지나는 기류를 따라 지방마다 날씨가 다른데, 일기에 따라 해님 또는 뭉게구름을 그려놓는다. 주간 예보의 요일 밑에도 예상되는 날씨를 주홍색의 태양, 흐린 날의 구름, 비오는 날의 빗줄기의 표시들로 해놓는다.

이 그림들을 보면, 같은 하늘 아래 같은 시간에 곳에 따라 날씨가 다르고, 고작 일주일 사이에 똑같은 날씨가 거의 없다는 사실은 나를 조용히 흥분시킨다. 물론 장마 기간이나 가뭄이 계속될 때는 예외이긴 하지만. 유심히 관찰하면 그때의 하늘빛도 각기 다르다.

내가 일기예보 시간을 열심히 챙기는 것은 이처럼 맑고, 흐리고, 비 오고, 태풍 부는 고르지 않은 날들을 거기서 볼 수 있기 때문이다. 비 오고, 바람 불고, 천둥 치는 것을 아무도 막지 못한다는 이치를 거기서 알 수 있는 까닭이다. 그리고 비가 온다고 아무리 예고해주어도 우산을 준비할 뿐, 태풍이 분다 해도 부두의 선박을 묶을 뿐, 사람은 다만 그치기를 기다리는 무력한 존재임을 거기서 확인하기 때문이다.

일기예보를 보면 사람이 살아가야 하는 길이 그곳에 있음을 알 수 있다. 맑은 날도 있지만 흐리고 바람 불고 비 오는 날이 많은 일기처럼, 그리고 그 비 오고 태풍 몰아치는 것을 아무도 거부할 수 없는 것처럼, 다만 비 오면 우산을 쓰고, 바람 불면 배를 묶듯 그렇게 조용히 인생길의 폭우가 지나기를 기다리는 것이라고 일기예보를 보면서 생각을 정리한다. 홍수와 가뭄은 언제나 어디에나 있다. 누구도 그것을 막을 수는 없다. 산에 나무를 심고, 물길을 내고, 둑을 쌓으며 그것에 대비할 수는 있지만, 비 오고 가무는 것을 거부하지는 못한다.

일기예보는 내 인생에도 풍우와 한발이 있음을 알려준다. 그리고 그것은 막을 수도 피할 수도 없는 것임을 가르쳐준다. 다만 감당할 수 있는 내적 힘을 기르라고 이야기한다.

살아가는 길에도 일기를 예보해주듯 인생예보가 있었으면 좋겠다는 생각을 해볼 때가 있다. 인생예보만 있다면 미리 준비하여 낭패를 면할 것이 아닌가. 그러나 화면에서 극명하게 보여주는 일

기예보와 다를 뿐 인간사란 현재에서 내일의 예고가 이미 이루어
져 있는 게 아닐까. 오늘을 튼실하게 사는 일이 내일의 예고가 될
것이다.

　나는 지금도 일기예보를 듣고 있다. 아니 보고 있다. 일기예보
를 보고 있으면 내게 오는 비바람을 이길 힘이 생긴다. 오늘은 흐
리지만 내일은 맑을 거라는 기대를 갖게 된다. 그리고 내 삶의 내
일의 예고를 나의 오늘에서 찾게 한다. 일기예보를 보는 일이란
나에게 오늘을 잘살게 하는 힘이다.

　나는 일기예보 보기를 아주 좋아한다.

이름

어린 시절에 나는 내 이름에 대해 불만이 많았다. 영자, 순희, 이렇게 부르기 좋고 듣기 좋은 이름이 많은데 선진이가 뭐람, 하며 투덜대었다. 아이들이 '선짓국 사려', '선진 조국 만세' 하며 놀리는 것이 싫었고, 어른들이 '슨진아' 하고 부르는 그 슨진이란 소리가 듣기 싫었기 때문이다.

　언니들의 이름은 예뻤다. 혜진, 효진, 예진, 넷째 딸이 태어나니 맥이 빠진 아버지께서 생년월일 짚으실 기운도 없어서 그래, 착하기만 해도 인생의 반은 길할 것이니 착하기나 하거라 하시며 돌림자 위에 착할 선(善) 자를 붙여주셨다고 한다. 그래도 동생에 비하면 크게 대접을 받은 폭이었다. 다섯째 딸인 동생은 생일이 음력 정월이라고 정자(正子)였으니…….

결혼을 하고 아이를 낳으면서 이름을 잃어가니 오히려 좋았다. 그러다가 등단을 하고 이름을 발표할 기회가 더러 생기면 "참 이름이 이쁘세요. 옛날인데 아버님이 멋쟁이셨나 봐요" 이런 이야기를 종종 들었다 그러면 유선진이가 과히 나쁘지 않은가 보다 하며 조금씩 이름에 애정이 갔다.

내 이름의 한자는 획이 많다. 그래서 언제나 한글로 썼다. 남들처럼 더러 한자로도 써보고 싶어 언젠가 방명록에 유선진(兪善鎭)이라고 서명을 해보았다. 그랬더니 가깝게 지내고 있는 문우마저 놀라는 것이었다. 그동안 갖고 있던 인상과 어울리지 않아 딴사람 같다는 것이다. 그래서 한문으로 이름 쓰기를 포기했다.

이름이 그 사람의 성향에 어떤 영향을 미치는지는 모르지만 내가 자라면서 제일 많이 들은 칭찬이 착하다는 것이었다. 그것이 특별히 착해서가 아니라 예쁘지도 않고 영특하지도 않으니 달리 칭찬할 말이 없어서 '착하기도 하구나' 했을 터인데, 착하다는 그 말에 스스로 묶여버려 매사에 제 소리를 내지 못하는, 좋게 말하면 긍정적이고 나쁘게 말하면 소극적인 사람이 되어버렸다. 그래서 어떤 이름을 갖느냐 하는 것도 운명이라는 생각을 한다.

이름 하면 누구에게나 여러 가지 재미있는 이야깃거리가 많을 것이다. 나 역시 그러한데 나는 이런 일화를 잊지 못하고 기억한다.

알렉산더 대왕이 승전을 계속하던 전성기 시절이었다. 어느 날

군사재판을 하는 현장을 지나가게 되었다. 마침 아름다운 눈을 가진 한 어린 사병이 처형대에 묶여서 실형을 언도받고 있는 장면을 목격했다. 전쟁터에서 도망을 친 죄목이었다. 죄수의 눈이 너무도 맑아 그냥 지나칠 수 없던 대왕이 물었다.

"네 이름이 무엇이냐?"

"알렉산더입니다."

"알렉산더라고? 도망자가 어찌 알렉산더라는 이름을 가질 수 있단 말이냐?"

임금은 대노했다. 바로 사형을 집행하라는 엄명이 떨어질 것 같았다. 그런데 임금은 뜻밖에도 풀어주라는 명령을 내렸다.

"알렉산더는 가장 용감한 자의 이름이다. 비겁한 도망자가 되어 죽는 이름이 아니다. 전쟁터로 다시 가라. 가서 알렉산더답게 죽어라."

어린 시절에 읽은 글인데 감수성이 강한 때여서인지 오래 기억하며 내 아이들의 이름을 지어주면서도 이름다운 사람이 되라고 이르는 대목이 되었다. 그리고 내 이름에 착할 선(善) 자가 들어간 것은 행운이라는 생각을 했다. 착하기보다 쉬운 일이 어디 있는가. 특별히 나쁘지만 않으면 들을 수 있는 말이고, 노력을 요하는 일도, 그야말로 세금을 내는 일도 아니지 않은가.

어느 친구는 내가 이름값을 하려는 양 착한 척한다고 역겹다면서 놀린다.

"야, 위선진. 너는 유선진이가 아니라 위선진이야 위선진."

그러면 나는 진심으로 이렇게 대답한다.

"맞아. 근본이 악인 인간인 내가 아무리 착한 척하기로 어떻게 착할 수가 있겠니? 만일 착할 때가 있다면 그것은 착한 것의 흉내 겠지. 위선밖에 할 수 없는 것이 인간이고, 그리고 나의 한계야. 위(僞)선진 맞아."

어느 문우는 또 이렇게도 말해준다.

"선생님, 유선진 하시지 말고 우선진 하세요. 정말 우아하세요."

나는 그녀의 말에 얼굴이 붉어진다. 뚱뚱하고 볼품없는 나를 위로해주려는 마음을 읽은 것이다.

"맞아요, 맞아. 내가 생각해도 어리석음 덩어리니 우선진(愚善鎭) 맞아요."

유선진, 위선진, 우선진. 내 살아생전 나를 따라다니고 또 명심해야 할 내 이름이다. 거짓 선밖에 할 수 없는 것이 인간이라고, 상황에 따라 달라지는 선은 선 비슷한 것이지 진정한 선이 아니라고 나를 깨우치는 이름이며, 어리석음을 멀리하라고 경계를 해주는 이름이다. 그래서 나는 누가 유선진 하고 이름을 불러주거나 인쇄된 내 이름을 볼 때 번번이 가슴이 뭉클하다.

요즘에는 이름 대신 나를 지칭하는 것들이 있어서 씁쓸하다. 이층에 살고 있어서인지 201호가 내 이름일 때가 많다. 관청에 가서도 주민등록번호가 나를 대신한다. 그것은 내 이름이 아니라고 나는 속으로 항변한다. 내가 살다가 떠나면 나와는 상관없는 것들이 어떻게 내 이름이 된단 말인가. 그것은 내 이름이 아니다.

이름이 있다는 것은 세상에 어느 것과도 견줄 수 없는 고유한 존재라는 자기 인식이다. 무엇으로도 대신할 수 없는 유일한 존재인 자기를 깨닫는 일이다. 이름은 감격이다.

하늘의 / 웃음

내게는 일곱 살 터울의 여동생이 있다. 하나뿐인 동생인데 어머니가 마흔세 살에 낳으신 늦둥이다. 어머니는 노산인 데다 허약하셔서 아기는 달수를 못 채우고 미숙아로 태어났다. 1943년, 2차 세계대전에서 일본이 패망하기 직전인 전쟁 말기였다. 모든 물자가 귀해 우유 한 모금 못 먹고 암죽으로 자랐다. 그래서인지 어른이 된 후에도 겨우 다섯 자 키에, 단풍잎 같은 손, 대학 노트를 반으로 접어 만든 종이배만 한 발, 그렇게 작은 여인이다.

"명이 길어 살았지."

돌이 되도록 고개를 가누지 못하고 부실해서 어머니는 사람 노릇을 못할 줄 아셨던 터라 학교를 다니고, 결혼을 하고, 아이를 낳을 때마다 고맙고 대견하여 "받은 명이 길었던 거야" 하며 하늘을 향해 막내딸의 수명을 감사해하셨다.

우리는 동생을 '남보다 하나가 부족하거나 아니면 하나가 더 많은 사람' 이라고 생각했다. 태어날 때 이미 한 달이 모자랐으니 하나가 부족한 것은 분명하고, 자라면서 보이는 행동이 어딘가 모자라는 사람의 짓인데, 그렇다고 아무나 할 수 있는 일이 아니기 때문에 '하나가 모자라거나 아니면 하나가 더 많은 사람' 이라는 긴 이름을 짓기까지 했다.

과자가 흔하지 않던 시절, 곽째로 골목길에 들고 나가서 아이들이 달라는 대로 다 주느라고 저는 한 개도 못 먹는 바보. 모래를 뒤집어쓰고 울며 들어온 날 "너도 같이 뿌리지"라고 말하면 "그러면 그 애가 아프잖아" 대답하는 못난이. 술래잡기할 때는 술래를 도맡았고, 고무줄놀이를 할 때면 자청하여 고무줄을 잡는 어리숙한 애.

이러한 일련의 모습을 보면서 우리는 이 아이가 부족하거나 아니면 넘치는 아이라고, 칭찬 반 염려 반의 마음으로 아끼고 사랑했다. 이렇게 식구들을 부족한 건지 과한 건지 아리송하게 만들며 커가던 동생이 혼기가 차서 충청도 양반 댁의 종부가 되었다.

결혼을 하고 나니, 하나가 모자라게 보이는 이 사람은 모자람(?)의 진면목을 과시해나갔다. 제 아이 셋에, 시누이, 시동생, 생질 두 명을 거느리고 살았는데, 힘든 내색 없이 꾸려가면서 어렵게 이층집을 장만하고는 맨 먼저 한 것이 위층을 영등같이 꾸며놓고 시골에 계신 시부모님을 모셔온 일이다.

동생은 명문대학 약학과 출신이다. 약국을 할 요량으로 큰 골목길에 차고가 있는 집을 샀다. 그런데 시부모님을 모셔오니 처음 서울살이를 하게 된 시아버지가 낯설어하셨다. 며느리는 차고를 약국 대신 노인당으로 꾸미고 동네 어르신들을 불러 모았다. 점심때면 국수를 말아내고 커피를 끓이고 시아버지에게 친구를 만들어드리며 서울에 정을 붙이게 했다.

교편을 잡고 있는 동서가 아이를 낳자, 병원에서 바로 제집으로 데려와 키울 때나, 중풍으로 쓰러진 손위 시누이를 시골에서 올라오게 하여, 열세 식구 조석을 단풍잎만 한 손과 종이배 같은 발로 동동거리는 모습을 보았을 때, 그 육신의 고달픔이 보기에 안쓰러워 "그러지 말고 약국을 하거라. 너는 돈을 벌고 그 돈으로 사람을 써서 살림을 맡기면 덜 고단하지 않겠니?" 내가 말하면 "언니, 우리 가족에게 젤 필요한 건 돈이 아니라우. 형제간에 사랑하고 화합하는 일이 문제인데 그 몫을 돈이 할 수 있나?"

이렇게 대답하는 동생이 부족한 건지 넘치는 건지 헷갈리기도 했지만 실은 남이 흉내도 낼 수 없는 동생만의 잘난 점인 것을 인정하고 감복하지 않을 수 없었다.

동생이 가톨릭 신자가 되자 "아이구, 이제 예수까지 믿어 더 큰 바보가 되었으니 어쩌노?" 하며 친정어머니는 한숨을 쉬시는데, 누대에 걸쳐 유교 집안인 시어른들께서는 주저 없이 천주학쟁이가 된 며느리의 뒤를 따랐다. 남편이, 시동생이, 시누이들이, 조카들이, 시누이의 시누이들이……. 다섯 자 키의 조그만 여자 뒤에 장대같이 큰 사람들이 줄지어 서서 함께 가는 모습은 감동이라는 말로는 부족했다.

일곱 살 아래지만 언제나 언니 같은 동생. 만월의 보름달이 아니라 열하루 달같이 한 귀퉁이가 비어 있어, 그 일그러진 곳에 사랑을 채워 비로소 둥근 달이 되게 하는 하나뿐인 내 동생. 나는 동생을 떠올릴 때마다 높은 데서 동생을 바라보며 웃고 있는 '하늘의 웃음'을 느낀다. 축복의 다른 이름인 '하늘의 웃음'. 아름답게 사는 이를 즐거워하고 계시는 축복의 분배자를 피부로 느낀다. 어떻게 살아야 그분이 나를 향해서도 웃으실까 동생을 보면서 나는 배운다.

얼굴 / 그리고 / 사진 / 찍기

사이좋은 사람들의 싸이월드에 내 미니 홈을 개설하였다. 배우고 싶은 우리 춤이 한 가지 있는데, 그 춤의 이수자께서 당신의 미니 홈에 상세한 동영상을 올려놓으셨다는 말을 들었다. 그것을 보려면 싸이월드에 회원 가입을 해야 하고 이분께 일촌 허락을 받아야 된다는 것이다.

설날에 아들과 떡국을 먹으면서 이 이야기를 하니 큰아들이 떡국을 먹다가 말고 내 미니 홈을 만들고 그분의 미니 홈에 들어가서 일촌 허락을 받아내었다. 그리고 자기가 금년이 안식년이니 틈이 나는 대로 관리해주겠노라고 말을 하였다.

"어머니도 심심하지 않으실 거예요."

이렇게 해서 나는 인터넷상의 작은 집 한 채를 가지게 되었다.

나는 컴퓨터에 초보자다. 내가 할 수 있는 것은 글을 쓰고, 쓴 글을 올리는 일뿐이다. 배우려는 마음도 갖지 않는다. 시력이 부실한 것이 첫째 이유이지만 여러 가지를 배워 재미가 들면 컴퓨터 앞을 떠나지 못할 것 같은 두려움 때문이다.

싸이월드의 미니 홈은 그야말로 작은 집이다. 몇 개의 방으로 구성되어 있다. 그 한계 안에서 집 주인은 집을 운영하는 것이다. 그 몇 안 되는 방 중에서도 내가 드나드는 방은 세 개뿐이다. 일기를 쓰는 '다이어리', 사진을 올리는 '사진첩' 그리고 자유롭게 글을 올리는 '게시판'이다. 사진첩은 아들 담당이니 내가 이용하는 방은 다이어리와 게시판이다. 방명록은 손님들이 흔적을 남겨주면 나는 환영의 마음을 전한다.

벌써 7개월이 되었다. 아들이 작은 집을 만들어주면서 심심하지 않을 거라고 말한 대로 홈피가 만들어진 이후 심심할 겨를이 없다. 방명록에 글이 올라와 있는가 살펴보기도 하고, 여기저기 흩어져 있는 글들을 찾아 한곳에 모으느라고 분주하다. 사진첩을 훑어 보는 일도 여간 흥미로운 일이 아니다.

사진첩을 들여다보고 있노라면 새삼스럽기도 하고 민망하기도 하다. 민망하다는 말은 사진이나 사진을 설명한 글들이 나의 초라한 날들을 정직하게 보여주고 있기 때문에 부끄러워서 하는 말이고, 새롭다는 것은 사진 속에 잊혀진 나의 삶이 고스란히 들어 있어서 새로운 감회에 젖게 된다는 뜻이다. 그러나 그것이 비록 초라하다 해도 바로 '나'이고, 부정할 수 없는 '내 삶'이었으니 어찌하랴. 소중하게 여기며 아끼는 마음을 갖기로 한다. 아쉬운 것은 사진이 별로 없다는 것이다. 내가 사진을 가깝게 하지 않은 까닭이다.

내가 제일 싫어하는 것이 사진 찍기이다. 눈이 앞으로만 보게 되어 있어서 남의 얼굴은 늘 보고 살지만 자기 얼굴은 거울로밖에는 보지 못한다. 그래서 내 얼굴을 잊고 살 때가 많은데, 사진을 보면 '아, 내가 이렇게 생겼구나'생각하면서 내 친구 중에 하나가 '못난이'라고 별명을 지은 것은 맞는 말이라고 인정하게 된다.

여럿이 같이 찍는 사진은 더욱 싫어했다. 독사진이야 나 혼자 보는 거지만 여러 명과 같이 찍었으니 저마다 인화하여 갖고 있는 사진에 내 얼굴이 끼어 있는 것이 싫었다. 외모에 대한 콤플렉스일 터인데, 사진에 한해서만 예민하게 반응했을 뿐 살아가면서 외모 때문에 기가 죽지는 않았다. 순전히 아버지 덕이었다.

아버지는 남자든 여자든 겉모습이 괜찮은 것에 큰 가치를 두지 않으셨다. 우리 집은 딸이 다섯이었는데 아버지께서는 늘 "이쁘게 생기지 않은 것이 우리 딸들의 제일 큰 덕목이다"라고 하셨다. 남의 눈에 아름다운 것은 상함을 입기 십상이고, 마음을 다스리는 것에 게으르게 하고, 같은 뜻이지만 겸양을 멀리하게 한다고 말씀하셨다. 그리고 외모란 오래가지 않는다고도……. 예쁜 내 친구들을 보시면 그 애가 간 뒤에 "조금 덜 예뻤으면 좋을 법했구나" 이렇게 말씀하신 적도 있었다. 어렸지만 나는 아버지의 말씀을 알아들었다.

아버지는 딸들에게 좋은 성품, 단정한 말씨, 후덕한 마음, 조신한 자세를 성현의 글이나 고전을 읽어주시며 가르치셨다. 아마도 딸들이 외모 때문에 주눅 들까 봐 그러셨는지도 모르겠다. 그래도 나는 예쁜 친구가 많이 부러웠다. 그런데 예쁘게 태어나지를 못했으니 어쩌겠는가. 아버지 말씀처럼 웃는 모습, 고운 말씨를 익히며 이 나이까지 왔다.

나는 다행히 나를 닮은 딸은 없고 아들만 있는데, 내 아들들에게 아버지가 내게 훈도하신대로 겉모습은 중요하지 않다고 일러주며 길렀다. 아니 아버지보다 한술 더 떠서 나는 이렇게 말했다.

"약점을 갖는다는 건 축복이야. 약점으로 인생에 승부를 걸어보거라."

장점을 무기로 삼는다면 태만해질 수 있고 자칫 오만해질 수 있지만, 약점으로 대처하겠다고 작정하면 상대를 나의 위에 놓아야 되니 우선 겸손해지고, 다른 실력, 다른 매력을 계발해야 되니까 부단히 노력하다 보면 자기는 성장하고, 세상은 그런 나를 인정하게 되지 않겠느냐며.

"약점으로 세상을 이기는 길보다 고품격의 성공은 없겠지?"

이렇게 말했다.

말은 그렇게 하면서도 이율배반적으로 내가 제일 싫어하는 것이 사진 찍기다. 누군가 카메라를 들이대면 "내 사진을 찍지 마세요" 손사래 치는 것을 보면 아마도 마음 저 밑바닥엔 외모에 대한 열등의식이 해결되지 않은 채 그냥 있는지도 모를 일이다. 그런데 미니 홈에 올라오는 사진첩의 사진을 보니, 사진들이 보여주는 것은 얼굴의 생김새가 아니라 내가 살아온 날들이었다.

대부분의 사진에서 나는 웃고 있었다. 주로 스냅 사진들인데 머리가 헝클어져 있든, 복장이 부실하든 나는 웃고 있는 것이다. 이것은 뜻밖의 발견이었다. 사진으로 보이는 그 시점들은 내 기억에 한결같이 초라하여 지우고 싶은 날들이었고, 온갖 시행착오로 멍든 날들이라고 생각하며 비참해하고 있었는데, 슬펐다고 기억되는 그 시절에 나는 사진마다 웃고 있는 것이 아닌가. 웃고 있는 사진들은 내게 큰 위안이 되었다. 나는 그렇게 실패한 사람이 아니었고, 내 지난날이 내가 기억하는 만큼 그렇게 허망한 것은 아니라고 사진이 말해주는 듯해서이다.

근자에 들어와서 내게 이상한 증상이 생겼는데, 그것은 젊은 시절의 나를 자식처럼 바라보는 것이다. 세상을 모성의 시각으로 바라보자는 생각은 많이 해봤지만 지난날의 '나'를 어머니 같은 눈으로 보는 것은 상상도 못했던 일이다. 젊은 시절의 나를 가여워하고, 칭찬도 하면서 마치 자식 사랑하듯이 철없던 시절의 자기를 사랑하는 '연로한 자기'. 그런 차에 사진첩의 젊은 내가 사진마다 웃고 있으니 어미를 기쁘게 해주는 자식처럼 내 마음이 흡족하다.

이제부터는 사진 찍기를 싫어하지 말아야겠다는 생각이 들었다. 비록 찍혀 나오는 얼굴이 보기에 민망하지만 사진 속에 내 살아온 날들이 있고, 사랑하는 사람들이 있고, 감사를 느끼게 하는 계기까지 되고 있지 않은가. 가장 힘든 시기에 나를 웃게 해준 이들, 나를 사랑해준 많은 사람들에 대한 감사를…….

이제 사진 찍기를 피하지 말아야 할까 보다.

재미로 / 산다

나는 한 달에 평균 70여 통의 편지를 보낸다. 내용을 다 다르게 쓰는 것은 아니다. 보통 세 종류의 글인데, 수신자가 70여 명이 되는 것이다. 정규적으로 내가 참석하는 모임이 한 달에 4개이고, 인원이 70여 명이다.

내가 속해 있는 모임은 그것이 어떤 성격의 모임이든 나는 유인물 발송을 자청하여 맡는다. 대개 A4용지 2장에서 3장의 편지를 보낸다. 첫 페이지는 지난 모임의 보고 및 다음번의 장소와 시간을 알리고, 나머지 2장에는 읽어서 유익한 글이나 더러는 내가 쓴 글을 보낸다.

애썼다는 말을 많이 듣는다. 치하도 받는다. 그러면 나는 이렇게 대답한다.

"웬 칭찬을……? 내 재미로 하는 걸요. 정말 재미있어요."

그러니까 편지를 받아주는 분께 오히려 고마워서 박수를 쳐야 한다며 '짝짝' 박수를 친다.

그렇다. 유인물을 쓰고, 프린트하고, 겉봉을 쓰고, 풀칠하고, 우체국에 가서 우표를 붙이고, 편지함에 넣고 하는 일이 재미있다. 그 과정에서 받는 이를 떠올리면 가슴에 정이 가득해지는데, 이럴 때 마음이 따뜻해지는 것이 재미있다.

아이들을 기를 때였다. 무엇을 하겠다고 하면, 재미있으면 하라고 대답했다. 그러나 어떤 것을 재미있어 해야 하고, 무엇이 재미있어야 하는지는 분명히 했다. 밥 먹는 것 재있다, 그렇지? 공부하는 것 재있다, 그렇지? 심부름하는 것 재있다, 그렇지? 하면서 마땅히 해야 할 일들을 다 재미있는 일로 몰고 갔다. 그리고 내가 재미있어서 하는 일이 남에게 유익이 되는 그런 일, 그거야말로 정말 재미있는 일이라고 일렀다.

지금도 가정을 이루고 사는 아이들이 찾아오면 "재있니?" 그 말밖에 묻지 않는다. 재미없이 살기엔 인생이 너무 짧고 귀하기 때문이다.

매사에 이렇게 재미를 강조하니 사람이 어떻게 저 재미있는 일을 하고 사냐고 핀잔도 받는다. 재미없어도 할 수 없이 하기 싫은 일을 하고 사는 것이 인생이 아니냐는 훈계도 듣는다. 또 재미와 기쁨은 다른 것이니 재미를 추구하지 말고 기쁨을 목표로 하라고 충고도 받는다.

모두 맞는 이야기지만 그래도 재미가 있을 때 기쁨도 있기 때문에 나는 재미를 우선에 둔다. 재미 때문에 일을 하는 게 아니라 꼭 해야 할 일이 참으로 재미있다고 스스로 최면을 걸면 정말 재미있는 일이 되어버리니까, 재미라는 장치를 내가 하는 일에 '틀'이 되게 하는 것이다.

우리 집에서 전동차를 타러 가려면 지하철 입구에 붕어빵 장수가 있다. 사람들이 기다려 서서 사 가지고 갈 정도로 인기가 있다. 나도 단골손님이다. 귀갓길에 주로 붕어빵을 사게 되는데, 붕어빵이 쪄 나오는 것을 지켜보는 일이 재미있다. 2개의 다른 틀이 있다. 틀에 따라 두 종류의 빵이 나온다. 어떤 틀에 넣느냐에 따라 같은 반죽이라도 모양 다른 빵이 나오는 것처럼, 세상만사도 각자가 갖고 있는 '틀' 대로 상황을 받아들인다는 생각이다.

나는 지금 감기에 걸려 있다. 그런데 아픈 것도 재미있다. 묵직한 통증이 정수리를 치면 꽝 하고 골 전체가 울리면서 아득해지는 느낌이 재미있다. 목이 쉬어 목소리가 나오지 않는 것도 재미있다. 평소에 말이 많아 실수를 많이 하는데, 그래서 고치려고 해도 영 되지를 않는데, 한 보름 목이 잠기니 말을 못하는 것도 나쁘지 않다. 그러나 계속 흐리다가 모처럼 갠 푸른 하늘처럼 머리도 곧 청명해질 것이고 목도 터질 것이다. 그때 십여 통의 전화를 걸려고 한다. 대화를 나누는 일은 무엇보다도 재미있기 때문이다.

그러나 한편으로 가슴 한쪽이 찔리기도 한다. 노인이 하루에 10명 이상 자살을 한다는데, 취업을 못하는 젊은이가 수만이라는데, 지구 저쪽에서는 죽이고 죽는 일이 계속되는데, 병상에선 수많은 환자들이 고통을 당하고 있는데, 나는 사는 일이 재미있어야 하는가. 내가 그 경우라 해도 사는 일이 재미있다고 과연 말할 수 있는가.

그럴 땐 답을 잃는다. 그리고 잠시 내가 사는 세상이 재미가 없어진다. 재미라는 끈이 끊기자, 오직 그 끈에 매달려 있던 나의 일상이 수천 길 낭떠러지로 곤두박질치며 떨어진다. 잠시 아득해진다. 그런데 떨어져서도 재밌으니 이 재미 중독증을 어쩐단 말이냐.

낭떠러지에도 햇볕이 있고 바람이 불어왔다. 들꽃도 피어 있고 새소리도 들렸다. 거기는 거기대로 재미있는 곳이었다. 재미있다고 생각하면 재미있는 것이 인생이다. 재미있게 살다가 재미있게 떠나고 싶다.

노년 / 예찬

우리 집의 아침은 늦게 밝는다. 희수의 남편과 고희를 지낸 아내가 사는 집. 출근길이 바쁜 직장인도, 학교에 늦을 학생도 없으니 남창의 햇살로 눈이 부실 때까지 마음 놓고 잠에 취한다. 노경에 들면 초저녁잠이 많아 저절로 아침형 인간이 된다는데, 우리 내외의 수면 형태는 여전히 젊은이 같아 잠의 유혹을 떨쳐내지 못한다. 그러나 얼마든지 게을러도 괜찮은 나이, 늦은 아침을 맞이할 때마다 나는 내게 찾아온 노후를 예찬한다.

식사 준비도 간단하다. 잡곡밥에 국, 그리고 김치와 생선 한 토막이 전부다. 나는 남편에게 초라한 밥상을 내밀며 자랑이나 하듯 말을 한다.

"조식(粗食)이 건강식인 것 아시지요?"

조악한 음식이라야 노후의 건강을 유지할 수 있다는 핑계를 대
며 적당히 소홀한 식탁에 미안해하지도 않는다. 그러면서 중얼거
린다. 늙었다는 것은 정말 편한 것이구나.

식후의 커피처럼 황홀한 것이 또 있을까. 우리 집 식탁이 놓여
있는 북쪽은 전면이 유리창인데, 찻잔을 들고 건너다보면 앞집의
남쪽 정원이 마치 내 집 마당처럼 눈에 들어온다. 나는 가꾸는 수
고 없이 그 안에 가득한 꽃과 나무를 즐긴다. 소유하지 않으면서
도 누릴 수 있는 많은 것들. 분주하게 뛰었던 젊은 시절엔 어림도
없던 일이다. 한유의 복은 노후의 특권이다.

천천히 신문을 본다. 빠르게 얻어야 할 정보도, 신속하게 대처
해야 할 사안도 없기에 신문을 펼치는 마음이 느긋하다. 아파트
분양 시장에 며칠 사이 수십조 원에 이르는 자금이 몰렸다는 기사
를 읽는다. 이익이 있는 곳이면 벌떼가 되는 군상들, 권력을 잡기
위한 사투의 현장은 전쟁터를 능가한다. 남의 나라에서 벌어지는
파괴와 살생에 그것과 상관없는 우리가 피해를 입는 황당한 일.
남북(南北) 분단에 이어 동서(東西) 간의 깊은 골, 그것도 모자라서
노소(老少)의 갈등. 신문이 전해주는 세상이 어지럽다.

그러나 이 모든 것이 내게는 어느 낯선 행성에서 벌어지는 일같
이 아득하다. 일상에서 초연해지는 것이 '늙음'의 은총인가. 슬픔
과 기쁨에서 담담해지고 크고 작은 일에 동요하지 않는 것이…….

인생에서 어느 시기를 제일 좋은 때라고 말할 수 있을까. 뛰어

놀고 공부만 하면 되는 어린 시절일까. 드높은 이상에 도전해보는 열정의 청춘 시절일까. 아니면 가정을 튼실하게 이루고 사회의 중견이 되는 장년 시절인가.

도전하고 성취하고 인정받는 그런 시절은 가히 인생의 황금기라고 말할 수 있을 것이다. 그러나 그 좋은 시절에 나는 결코 행복하지 못했다. 하나를 이루면 둘을 이루지 못해 불행해하였고, 경쟁의 대열에서 혼자 낙후되는 것 같아 불안했으며, 내게 있지 않은 것을 찾아 헤매느라고 내게 있는 것을 잃어버렸다. 그러면서 패잔병처럼 밀리고 밀려 추락의 끝이라고 생각한 '노후'라는 땅에 당도했다. 소망의 여지가 없으며 회생의 기회가 허락되지 않는 마지막 땅이라고 체념했던 노후.

하지만 내가 도착한 '노년'은 축복의 땅이었다. 잃을 것이 없는 빈손 때문이 아니라, 얻으려는 욕망이 걷힌 빈 마음으로 풍요의 고장이었고, 비로소 '신(神)'이 바로 보이는 밝은 눈의 영토였다. 책임에서도 의무에서도 자유로운 나이, 세상에 있으되 세상에 묶이지 않은 평화와 고요가 가득한 곳이었다.

어제는 결혼 45주년이 되는 날이었다. 이제는 자식들의 기억에서도 사라진 날. 늙어 무력해진 남편과 얼굴에 주름이 가득한 아내는 작고 동그란 케이크 위에 서로를 위한 촛불을 밝혔다. 45년의 세월이 2개의 촛불로 일렁이었다. 둘은 젊은 시절에 나누어보지 못한 시선으로 상대의 백발을 바라보았다. 그리고 손을 마주잡고 노후를 공유하고 있는 현재를 감사해했다.

노년은 젊음보다 아름답다.

버린다는 / 것

몇 년 전, 배신감에 참담했던 적이 있었다. 혼신을 다했다고 생각했는데, 되돌아온 것은 차가운 외면이었다. 뭉턱뭉턱 가슴 한구석이 상해서 떨어져나가는 것 같았다. 쓰리고 아파서 참기가 힘들었다.

그때가 여름이었는데 둘째 애가 모시옷으로 삼복을 나기에 늘 풀을 먹여 다림질을 하느라고 풀주머니에 밥을 담아 냉장고에 두고 썼었다. 교회 여름수련회가 있어서 2박 3일 다녀오니 냉장고에 넣는 것을 잊어버리고 떠났던 풀주머니가 속의 밥은 주홍색으로 썩었고 무명천도 곰팡이가 피어 검푸르게 변해 있었다.

안에 담겨 있는 것이 상하면 겉까지도 상하게 하는구나. 밥이 상해 곰팡이가 피었기 때문에 무명 주머니도 못 쓰게 되었구나. 평범한 이 사실에서 홀연 깨달아지는 것이 있었다.

무엇이 못 쓰게 되는 것은 그 안에 무엇인가가 담겨 있기 때문이고, 담겨 있는 것 때문에 썩는 것이라는 사실이었다. 따라서 가슴이 썩는 것도, 그래서 아픈 것도 막으려면 가슴 안에 아무것도 넣어 놓지 않아야 가슴이 상하지도, 아프지도 않을 거라는 것을 알아냈다.

나는 가슴속을 비우기 시작했다. 아무것도 없이 깨끗하게, 하나를 버리고 둘을 버리고…….

가슴 안에 아무것도 남겨두지 않았다. 그러자 상해가던 가슴이 꾸덕꾸덕 마르기 시작했고 나는 평정을 찾고 초연해져갔다.

가슴에 담긴 것이 없어지자 미련이나 분노나 애착이 함께 없어졌고, 급기야는 세상 모든 것에 관심도 없어져 동공 상태가 되었다. 모든 것은 나에게 타인이었고, 상관없는 일이 되어버렸다. 어떤 존재도 들어와 있지 않은 가슴은, 그리고 갈등이나 미움의 서식처가 청소된 가슴은 사랑까지도 자라지 못하는 불임의 땅으로 되어갔던 것이다.

나는 버린 것을 주워 담기 시작했다. 가슴 한 귀퉁이가 뭉턱뭉턱 무너져 내려도, 그 아픔으로 흐르는 선혈이 사랑이라는 것을 깨달았기 때문이다.

그렇게 얼마가 지난 후, 계속되는 가슴앓이의 통증에 견디다 못해 아픈 사랑보다는 아프지 않은 냉담 쪽을 선택하려고 할 때, 내 몸부림을 옆에서 지켜보며 신실한 천주교 신자인 동생이 어루만

지듯 말을 했다.

"언니, 크리스천에게 있어서 버린다는 것, 무(無)가 된다는 것은 말유, 대상이나 사물을 버리는 것이 아니라, 대상을 향한 인간적인 사랑을 버리는 것이라우. 가슴을 비워 그 속을 무(無)로 만드는 것이 아니라, 무엇이 담겼든 그것을 초월적인 사랑으로 바라보는 것이라우."

나는 더 이상 내 가슴에 들어와 자리 잡는, 그래서 내 가슴앓이를 유발시키는 그 무엇을 버리지 않기로 했다. 버려야 할 것은 인간적인 시각, 인간적인 사랑임을 알았기에……

열네 살 고개

엄마는 그날 잇몸이 뭉턱뭉턱 무너져 내려
윗니 아랫니를 요강에 쏟아내고 있었던 것이다
통곡으로 내뱉지 못하는 자식 잃은 아픔이 엄마의 눈
엄마의 이를 다 못쓰게 만들었다
······
나는 자식이란 절대로 죽으면 안 되는 존재라는 것을 알았다

출생

나는 1936년 양력으로 5월 5일 오후 5시 30분에 종로구 누상동에서 태어났다. 어머니는 그냥 저녁밥을 지을 때라고 말씀하시는데 당시 13살이던 큰언니가 "다섯 시 반이었어"라고 기억해냈다. 다섯 시 반이면 유시(酉時)에 해당된다. 위로 오빠 둘, 언니가 셋 있었다. 나는 넷째 딸로 태어났다.

1936년은 윤년이었다. 음력으로 3월이 윤달이었는데, 5월 5일은 윤 3월 보름이다. 그러니까 내 생일은 양력으로는 1936년 5월 5일, 음력으로는 병자년, 윤 3월 보름, 유시이다. 그러나 호적에는 1937년 1월 1이라고 기록되어 있다. 내가 태어날 때 아버지께서 일본에서 연수 중이었기 때문에 출생신고를 하지 못했다가 해가 바뀌자 첫날 호적에 올리신 것이다.

나는 서울에서 태어났지만 부모님의 고향은 두 분 다 경기도 파주이다. 아버지는 창원 유(兪)씨 고양 파 21세(世)시다. 창원 유씨는 고려 말기 보문각 직제학을 역임한 유섭(兪涉)의 후손들이 창원에 정착하여 살면서 본관을 창원으로 정하고 세계(世系)를 이어온 집안이다.

족보를 보면 5세가 되시는 어르신께서 조선조 세종 때 집현전 직제학을 그만두시면서 파주로 오신 것으로 되어 있다. 그 후 자손들이 조정에서 병조판서, 형조판서, 이조판서, 사헌부의 수장을 지내셨다가 낙향을 하실 때면 파주로 들어오셨다고 한다.

창원 유씨 고양 파는 5개의 계파로 구성되어 있는데, 우리는 귀와공 파이다. 귀와공(兪得一)께서는 조선조 효종 때 태어나시어 숙종조에서 대사헌을 지내신 분으로, 13세이시다. 아버지께서 제일 존경하시는 조상님이다. 숙종의 인현왕후 폐비 조치에 부당함을 상소하다가 파직되기를 세 번, 왕께서는 파직을 하시고도 대사헌에 복직시키기를 세 번씩이나 하셨고 한성판윤, 동지사를 제수하셨다고 한다.

아버지는 당신의 가문에 대해서 긍지가 대단하셨다. 국혼을 한적이 없어 외척의 세도를 부린 적이 없다는 것이 첫 번째 자부심이고, 사색당파로 조정이 어지러울 때 벼슬을 버리고 낙향하여 학문에만 뜻을 둔 선비 가문인 것을 자랑스러워하셨다. 가세가 넉넉지않아 겨우 양반 치레를 할 정도인 것도 자랑으로 여기셨다.

아버지는 4남 1녀의 셋째 아드님으로, 1901년생이시다. 어릴 때부터 총명하셔서 부모님의 사랑을 한 몸에 받으셨고, 효심도 남달라서 당신의 아버님께서 돌아가셨을 때 혼절을 하셨다고 한다. 파주에서 서울로 유학을 와서 선린상업을 다니시던 1919년 3.1 운동 당시에, 선린상업 학생 대표로 독립운동에 참여해서 8개월의 징역살이를 하셨다. 그래서 퇴학을 당하셨는데 그때가 스무 살이었다.

학교를 퇴학당하던 1920년, 스무 살의 청년은 고향의 집으로 내려가지 않고 하루 종일 동대문에서 서대문을 걸으며 앞으로 어떻게 해야 할까를 생각했었다고 한다. 당시 시골집에는 스무 명도 더 되는 식구가 있었다. 동갑내기 아내와 부모님, 큰형님 가족, 둘째형의 가족, 남동생, 행랑 식구들, 얼마 되지 않는 농토를 소작 주는 것으로는 대식구의 연명도 어려웠다. 앞으로 무엇을 할까? 어떻게 해야 이 많은 식구들이 먹고살 수 있을까 골똘히 생각하며 걷는데, 어느새 날이 어두워졌다고 한다. 그야말로 동대문에서 서대문, 서대문에서 동대문을 왔다 갔다 하는 사이에 하루가 저물었다는 얘기다. 배가 고픈지도 몰랐다.

스무 살 청년의 눈에 미두(米豆) 상회가 눈에 들어왔다. 나는 지금도 미두가 무엇인지 잘 모른다. 아마도 증권 같은 것이 아닌가 짐작할 뿐이다. 무조건 들어가서 먹고 자면서 일을 하셨는데, 일 년이 안 되어 서울에 집 한 채를 살 만한 돈을 벌고 누상동에 집을 마련한 것이다.

서울에 집을 장만한 아버지께서 맨 먼저 하신 일이 다섯 청년을 시골에서 서울로 데려온 것이다. 당신의 동생, 처남, 외사촌, 조카 둘을 모두 학교에 진학시키고, 젖먹이 아이가 있는 스무 살짜리 새댁인 아내에게 아버지까지 합친 장정 여섯 명의 수발을 들게 하셨다.

두뇌가 명석한 이들은 제일 고보(경기중학교)에 수월하게 합격했고, 나이가 많은 이들은 월반을 했다. 큰아버지도 농토를 팔아서 서울로 올라와 자리를 잡으며 다른 가족들도 차차 서울로 입성하여 옹기종기 누상동에서 이웃하면서 살았다. 이것이 우리 집안이 경기도에서 서울 시민이 된 경위이다.

내가 누상동에서 태어난 사연은 이런 역사(?)를 거쳐 이루어진 것이다.

최초의 / 기억

사람이 생각해낼 수 있는 최초의 기억은 몇 살 때일까. 저마다 다르겠지만 내 경우 다섯 살 때의 일은 정확하게 기억한다.

한옥 마을, 네 집 정도 지나면 개천이 있었다. 그 개천에 다리가 놓여 있고, 다리를 건너면 똑같은 한옥 마을이 또 나왔다. 언니들이 학교에 가면 나는 곧잘 다리를 건너갔다. 그리고 똑같은 동네가 나오면 집으로 돌아오는 길을 잃어버리곤 했다. 애를 쓰다가 겨우 집을 찾아 늦게 돌아오면 어머니는 번번이 볼기를 때리셨다.

그런데 왜 그렇게 다리를 건너고 싶어 했는지는 기억에 없다. 내가 나이 먹어 그때 이야기를 하면 당시에 살던 동네가 종로 6정목(종로 6가)이라고 큰언니는 말했다.

"그때 너는 다섯 살이었어. 그리고 우리가 살던 한옥은 종로 지점 사택이야."

중학교에서 퇴학당하고, 미두에 손을 대어 집 한 채를 사고, 서울 살림을 장만했던 아버지는 일확천금의 유혹을 떨쳐내고 안정된 직장을 구하셨는데, 조선 금융조합 연합회(지금의 농협)에 시험을 치르고 들어가신 일이다. 내가 다섯 살 때는 종로 지점 차장으로 근무를 하셨다.

종로 6정목 한옥은 대문부터 분명히 기억한다. 우리 집 옆집도 똑같은 대문의 한옥이었고, 그 댁에는 아이들의 이름이 특이했다. 아들의 이름이 나폴레옹, 에디슨, 딸의 이름은 잔다르크였다. 그리고 그 댁 아저씨는 아버지의 친구 분이었다. 아버지의 직장 친구 분인 것으로 기억하는데, 그것으로 미루어보면 잔다르크네 집도 금융조합의 다른 지점 사택이지 않았을까 싶다.

그렇다면 내가 최초로 기억해낼 수 있는 시기는 다섯 살 때일 것 같은데, 개천길을 다니던 것과 동시에 항상 잊히지 않고 아스라이 떠오르는 한 장면이 있다.

천장에는 동그란 전구가 걸려 있고, 불빛이 작은 방을 따뜻하게 밝히고 있다. 그리고 저녁 설거지를 끝낸 어머니의 무릎에 머리를 박고 내가 누워 있다. 방 안에는 언니들이 윗목에 밥상을 놓고 숙제를 하고 있고, 여자들 여럿이 모여 아버지의 책 읽는 소리를 취해서 듣고 있다. 이윽고 아버지의 낭랑한 책 읽는 소리. 아버지는 목청이 좋으셔서 책을 아주 듣기 좋게 읽어나가시면, 여인들은 그

소리에 울고 웃고 했다. 나는 스르르 잠이 들어버렸다.

이 장면은 오랜 세월이 지나도 기억에 남아 있는데, 이 이야기를 듣고 나면 큰언니는 또 "그때는 아마도 누상동 시절인 것 같다. 그때 너는 세 살이었는데 참 요상스럽기도 한 기집애다, 너는…….."

이렇게 말하며 당시에 고모와 이모 그리고 외숙모가 이웃해 살았고, 밤마다 모여서 바느질도 같이 하고, 아버지가 소설을 구해오셔서 낭독을 하시면 모두 그 시간을 기다렸다고 설명해주었다. 누상동을 떠나온 이후로는 고모아주머니도 이모아주머니와도 이웃에서 살지 않았으니 내가 기억하는 그 광경으로 미루어 누상동 시절이라는 것이다.

그러니까 나의 최초의 기억은 종로 6정목의 개천길 옆에서 살았던 한옥 집이 아니라 아버지의 책 읽는 소리였다.

내가 열두 살 때 춘원의 〈흙〉을 읽었고 〈그 여자의 일생〉 〈무정〉 등의 소설을 내용도 잘 모르면서 읽어나갔던 것은 아마도 아주 어린 시절의 주홍색 전등빛, 어머니의 행주치마 냄새, "어머나!", "저걸 어째!" 하며 감탄하던 아주머니들의 목소리, 이런 것들이 만들어준 잠재의식의 행위(?)였는지도 모른다.

나는 지금도 하얀 형광등보다 붉은색을 내는 100촉짜리 전구가 좋다. 그리고 해가 진 밤, 집집마다 창밖으로 불빛이 새어나오면 괜스레 가슴이 따뜻해진다.

이렇게 내가 생각해내는 내 최초의 기억은 작은 방, 붉은 전등,

그리고 낭랑하게 들려오는 아버지의 좋은 목소리, 이런 것들이 엮어내는 포근하고 환한 주홍색이다. 그리고 마음이 추운 날, 언 곳을 녹여주는 화로와 같은 따뜻함이다.

어쩌면 힘든 일이 있을 때에도 늘 긍정적인 소망을 갖고 나쁜 일에서도 좋은 일을 찾으려는 내 낙천적인 성품은 이렇게 밝고 따뜻한 느낌의 최초의 기억 때문이 아닌가 생각해본다.

내가 / 체험한 / 첫 / 기적

금융조합 연합회에 들어갔던 신입 시절, 학벌이 받쳐주지 못했어도 아버지는 여러모로 두각을 나타내신 듯했다. 그 한 예가 전국 저축 장려대회가 열렸었는데, 연극 부문에 스스로 각본을 쓰고, 연출을 하고, 주연으로 출연하여 대상을 타신 일이라고 한다. 그것 때문은 아니었겠지만 아버지는 진급이 빠르셨고, 내가 태어났을 때는 이미 직장의 책임자가 되셨다.

당시에 지점장은 대부분 일본인이었고, 조선 사람은 부지점장이었다. 하지만 부지점장에게도 꽤 괜찮은 사택이 제공되었다. 내가 여섯 살 때인 1941년 11월, 아버지는 남산 지점으로 전근되셨고, 우리는 그 지점의 사택으로 이사를 갔다. 그 동네가 당시의 이름으로 미사가 도리, 지금의 후암동이다. 이 무렵의 일들은 아직도 생생하게 기억한다.

후암동의 우리가 살던 동네는 한 집만 빼고 모두 일본인들이 살았다. 그 한 집도 조선 남자와 결혼한 일본 여인이 딸 둘을 데리고 살았으니 순 조선 사람은 우리 집뿐이었다.

1941년은 소위 대동아 전쟁이 한창인 때였고, 일본은 군수물자를 만든다고 조선 사람의 놋그릇을 공출이라는 명분으로 모두 빼앗아 갔고, 생활 물품도 군용을 우선했다. 시골에서 서울로 쌀 반입도 통제하여 지방에서 올라오는 기차에서 철저히 차단했고, 점검에서 걸리면 일체를 압수했던 시절이다.

일본인들이 살고 있는 마을에는 생필품을 모두 배급으로 조달해주었다. 우리는 조선 사람이었지만 그 동네에서 살고 있으니 우리도 배급을 받았다. 그리고 그 업무를 반장이 수시로 각 집을 방문하며 전하는 것이다.

그때는 동생이 태어나기 전이라 우리는 6남매였다. 오빠 둘, 언니 셋이 학교에 가면 집에는 어머니와 나 둘이 남았다. 문제는 어머니가 일본말을 한마디도 모르시는 거였다.

여섯 살짜리 내가 일일이 반장으로부터 듣고 어머니에게 전했다. 반장은 우리 집 문을 열고 들어오면 "찌짜이 도모(작은 친구), 찌짜이 도모" 하면서 나를 불렀다. 어떤 날은 잘못 듣고 배급을 제대로 못 탔던 적도 있었다.

후암동으로 이사 온 이래 어머니는 하루도 편안하지 못했다. 언어 소통이 되지 않아 절해고도에 온 듯한 답답함 때문이기도 하지만 무엇보다도 견딜 수 없는 것이 일본식 부엌이었다. 어머니는 일본식 집에서 사는 것이 처음이었다.

어머니는 시골 부농의 종갓집 아기씨였는데, 대여섯 살 때부터 밥하고 반찬 만들고 상 차리는 것을 좋아했다고 한다. 소꿉장난하는 것도 밭에 나가 어린 배추를 뽑아다가 김치를 만들었고, 그만큼 부엌일을 좋아해서 밑에서 일하는 사람들을 난처하게 했는데, 신을 신고 들어가는 넓은 부엌에 가마솥이 쭉 걸리고, 아궁이마다 불을 지피고, 부엌 바닥이 조금만 더러워져도 물로 썩썩 닦아내는 이런 부엌이라야 하는데, 안방 옆에 붙어 있는 일본식 부엌은 불편하기 짝이 없었다. 가마솥 대신 가스 곤로 두 개로 밥하고 국 끓이고 반찬 만드는 것을 못 견뎌하셨다.

이사 온 후암동 집은 온돌방이 안방 하나이고, 다른 방들은 모두 다다미방이었다. 이사를 갔을 때가 겨울이었는데 다다미방 하나는 방 한가운데를 네모나게 깊게 파고 그 안에 큰 화로를 넣고 발을 내리고 죽 둘러앉아 이불을 덮는 것이 난방이었고, 다다미방에서 잘 때는 이불 속에 유담푸(끓는 물을 담아 꼭 막음)를 넣고 잤다. 이렇게 일본 집에서 지내는 겨울은 어머니를 몹시 힘들게 했다. 가뜩이나 무서운 엄마였는데 심기가 노상 언짢으시니 나는 엄마가 더 두려웠다. 우리들을 기를 때에 엄마는 정말 무서운 엄마였다. 우리 집은 자부엄모(慈父嚴母)의 가정이었다.

언니, 오빠가 학교에 다 가고 나면 나는 눈치를 봐가며 살살 밖으로 놀러 나갔다. 엄마는 한복의 긴치마 저고리를 해 입히셨기 때문에 일본 애들이 놀릴까 봐 나가서 노는 일도 마음이 내키지는 않았다. 그래도 엄마와 둘이 있는 것보다는 일본 애들에게 놀림받는 것이 더 마음 편했으니 어린 나는 그만큼 엄마가 불편했었나 보다.

엄마는 가스 곤로에 줄을 길게 이어서 방 안으로 하나 끌어다 놓고 쓰셨다. 부엌이 추우니까 방에서 국이나 찌개를 데우기도 하고 유담푸에 물을 끓여 붓기가 편했기 때문이다. 그래서 불꽃을 잘 나오게 하려고 유리알 닦듯이 소중하고 정갈하게 간수하셨다.

그날도 엄마 몰래 밖으로 나가려고 긴치마를 올리고 살금살금 방에서 나가려는데 '아뿔싸' 치마 끝이 가스 곤로 위에 얹힌 큰 국 냄비에 걸려서 냄비가 쓰러진 거다. 냄비엔 미역국이 가득 담겨 있었다.

미역이 온통 곤로를 덮었고 국물은 가스 곤로에 넘쳤다. 나는 파랗게 질리고 말았다. 얼마나 두려운지 온몸이 와들와들 떨렸다. 엄마가 아시면 어떻게 하나, 어떻게 하나, 너무도 무서워서 이층으로 뛰어 올라갔다.

후암동 집은 이층집이었다. 이층에 6조 다다미방 두 개가 나란히 있었다. 겨울엔 추워서 쓰지 않았다. 나는 이층에 올라가 무릎을 꿇고 빌었다.

"하나님, 나 좀 살려주세요. 엄마에게 야단맞지 않게 해주세요. 우리 엄마를 화나시지 않게 해주세요. 나 좀 도와주세요, 하나님."

얼마나 절실하게 기도했는지 모른다. 그 간절했던 마음은 70년이 가까워오는 지금까지도 잊히지 않는다.

그리고 얼마 후 아래층이 너무도 조용한 것이 마음에 걸려서 살금살금 내려왔다. 심한 꾸중을 각오하고 내려오는데 "춥게 이층엔 왜 올라가 있었느냐?" 엄마의 목소리가 너무도 따뜻한 거다. 냄비를 엎은 것에 대해 단 한 마디의 말도 없이 엄마는 곤로에서 미역을 거둬내며 닦고 계셨다.

딸들의 조그만 실수에도 추상같이 엄한 엄마인데 이 큰 대형사고(?) 앞에서 다른 때보다도 더 부드러운 엄마. 일찍이 들어보지 못했던 다정한 말. '이상하다. 정말 이상하다' 생각하면서 나는 아랫목에 시린 발을 넣었다.

이 사건은 어린 내 머리에서 곧 사라졌지만, 무릎 꿇고 빌었던 그 간절한 마음만은 잊히지가 않아 훗날 어른이 되었을 때 하나님을 찾게 되는 계기가 되었다.

우리 집안은 누대에 걸친 유교 집안이었고, 지금처럼 라디오나 텔레비전으로 드라마를 보던 시대도 아니라 한 번도 하나님이라는 말을 들어본 적도 없던 어린 내가 두려움에 떨었을 때, 어떻게 아무도 없는 곳을 찾아가서 무릎을 꿇고 "하나님, 살려주세요" 했는지 아무리 생각해도 모를 일이다.

나는 이 일을 내가 체험한 첫 번째 기적이라고 제목을 붙이는데 주저하지 않는다.

제일 / 높으신 / 분

내가 자라던 시절엔 집으로 찾아오시는 손님들이 하루에 한두 분은 계셨다. 주로 친척 어르신들이다. 그때는 지금처럼 밖에서 사람을 만나는 것이 아니라 집으로 찾아다니던 시대였다.

일가친척이 번성했고, 특히 친가나 외가가 시골이었으니 이분들이 서울에 오시면 우리 집에 들르시곤 했던 것이다.

그런데 우리 집 분위기가 아연 긴장을 하는 순간이 있었다. 바로 큰아버지나 큰어머니가 오시는 날이었다. 아주 이따금 오셨는데, 큰아버지가 중문에 들어서시면 엄마는 명나라 칙사의 내방이나 되는 듯 어쩔 줄 몰라 하시며 공손하게 모셨다.

"큰아버지 오셨다. 어서 인사드리고 조신하게 있어라."

어머니는 우리들에게 이렇게 타이르시곤 부엌으로 드셨다.

큰아버지가 아랫목에 좌정을 하시면 아버지는 윗목에 무릎을 꿇고 앉으셨다. 그리고 말씀들을 나누셨다. 특별히 조석 때가 아니어도 어머니는 두 형제분에게는 겸상을 큰어머니에게는 외상을 봐드렸다. 우리들은 얼씬도 못하였다.

나는 우리 큰아버지가 이 세상에서 제일 높은 줄 알고 자랐다. 내가 하늘같이 아는 아버지가 저렇게 무서워서(?) 절절매시니 큰아버지보다 더 높은 분은 없는 것 같았다.

"아버지는 큰아버지가 그렇게 무서워요?"

내가 물으면 "녀석두…… 무서워서냐? 큰형님은 부모님이시란다" 아버지는 말씀하셨다.

아버지는 큰아버지에 대해 가끔 말씀해주셨는데, 학교 교육을 받아본 적 없이 옛날 서당식 훈육만을 받으셨고, 그러면서 젊은 시절 잠깐 측량 일을 하셨을 때, 수학을 얼마나 잘하셨는지 학교에서 배우고 들어온 직원들을 놀라게 했다는 것이다. 그만큼 우수한 머리를 가지신 분이셨다.

우리 할아버지 성함이 병(炳) 자 찬(贊) 자이신데, 창원 유씨 고양 파 중에서 제일 출중한 후손을 배출한 가문이 병과 찬 자 자손들이다. 이들이 모두 큰아버지의 자손들이다.

"시대를 잘못 만나서 그렇지 너희 큰아버지는 뛰어나신 분이다."

측량 일을 잠시 하신 것 말고 이 어르신은 평생 직장 일을 하지 않으셨다. 사시는 집 사랑방에 한약방을 차리시고 생업을 이으셨다.

큰아버지가 여든이 넘어 돌아가실 때, 아버지는 병환 중에 계신 분을 임종 때까지 열 달 동안 하루도 거르지 않고 아현동에서 명륜동까지 아침마다 먼저 뵙고 나서 당신의 일과를 시작하셨다. 고작 여섯 살 위인 장형(長兄)을 부모님처럼 공경했던 아버지의 모습은 어린 내게 깊은 인상으로 남아 장자(長子)는 어떻게 예우해야 되는지, 또 장자는 어떻게 처신해야 되는지, 뿌리 깊은 고정관념이 되어버렸다.

나는 결혼하고 9년 동안에 아들 넷을 낳았다. 잠든 아이들을 보면서 큰아버지를 향한 아버지의 몸가짐을 생각했다. 나는 큰아버지가 어떤 분인지 몰랐다. 그러면서도 세상에서 제일 높은 분이라고 여겼던 것은 내 아버지의 섬기는 모습, 내 아버지가 존경하는 모습을 보고 대단하신 분이라고 믿었기 때문이다.

사내아이 넷을 어떻게 우애 있는 형제로 키울 것인가, 어차피 부모는 먼저 떠나는 것, 뒤에 남는 형제들이 어른이 되어서도 어떻게 우애를 이어갈 것인가, 그것이 나의 최대 관심사였다. 나는 큰아이가 열 살을 넘으면서 그 아이에게 복종하기 시작했다. 웬만한 일은 그 애의 말을 따랐다. 동생들이 내게 요구하는 것이 있으면 동생들 앞에서 큰애에게 물었다. "어떻게 할까?" 그 애가 "안 돼요" 하면 나는 아무리 해주고 싶어도 동생들의 요청을 들어주지 않았다.

그 대신 큰형은 아우들이 필요로 하는 것은 나를 설득하여 장만해주었고 공부를 챙겨주었다. 나는 아이들의 성적표를 큰아들에게 내보이며 "너, 어떻게 할 거야? 이 아이 성적 좀 봐" 야단을 치면, 이 애는 나를 물끄러미 쳐다보며 "그런데 얘들이 내 자식이에요?" 하면서도 부족한 과목의 참고서를 사 들고 왔다.

네 아이 중 담배를 피우는 애가 하나도 없었다. 물론 지금도 없다. 그런데 셋째가 대학교 1학년 때였다. 그 아이 방에서 담배를 피운 흔적이 나왔다. 큰아이에게 의논을 하자 "알았어요" 하고 대답하더니 셋째의 방으로 들어갔다. 두 형제의 두런두런하는 말소리가 들렸다. 셋째의 끽연은 일주일도 못 가서 끝났다.

"야단 쳤어?"

"아뇨. 야단을 치다니요? 담배 맛있냐, 하고 물었지요. 맛을 모르겠다고 그러더라고요. 그러면 끊어라, 그랬지요."

셋째가 대학을 졸업하던 해, 형은 유학 중이었다. 셋째가 차를 사달라고 했다.

"형한테 물어봐."

나는 큰애를 핑계 삼아 거절을 했는데 국제전화를 한 모양이다.

"어머니 작은 것으로 한 대 뽑아주시지요 뭐."

"형에게 감사하거라. 엄마는 정말 사주기 싫거든!"

자랄 때부터 성인이 된 지금까지 4형제가 언성 한 번 높이지 않고 지내는 것은 어린 시절 여섯 살 위의 큰형님을 부모님 대하듯 하셨던 아버지를 보면서, 형의 존재가 얼마나 대단한 것인가를 불변의 진리처럼 알고 자란 내 유년의 가정환경 덕이었고, 이것은

4남 3녀 7남매의 맏며느리로 출가하여 '장남이면서 장남의 자리가 없는' 그 장남의 아내로서 나 홀로 삭혀야 했던 회한을 가슴 한복판에 화인(火印)처럼 지니고 사는 원인이 되기도 하였다.

동두천 / 시절

1943년에 후암동 집에서 동생이 태어났다. 어머니는 일본식 집에서 극도로 스트레스를 받으셨고, 43살, 임부로서는 고령이라 그랬는지 아기를 조산하셨다. 음력으로 1월 1일, 시아버지의 상(喪)을 치르고 우리 집에 머물고 계셨던 고모께서 아기를 받으셨다.

어머니는 막내의 생일마다 수수팥떡을 만들어 동서남북으로 던지셨다. 정월 초하루에 태어났고, 거기다가 상제가 아기를 받은 것이 부정을 탔다고 생각하신 것이다. 열 살 때까지 피난을 가면서도 수수쌀과 팥을 챙기셨다.

미숙아인 아기는 태어나면서부터 폐렴에 걸렸고, 어머니는 젖한 방울 나오지 않았다. 돌 때까지 앉지도 못했던 이 아기가 지금 예순일곱 살. 종가 댁 맏며느리로 들어가 100세에 가까운 (99세)

시어머니를 아기처럼 돌보고 사는 장한 내 동생 현진이다.

아버지는 그 해에 또 동대문 지점으로 전근되시어 우리는 이번에는 창신동에 있는 사택으로 이사를 했다. 창신동 사택은 규모가 큰 한옥이었다. 나는 종로 5가에 있는 효제국민학교에 입학했다.

그 당시에는 국민학교도 시험을 보고 들어갔다. 색종이를 늘어놓고 빨강, 노랑을 구별하는 것이나 동그라미와 세모, 네모를 가려내는 것 정도의 시험이었다. 나는 일본인들이 사는 동네에서 일본 아이들과 놀았으니 나의 일본말은 누구도 따라올 수가 없었다. 그때는 군대가 사열을 하듯 반별로 두 줄로 서서 교장 선생님의 사열에 깃발을 들고 기오츠케(차렷) 게이레이(경례)를 한 학생이 크게 구령을 했는데, 그 일이 나의 몫이 되었다.

또 학교가 파하여 집으로 가려면 교문 옆에 일본 시조(始祖)의 위패가 안장되어 있는 호안뎅(奉安殿)에 반듯이 두 줄로 서서 게이레이를 하고서야 집으로 갈 수 있었다. 그 인솔도 내가 했다.

2학년이 되어 나는 반장으로 임명되었고, 반장이 된 지 두 달 만에 우리 집은 다시 동두천으로 이사하게 되었다. 아버지가 동두천 지점의 지점장 발령을 받으신 것이다.

동두천 사택은 금융조합 건물에 붙어 있었다. 별도의 문으로 들어가면 채마밭이 있고, 넓디넓은 뜰엔 각종 화초가 만발하였다. 서울에서 전학 온, 그것도 반장씩이나 하다가 온 나는 똘똘하다고 칭찬을 받았고, 그때가 1944년 해방되기 전 해라 시국은 어수선했다. 늘 군인들에게 위문편지를 썼는데, 그때 내가 쓴 위문편지를 선생님이 아이들에게 큰 소리로 읽어주곤 했다. 공부 대신 산에 올라가서 솔방울 줍고, 송충이도 잡고 했던 기억은 아홉 살 때이니 아직도 선명히 기억한다.

이 동두천 시절에 우리 집은 최대의 불행을 맞이하게 된다. 어린 나도 혹독한 체험을 하게 되는데, 이것이 내 평생에 영향을 미치게 된 일대사(一大事)였다.

둘째언니

대부분의 자식들은 자기 부모에 대해 객관적이지 못하다. 그것은 부모도 마찬가지일 것이다. 남들의 눈에는 보이는 것이 자기의 눈에는 보이지 않는 것, 그래서 자기의 고정관념이 되어버리는 것, 이 것이 부모 자식 간인지도 모른다. 아버지에 대한 내 생각이 그렇다.

나의 유년 시절은 학교에 들어가기까지 모든 교육은 가정, 그러니까 부모에 의해서 이루어지던 때이다. 우리 집은 모든 가사(家事)가 아버지에 의해 이루어졌기 때문에 어머니는 가족들의 식생활과 의복에만 책임을 질 뿐 나서지 않으셨고, 크고 작은 일까지 아버지의 분부와 지시에 따라 움직였다. 그러니 어린 내 눈에 아버지는 태산 같은 존재일 수밖에 없었다.

어릴 때는 마땅히 그랬다 치더라도 내가 성인이 되어 나름대로 세상과 사람을 판단할 줄 아는 나이가 되었을 때도 아버지는 당신의 딸이 당신을 태산같이 높이 우러르는 데에 한 번도 실망을 주지 않으셨다.

아버지는 총명하셨고, 공정하셨고, 무엇보다도 존경스러운 것은 유교가 가르치는 인(仁), 의(義), 예(禮)를 실천하시며 재물에 대한 무욕(無慾)의 모범을 보이신 분이기 때문이다.

그러나 내가 결혼하여 자식을 낳고 기르면서 처음으로 아버지에 대한 의구심을 가졌었는데, 자식에 대한 생각에서 나와 다른 아버지를 본 것이다.

아버지는 자식들을 지극히 사랑하신 분이다. 너무도 엄하고 냉정한 어머니 밑에서 질식할 것 같은 나에게 아버지의 자애는 숨통이었다. 그러나 자식들에게는 좋은 아버지였지만, 자식들 때문에 행복한 아버지는 아니셨다.

이 부분이 나와 다르다는 것을 내가 어미가 되고 나서 깨달은 것이다. 그렇다. 아버지는 반듯한 가장, 훌륭한 인격을 갖춘 모범적인 아버지였지만, 자식들 때문에 즐거운 그런 아버지의 모습을 보여주시지 못했다.

그것은 첫아들에게서 비롯된 것인지도 모른다. 아니, 형님의 자손들과 비교가 돼서인지도 모르겠다. 아니다. 당신 자신에 비유해서 보았기 때문인지도 모른다. 명예에도 재물에도 초연하시면서 당신 자식에 대한 기대에서는 자유롭지 못한, 어떤 욕망인지도 모른다.

큰오빠는 보통의 아이였다. 내가 자식을 길러보니 자식이 보통이면 되는 것을, 아니 보통이 되지 않아도 세상에 둘도 없이 귀하고 귀하거늘, 더구나 오빠는 훤칠한 인물에 침착하고 점잖았다. 그토록 철학이 풍부하신 아버지는 이러한 당신의 장남에게 절망을 한 것이다.

둘째아들은 영민했으나 허약했다. 중학교 입학시험 때, 학급에서 수석을 하였음에도 철봉에서 낙방하여 합격하지 못했다. 조카들이 모두 다니고 있는 이 땅의 명문 중학교다. 2차로 사립학교에 원서를 내러 가면서 아버지는 속으로 우셨다. 그리고 줄줄이 딸만 다섯이다.

어머니는 아버지 앞에 죄인의 기분으로 계실 때가 많았다. 큰동서님과 비유해서 너무도 부족하다는 자괴감을 열여섯 살 시집왔을 때부터 인정하고 있던 터였다. 큰형님은 시어머님보다도 어려웠다.

한집에서 살았는데, 바느질이나 음식이나 그저 놀랍기만 한 분이었다. 거기다가 출중한 아드님을 다섯 분이나 낳으셨다. 자식들 때문에 어머니는 늘 기가 죽어 계셨다.

"삼신할머니가 세상에 나를 내보내면서 남편 복을 주랴? 자식 복을 주랴? 했을 때 냉큼 남편 복을 주세요, 했나 보다" 하며 한숨을 쉬셨다.

내가 처음으로 아버지에 대해서 의구심을 가진 대목이 바로 이

점이다. 내 아들 네 명도 각기 다르다. 우수한 녀석도 있고 둔한 녀석도 있다. 다른 집 아이들과 비교해 많이 떨어지기도 한다. 나는 맹세코 단언하건데, 아이들의 타고난 자질 때문에 절망해본 적도 비참해본 적도 없다. 부족하기 짝이 없는 나 같은 사람도 자식에 대해서 이런 식견을 갖고 있거늘, 사서삼경에 통달하시고 경전에 능하신 아버지께서 어째서 당신에게서 나온 자식들로 인해 기뻐하지 않으셨을까? 자식은 어떤 자식이든 기쁨이요 즐거움이다. 적어도 내 경우에는 그렇다.

그런 중에도 아버지가 대견해했던 자식이 있었다. 둘째 딸이었다. 둘째언니는 위에서 네 번째, 나와는 여덟 살 차이다. 키도 크고 인물도 잘났다. 기억 속에 언니의 모습이 남아 있지 않지만 언니는 무엇보다도 언변이 좋았다. 남들이 "저 집의 상 딸!" 이라고 불렀다.

지금 내 기억에 언니의 모습이 잘 떠오르지 않는다. 아마도 언니와 같이 지낸 날들이 별로 많지 않았기 때문일 것이다. 내가 완전히 기억하는 시기는 다섯 살 이후인데, 당시 언니는 대부분 일본 사람들만 뽑았던 경성사범학교에 입학하여 기숙사 생활을 했기 때문이다.

둘째언니는 국민학교 시절 우수한 학생이었는데 왜 경성사범학교에 들어갔는지 정확한 이유는 모르겠다. 특차로 학생을 뽑았고, 특차에 합격하니 그대로 들어갔을 것이다. 큰언니의 말을 빌리면, 조선 사람으로서는 가장 우수한 학생만이 입학할 수 있는 학교가 경성사범이라고 한다.

그래서 셋째언니와 나는 둘째언니를 '사범 언니'라고 불렀다.

사범 언니가 집에 오는 날이면 우리 집은 잔칫집 같았다. 아버지는 손수 장을 봐 오시고, 어머니는 부엌에서 바쁘셨다. 나는 언니가 오는 날을 손꼽아 기다렸다. 아버지는 둘째 딸을 데리고 무슨 말씀인지 그렇게 많은 이야기를 나누셨다. 그러고는 '아깝구나'라는 말씀도 하셨다.

우리가 동두천으로 이사했을 때가 내 나이 아홉 살, 사범학교에 다니던 언니는 기숙사에 그대로 두고 우리만 시골로 내려왔다. 이듬해 방학 때 언니가 집으로 왔는데, 교복을 벗고 사복으로 멋지게 차려 입었다. 어린 내 눈에 그 모습은 정말 멋졌다. 아버지와 어머니의 얼굴이 함박꽃처럼 피어났다. 이것이 불행하게도 내가 사범 언니를 본 마지막이었다.

둘째언니의 / 죽음

둘째언니가 화사하게 성장을 하고 동두천으로 내려온 날은 여름
방학이 시작되는 날이었다. 즐거운 저녁식사가 끝나고 언니는 아
버지가 계시는 사랑방으로 들어갔다. 무언가 한참 이야기를 나누
다가 나오신 아버지는 "좀 더 잘 생각해보자. 시국이 심상치 않다.
전쟁이 일본의 패망으로 끝난다면 일본 본토 상황이 어찌 되려는
지……"라고 하시는 거였다.

언니는 이때 졸업반이었고 모든 학생들이 진학하고 싶어 하는
일본 나라 고사 이야기를 말씀드렸던 것 같다.

"그러면 취직을 하겠습니다. 좋은 곳으로 배정받겠지요."

대답하는 언니의 말소리가 씩씩하고 명랑했다.

이것이 끝이었다. 사흘 뒤 언니는 익사체로 한강 뚝섬 근처에서

발견되었다. 그 전후 사정은 열 살이었던 내가 상세히 알지 못한다. 내가 기억하는 것은 폭격을 맞은 것 같은 우리 집의 슬픔이다. 한강으로 수영을 하러 나갔다가 별안간 수심이 깊어지는 회오리 홀에 휘말려 들어갔다는 것이 당시 주위에 있던 사람들의 말이라고 한다.

어머니의 통곡은 며칠이 가도 끊이지 않았다. 사택이 조합 건물과 붙어 있었으니 어머니는 고모가 서울로 모시고 갔다. 평소 자식들에게 살갑지 않은 어머니이기에 나도 어머니에게 그다지 애틋하지 않았는데, 막상 어머니가 계시지 않으니 마음이 허허벌판에 서 있는 듯 허전했다. 세 살이 된 동생은 큰언니와 셋째언니가 데리고 잤다.

어머니가 엄격하고 특히 딸들에게 따뜻한 말, 따뜻한 눈길 한 번 주지 않아도 조금도 주눅 들지 않고 자랐던 것은 아버지의 살뜰한 보살핌 때문이었는데, 이때 아버지도 전혀 다른 분이 되어 있었다. 어머니같이 통곡만 하지 않으실 뿐, 동생을 안아주지도, 내 머리를 쓰다듬어주지도 않으셨다. 퇴근하여 집으로 돌아오면 방문을 꼭 닫고 계셨다.

열 살의 나는 나를 지탱하고 있는 모든 끈이 끊어져나간 것 같은, 갈피를 잡을 수 없는, 뭐가 뭔지도 모르는 어떤 나락으로 나가 떨어진 것 같은 절망감이랄까 무서움에 휩싸였고, 밥 먹는 것도 잠자는 것도 싫고 두려웠다. 아무도 열 살 어린아이의 마음에 부는 광풍 같은 것에 관심을 가져주지 않았다.

이때 큰오빠는 경기상고를 졸업하고 은행에 취직을 했는데, 숙명여고를 나온 아름다운 신부와 같이 동두천 집에서 함께 살며 서울에 기차로 출퇴근을 했고, 언니는 만삭이었다. 살림은 큰언니와 새언니가 함께 꾸려갔고, 마음 붙일 곳 없는 나는 마침 방학 때라 사내 녀석처럼 산으로 내(川)로 정신 놓은 아이같이 돌아다녔다.

죽는다는 것은 무엇일까? 나는 그때까지 누구의 죽음도 겪어보지 못했다. 할아버지, 할머니, 외할아버지는 내가 태어나기 전에 모두 돌아가셨고, 외할머니도 시골에서 내가 더 어렸을 때 돌아가셨기 때문에 나는 죽는다는 것이 무엇인지, 죽음이 남은 식구들을 얼마나 못쓰게 만드는지 전혀 몰랐던 것이다.

죽는 것이 이렇게 슬프고 나쁜 것인데 사람들은 왜 죽는가, 누가 죽게 만든 건가, 죽으면 절대로 다시 살아나지 못하는 것인가, 언니는 지금 어디 있나……. 나는 개울가에 앉아서 날이 어두워질 때까지 생각에 파묻혔다. 언니야, 빨리 돌아와. 누가 우리 언니 좀 데려다줘요. 이렇게 애원하기도 했다.

죽는 것이 무엇인지 나는 꼭 해보고 싶었다. 죽으면 언니도 만날 것 같았고, 언니를 데려와 내가 그렇게 좋아하는 아버지를 기쁘게 해드리고 싶었다. '죽자. 죽어보자' 나는 자나 깨나 죽는 일만 생각했다. 그러자 다시 내 안에 생기가 돌고, 뭔가 할 일이 있다는 긴장감에 어머니도 아버지도 잊을 수가 있었다.

그런데 어떻게 해야 죽을 수 있단 말이냐. 나는 죽음이란 것을 몰랐기 때문에 사람이 어떻게 죽는지도 몰랐다. 아는 것이라고는 물에 빠지면 죽는다는 사실뿐이었다. 그래, 물에 빠져보자. 나는 물에 빠질 궁리만 하였다.

당시의 나는 서울에서 전학 온 꽤 똑똑한 여자애였다. 일본말을 너무 잘해서 아이들의 눈에 귀신처럼 비쳤고, 작문도 잘 짓고, 노래도 잘했다. 반 아이들은 그런 나를 졸졸 따라다녔었다. 나는 아이들에게 소위 영향력이 있었다.

나는 세 아이를 물색했다. 그 애들은 동두천에서 태어난 아이들이고, 깊은 산 속도 깊은 물가도 나보다 잘 알았다. 나는 아이들을 꾀기 시작했다.

"애들아, 우리 한번 죽어보자. 죽었다가 살아나서 우리가 죽어서 본 세상 이야기를 하면 모두들 얼마나 놀라겠니?"

애들이 나를 따라나섰다. 한 아이가 물이 깊다는 개울로 우리를 데리고 갔다.

"모두 치마를 뒤집어쓰고 물로 뛰어든다. 하나, 둘, 셋!"

우리들은 일제히 물로 뛰어 들어갔다. 그러나 물은 허리께까지 오는 얕은 개울물이었다.

이 첫 번째 실패 이후 다른 깊은 물을 물색하는 동안 8월 15일 해방이 되었고, 아버지는 또다시 서울로 전근되셨다.

해방

1945년 8월 15일. 일본 천황의 항복으로 제 2차 세계대전이 끝났다. 일본의 속국으로 있던 우리나라로서는 이런 축제, 이런 환희, 이런 감격이 없었다. 천지가 진동하는 만세 소리에 세상이 용광로처럼 끓어올랐다.

열 살이었던 나는 태어나면서부터 유선진이가 아니라 마츠바라 요시코(松原善子)였고, 일본식 교육만 받았기 때문에 해방이 얼마나 대단한 것인지는 어른들만큼 느끼지 못했다. 그러나 그것이 엄청 좋은 일, 기쁜 일이라는 것은 알았는데, 그것은 슬픔에 빠진 우리 집 분위기가 달라진 세상 때문에 진정의 기미를 보였기 때문이다.

그 당시 동두천에는 금융기관이라고는 아버지가 지점장으로 계신 금융조합밖에 없었다. 금융조합 건물은 동두천역의 맞은편에 위치하고 있었다. 그러니까 역 광장 중앙부에 금융조합이 있었던 것이다.

어느 날 동두천에 소련 군인들이 몰려들었다. 금융조합 건물이 회의실이 되었다. 사택에 계신 어머니는 울음은커녕 숨소리도 제대로 못 내고 계셨는데, 이것이 언니를 잃은 후 처음으로 어머니의 울음을 멈추게 한 사건이었다. 나는 비로소 해방이 좋은 것임을 알았다. 아버지는 더욱더 슬퍼하실 수 없는 처지였다.

해방이 된 당시는 삼팔선의 왕래가 자유로웠다. 동두천은 남쪽으로 오는 관문이었다. 달구지에 짐을 싣고 오는 사람, 지게를 메고 오는 사람, 북에서 남으로 찾아오는 행렬은 마치 피난민들의 대열같이 끊임없이 내려왔다. 오는 사람들마다 조합을 찾았다.

아버지는 너무도 바쁘셨다. 그때까지 통용되던 일본 돈이 어떻게 처리되었는지 나는 지금도 모른다. 열 살이었기 때문에 그때도 몰랐었다. 아무튼 아버지는 밤낮 없이 바쁘셨고, 딸이 떠난 슬픔에 잠기실 겨를이 없었다.

동두천은 삼팔선 이남인데 왜 소련 군인이 먼저 주둔했었는지 모르겠다. 우리는 소련 군인을 로스케라고 불렀고, 다들 로스케를 무서워하고 피했다.

동두천은 밤과 잣의 고장이다. 소련 군인들은 잣을 껍질째 입에 넣고 우두둑 씹어서 혀로 후드득 뱉어내고 알맹이를 잘도 먹었다. 팔목에 시계를 몇 개씩 차고 있기도 했다. 그러나 소련 군인은 곧

철수하였고 이번엔 미국 군인이 들어왔는데, 소련 군인보다 훨씬 수가 많았다. 그들은 방학 중인 학교에 머물렀다. 미군들은 껌과 초콜릿을 아이들에게 나누어주었다. 아이들은 미군들이 읍내에 나타나면, 헬로우 초콜릿! 헬로우 껌! 하면서 뒤를 졸졸 따라다녔다. 나도 껌이란 것을 그때 처음 씹어본 듯하다.

세상이 바뀌었다. 역 근처에는 일본인들의 가게가 꽤 있었는데 사람들은 들어가서 마구 물건들을 끄집어냈고, 금융조합 옆이 병원이었는데 의사가 조선 사람이었는데도 방망이를 들고 병원에 쳐들어갔다.

이 와중에 나는 그토록 자나 깨나 물에 빠져 죽을 궁리만 하던 죽을 생각을 잊어버렸다. 하도 놀랍게 바뀌어가는 세상이 한 개인이나 집안의 슬픔 같은 것은 맥을 못 추게 만들어버렸다. 나는 식구들 몰래 학교로 가서 이상하게 생긴 미군들을 훔쳐보는 일이 재미있었다.

그러나 그 재미도 그리 오래가지 못했다. 아버지께서 바로 서울 발령을 받으신 것이다. 부임지는 서대문 지점. 그곳 책임자로 가게 되면서 일 년 조금 넘는 동두천 생활을 마감하게 되었다.

아버지의 / 통곡

아버지의 새 부임지는 서대문 네거리에 위치한 서대문 지점으로, 사택은 충정로 3가에 있는 일본식 주택이었다. 전임 지점장은 물론 일본 사람이었고, 후암동 집과 비슷한 구조인데, 뜰이 더 넓고 단층집에 방이 5개였다. 그중에 다다미방은 8조, 6조짜리 2개뿐, 나머지 셋은 큰 온돌이었다. 부엌만 한식으로 고치면 어머니가 사시는 데 부족함이 없었다.

충정로 집에 도착해보니, 전에 살던 일본 사람이 급히 제 나라로 돌아가면서 버린 이불 같은 큰 짐이 여기저기에 널려 있었다. 어차피 집 정리를 해야 했기 때문에 아버지는 조선식 부엌 공사를 하셨다. 어머니의 소원대로 가마솥이 네 개가 걸리고, 바닥을 양회로 바르고, 하수구도 만드셨다. 지금 생각해보면 부엌일을 하기

편하게 하려는 게 아니라, 딸을 잃고 넋을 놓은 아내에 대한 배려이지 않았을까 싶다.

동두천을 떠난 것은 10월경이었다. 새 집으로 와서 집수리를 하고, 김장(그때는 200포기)을 담그고, 메주를 쑤고, 트럭으로 통나무를 사다가 일꾼 네다섯 명 불러서 장작을 패어 쌓아놓고, 이런저런 월동 준비를 할 동안 어머니는 비교적 잠잠하셨다.

나는 미동국민학교에 전학하여 한글을 배우고, 일본 말로만 하던 수업을 모두 우리나라 말로 하니 오히려 그것이 적응 안 되어 낯설어할 즈음 방학을 맞았다.

충정로 집은 뜰이 넓었다. 봄이 되니 개나리, 진달래, 작약, 그외에 온갖 꽃들이 마당을 수놓았다. 그중에 커다란 벚나무가 있었는데, 얼마나 큰지 창경원의 것보다 더 큰 것 같았다. 가지가 뻗어서 마당을 꽉 채우고, 햇빛을 가려 집이 우중충해질 정도였다.

꽃들이 만발해서일까? 아니면 새집이 어느 정도 정돈되었기 때문이었을까? 어머니의 통곡이 다시 시작되었다. 식구들이 있는 아침이나 저녁에는 참고 계시다가 낮에 혼자 계실 때면 그렇게도 서럽게 우시는 거였다. 학교가 끝나서 집으로 돌아오면 나는 어머니의 그 울음소리가 싫어서 학교가 끝나는 것이 겁이 났다. 그래서 학교가 끝나면 곧장 집으로 가지 않고 여기저기서 놀다가 해가 지면 들어갔다. 그리고 또다시 '죽어야겠다'는 생각에 사로잡혔다.

어떻게 죽을까? 서울에는 개울이 없어 물에 뛰어들 수 없으니

다른 방법을 모색해야 했다. 당시는 해방 이듬해였는데, 북쪽 수풍발전소에서 전기를 보내지 않아서 집집마다 촛불이나 남폿불을 켰었기 때문에 촛농이 많이 있었다. 그 촛농을 끓여서 액체로 만들어 마시면 목으로 내려와 굳어져서 목을 꼭 막아 죽을 것 같았다.

나는 아이들을 또 꾀기 시작했다. 이때쯤은 새로 전학을 왔지만 반 아이들 사이에서 나는 서서히 두각을 나타내기 시작했고 따르는 애들도 있었다. 나는 아이들에게 다른 것은 어느 때라도 해볼 수 있지만 죽는 일은 지금 해보지 않으면 안 된다, 꼭 해보자, 얼마나 근사하겠냐, 이렇게 모의를 했고, 방법에 대해 의논하기도 했다. 그리고 실제로 촛농을 끓여 마시려고도 했는데 너무 뜨거워서 입에 대지를 못했다.

그날도 학교가 끝나고 곧장 집으로 가지 못했던 어느 날이다. 아마도 같이 놀아줄 동무들이 없었던 모양이다. 큰언니가 근무하는 학교로 갔다. 그때 큰언니는 국민학교 선생님이었다.

"니가 웬일이니?"

언니는 머리를 쓰다듬어주며 반겨주었다. 그리고 잔무를 다 처리하고 직원 종례를 마친 후 근처의 빵집에 가서 맛있는 빵을 사주었다. 그러다 보니 어느새 밖이 깜깜하게 어두워져 있었다. 언니와 나는 걸음을 빨리하여 집으로 향했다.

집으로 들어오니 집안 분위기가 이상했다. 아버지가 마루 한가운데 앉아 있고 어머니는 울고 있었는데, 옆에 내가 같이 죽자고

부추겼던 두 친구가 안절부절못하며 서 있었다. '아차! 들켰구나'
나는 떨리기 시작했다.

"선진이, 너 이놈. 싸리 빗자루에서 큰 놈으로 회초리 하나 뽑아
와라."

아버지가 불호령을 내렸다. 두 친구들은 학교가 끝나면 죽첨동
언덕으로 늘 올라와서 놀던 내가 안 오니까 우리 집으로 찾아왔고,
마침 퇴근하시던 아버지와 만났고, 밤이 되도록 안 들어오자 드디
어 내가 '죽어버리는 일'에 성공한 줄 알고 삐쭉삐쭉 울면서 "선
진이가요, 사실 매일 죽고 싶다고, 죽어보자고 하면서……" 이렇
게 그간의 일을 토해낸 것이다.

너무도 놀란 부모님이 여기저기 찾아다니시다가 돌아오신 시
점이 내가 언니의 손을 잡고 헤헤거리며 대문을 열던 때였다.

나는 무섭고 서러워서 징징 울면서 회초리 하나를 뽑아 아버지
께 드리고 종아리를 걷었다. 입을 악물고 회초리가 사정없이 내리
칠 것을 각오하고 있는데, 그때 아버지가 회초리를 확 던지시며 나
를 껴안고 꺼이꺼이 통곡을 하시는 거였다. 마치 천지가 진동하는
것 같은 아버지의 울음. 단 한 마디의 꾸중도 없이 어린 딸을 껴안
고 토해내던 아버지의 통곡.

이 사건 이후 내 머릿속에서 죽고 싶다는 생각은 싹 날아갔다.
언제 그런 생각을 했었냐는 듯, 정말 거짓말 같게도 죽음의 유혹은
흔적도 없이 깨끗하게 없어져버렸다. 그리고 대낮에 혼자서 통곡

하시던 어머니의 울음도 그쳤다.

　그로부터 이태 후, 불행하게도 셋째언니가 떠나는 아픔을 겪으면서도 그렇게 감수성 많고 예민했던 나는 음전했었고, 오히려 엄마를 위로하는 딸로 성장해 있었다.

셋째언니

나는 어린 시절부터 지금까지 '이쁘다'라는 말을 들어보지 못했다. 남의 아이에게 의례적인 칭찬을 해줄 때도 사람들은 나의 짱구 머리통을 보고 "머리가 좋겠구나" 정도의 칭찬을 해주었다. 그러면 어머니께서는 "어질고 순하답니다" 이렇게 말씀하셨다.

내가 자라던 시절은 외모 지상주의 시대가 아니었다. 오히려 보이는 것에 공을 들이는 사람은 속이 덜 찬 듯 어리석게 보이던 때였다. 나는 예쁘다는 소리를 못 들어도 섭섭한 생각이 들지 않았다. 사춘기 때라면 외모에 관심이 갈 수도 있겠지만, 다행인지 불행인지 그 나이에 전쟁을 치르느라고 예쁘고 미운 것에 마음을 쓸 여유가 없었다.

나는 우리 할머니를 닮았다. 할머니를 뵌 적은 없지만 고모를 닮았다는 말을 많이 들었으니 내 얼굴의 뿌리는 할머니다. 실제로 할머니의 사진을 보니 내가 할머니를 닮은 것이 맞는 말인 것도 같았다.

"엄마, 내가 할머니 닮았어?" 물은 적이 있었다.

"그건 왜 물어?"

"내가 안 이쁘니까……."

이 대답이 끝나기도 전에 어머니의 호령이 떨어졌다.

"못 하는 말이 없구나. 니가 어떻게 그 어른을 닮아? 할머니 발 뒤꿈치만 되어도 연등을 태우겠다."

할머니는 풍산 홍씨이시다. 혜경궁 홍씨의 친정 가문의 후손이시고, 동생이 순종조의 마지막 도승지셨다. 열여섯 살 시골 아기씨이던 어머니가 시집을 가서 보니 시어머니가 얼마나 예절이 엄격하고 무서운지 마냥 떨리기만 했다고 어머니는 말씀하셨다. 손(孫)이 귀한 댁의 양자로 오신 할아버지와 혼인하시어 아들 4형제를 낳으시고 자손을 번성하게 하신 분이 할머니시다. 아드님들은 물론 할아버지께서도 어려워하실 정도로 위엄이 있으셔서 평생 공경받으신 분이라고 했다.

"도섭스럽게도 어찌 니가 감히 할머니 닮았단 말을 올리느냐?"

어머니는 할머니께 무슨 불경죄라도 지은 것처럼 나를 나무라셨다. 그래도 나는 내가 할머니 닮았다는 생각을 고치지 않았다.

창원 유씨는 돌림자가 할아버지 항렬이 병(炳), 그다음이 노(老),

진(鎭), 태(泰), 동(東)으로 이어지는데, 할머니의 유전인자는 노(老)와 진(鎭)에서 끝인 것을 알고 흥미로워했던 적이 있다.

2004년 11월이었다. 우리 할아버지 직계의 유씨네 딸들이 모두 모인 적이 있었다. 고모님은 돌아가셨으니 제일 높은 항렬이 진(鎭) 자였다. 둘째아버지 댁의 덕진, 명진, 우리 집의 혜진, 선진, 현진, 넷째아버지 댁의 기진, 경진, 은진, 길진……. 이 진(鎭) 자가 들어가는 여인들은 거의 얼굴이 같았다. 조금씩은 달라도 다 할머니 얼굴이다. 그러나 태(泰) 자와 동(東) 자로 가서는 누구의 딸인지 자기소개 없이도 알아볼 수 있었다. 같은 서울에 살고 있어도 몇십 년 만에 만나는 것인데 금세 알아볼 수 있었던 것은, 그들이 우리 할머니를 닮은 것이 아니라 자기 엄마들을 닮았기 때문이었다. 우리 새언니, 사촌 올케들, 조카며느리의 얼굴이 그곳에 모인 딸들 위에 있었던 것이다. 그렇게 성정이 강하고 대가 세신 분도 삼대까지는 당신의 유전인자를 못 물려주셨구나 하는 생각에 나는 웃음이 나왔다.

할머니 얼굴의 특징은 코가 납작하고 입이 큰 것이다. 창원 유씨 가문의 진(鎭) 자 돌림의 딸들은 거의 할머니 얼굴이다. 우리 집 자매들도 그렇다. 그런데 돌연변이처럼 예외의 딸이 있었다. 셋째언니이다.

셋째언니는 나보다 네 살 위이다. 내가 열두 살 되던 해 세상을 떠났으니 셋째언니에 대한 기억은 확실하다. 이름도 예쁜 예진 언니는 얼굴이 흰 눈처럼 희었다. 숱이 많은 눈썹은 붓으로 그린 듯

까맣고 눈도 까맸다. 머리숱도 많았던 것으로 기억한다. 무서운 엄마도 셋째 딸은 마음에 들어 하셨는데, 예쁜 얼굴 때문이 아니라 야무진 일솜씨 때문이었다.

"셋째 딸은 선도 안 보고 데려간다는 말이 맞나 보다."

어머니는 은근히 자랑을 내비치셨다.

어머니의 손끝을 '매섭고 서슬이 퍼렇다' 라고 표현하면 맞으려나? 어머니는 빨래, 청소, 다리미질에 목숨을 건 것처럼 유난스러우셨다. 딸들에 대한 잔소리는 그렇다 치더라도 당신 스스로를 괴롭힐 정도셨다. 나는 이런 엄마의 모습이 질리고 질렸는데, 그런 엄마가 흡족해할 정도로 셋째언니는 야무졌다. 그런데 어찌 된 일인지 셋째언니는 내가 졸업한 여자 중학교 입시 시험에서 두 번이나 낙방하였다. 그래서 두 번째는 재수를 하지 않고 2차 학교에 들어갔는데, 집에서 꽤 먼 곳에 있었다.

운명이겠지만 집에서 멀었던 그 학교는 열여섯 살 셋째언니가 세상을 떠나게 된 원인이 되었다.

셋째언니의 / 죽음

2차로 지원한 학교의 학생이 된 언니는 독(毒) 하나를 가슴에 품은 사람 같았다. 잠자는 시간을 줄이는 것은 물론, 밥을 먹을 때도 화장실에 갈 때도 책을 들고 있었다. 식구들하고 이야기하는 시간도 아꼈다. 1학년 1학기를 끝내니 석차는 반에서 일등이었다. 그러나 언니는 만족하지 않았다. 전교 일등이 목표였는지도 모른다. 그것만이 자기의 치욕을 씻는 일이고 부모님께 효도하는 일이라고 작심을 한 것일 게다.

셋째언니가 2차로 지원한 학교는 왕십리 근처에 있었다. 우리집은 충정로 3가. 먼 거리다. 그때는 전차가 교통수단의 전부이던 때인데 해방 직후의 전력 사정이 좋지 않아서 전차로 통근을 하는 사람들은 많은 어려움을 겪어야 했다. 전차가 원활하게 운행되지 못해서 어린 학생이 사람들을 뚫고 전차를 타기가 쉽지 않았다. 언니는 그 먼 길을 걸어 다니기 일쑤였다.

2학기 중반쯤에 언니는 다리가 아프다는 말을 자주 했다. 나는 그 소리만 들었는데, 어느 날 언니가 학교에도 가지 못하고 자리에 누워 있는 것이었다. 의사이던 사촌오빠가 여러 번 집에 다녀갔고 아버지의 얼굴에 깊은 수심이 쌓여갔다.

아버지의 일상은 셋째 딸을 데리고 병원에 다니시는 일이었다. 그리고 이리저리 약을 구하러 다니셨다. 언니가 앓던 병은 결핵성 관절염이었다. 먼 학교에 다니느라고 남보다 일찍 일어나 아침을 거르기 일쑤이고, 밤낮으로 공부만 하고, 하루에 수십 리 길을 걸어 다니고……. 처음 다리가 아프다고 했을 때, 먼 곳 걸어 다니느라 아픈가 보다 하고 가족들이 심상하게 생각하는 사이. 관절에 염증이 생겨서 아픈 것이었고, 치료가 늦어져 결핵성 관절염이 된 것이다.

문제는 시중에 약이 없다는 것이었다. 아버지는 미군 계통을 수소문하여 백방으로 약을 구해보려 했지만, 치료를 할 만큼은 얻지 못하셨다. 지금으로부터 63년 전인 1946년에는 이 땅의 사정이 그랬다.

언니는 아랫목에 요를 깔고 누워 있거나 앉아 있었다. 휴학을 한 것은 물론, 화장실 출입도 하지 못했다. 얼굴은 흰 옥양목 같았고 늘 눈을 감고 있었다. 열한 살의 나는 그때 집 분위기가 무척 가라

앉았을 터인데, 지금 그 기억이 전혀 없다. 이상하게 나는 별로 심각하지도 않았고 두렵지도 않았다. 아마도 셋째 딸 때문에 너무도 절박하셔서 둘째 딸을 잃은 슬픔 같은 것을 생각할 겨를이 없는 엄마가 울지를 않으시니 어린 나로서는 그저 집안이 편안하게 생각되었는지도 모르겠다.

해가 바뀌고 겨울도 지난 어느 날, 큰아버지, 고모, 이모가 오시고 분가를 하고 있던 큰오빠도 오고, 수원에서 학교를 다니던 작은오빠도 오고, 의사인 사촌오빠도 왔다. 아버지께서 새언니에게 말씀하셨다.

"선진이 데리고 너희 집에 가 있거라. 사흘 후에 데리고 오너라."

"그럼, 학교는? 아버지……."

내가 물으니 "결석하여라" 아버지의 이 말씀에 거역할 수 없는 비장함이 서려 있었다.

내가 방문을 닫고 나오는데 엄마가 언니에게 하는 말이 들렸다.

"예진아, 아가야. 이제 안 아파도 되겠구나. 엄마는 참 많이 모자란 어미이지만 아버지 하나는 정말 좋은 아버지셨다."

언니가 엄마의 눈물을 닦았다.

"아니야, 엄마. 엄마도 참 좋은 엄마야!"

새언니네 집에서 사흘 있는 동안 나는 가슴이 줄곧 콩닥거렸다. 새언니가 맛있는 것을 주어도 고개를 저었고, 무언지 답답하고, 불안하고, 어렴풋이 언니가 죽는구나 하는 생각이 들어 혼자 홀쩍였다.

집에 돌아오니 아랫목의 요가 치워져 있었다. 어머니는 울지 않으셨다. 나는 학교가 끝나 집으로 가려면 겁이 났다. 둘째언니 때처럼 울지는 않으시는데, 울지 않는 엄마를 보는 것이 더 무서웠다. 엄마는 왜 울지 않지? 그러자 나 때문에 엄마가 울지도 못한다는 생각이 들었다. 엄마는 내가 죽고 싶다고 친구들을 데리고 '죽기 작전'을 세우던 그 끔찍한 일을 몸서리치며 기억하시는 거였다.

그때는 대문을 걸고 살지 않았던 시절이었나 보다. 어느 날 친구들하고 놀다가 집에 돌아오니, 방에서 어머니가 요강을 끼고 피를 토하고 계셨다. 그게 피였는지 아닌지는 지금 모르겠으나 어쨌든 열두 살 내 눈에 엄마가 두 손을 입에다 대고 입을 막고 있었고, 엄마의 손가락 사이로 피가 흘렀다.

나는 방에 들어서다 말고 마당으로 뛰어나왔다. 무작정 숨은 곳이 담 밑에 개나리가 늘어져 있는 곳이었다. 술래잡기할 때 가끔 숨던 곳이다. 무엇이 그렇게 무서웠는지 모르겠다.

눈을 꼭 감고 숨어 있다가 눈을 떴을 때 개나리 사이로 햇빛이 환하게 비쳤고, 노란 개나리가 말갛게 반사되어 눈이 부셨다. 그때부터였을 게다. 개나리를 보면 알 수 없는 슬픔 같은 것이 차오르는 것은⋯⋯.

엄마는 그날 잇몸이 뭉턱뭉턱 무너져 내려 윗니 아랫니를 요강에 쏟아내고 있었던 것이다. 통곡으로 내뱉지 못하는 자식 잃은 아픔이 엄마의 눈, 엄마의 이(齒)를 다 못쓰게 만들었다. 나는 무엇인지 모르지만 내 가슴을 쿡쿡 찔러대는 송곳 같은 것을 느꼈다. 그러면서 절대로 죽음 같은 것은 생각하지 않았다. 아니 죽기는커녕 반드시 살아야 된다는 결심을 했다.

나는 자식이란 절대로 죽으면 안 되는 존재라는 것을 알았다. 너무도 어린 나이에 알아버린 이 사실은 훗날 내가 결혼을 하고 자식을 낳고 기를 때 얼마나 큰 영향을 끼쳤는지, 유년에 겪었던 특별한 체험은 내 일생을 좌우하게 되었다.

불교 / 그리고 / 소설 / 읽기

두 딸을 잃고 부모님이 찾은 것은 부처님이었다. 그때가 내 나이 열두 살이었는데, 내가 기억하는 한 그전에는 한 번도 절에 가신 적이 없었다. 아버지는 원래 한학(漢學)을 좋아하셨고 유교의 가르침을 인생의 지침으로 삼으신 분이었다.

자식을 잃은 참척의 고통은 유교로 다스려지지 않았던 것이다. 불교에 입문하면서 생(生)과 사(死)의 문제에 천착하셨다. 거기서 답을 얻으셨는지 모르지만 점차 안정을 찾으시는 것 같았다. 새벽마다 일찍 일어나 사서삼경을 읽으시던 자리에서 이제는 아침저녁으로 불경을 외셨다. 어머니는 안국동에 있는 '선학원'의 신도가 되셨다. '보월화'라는 불명(佛名)도 받으셨다. 어머니도 아버지를 따라 자나 깨나 불경을 외셨다. 1978년 작은오빠가 세상을 떠난 후 가톨릭 성당에서 영세를 받으시기 전까지 이렇게 두 분은 독실한 불자(佛子)셨다.

아버지는 원래 목청이 좋으신 분이라고 쓴 바 있다. 아버지의 목소리는 낮고 부드럽고 청아했다. 그 좋은 소리로 염하시는 아버지의 독경 소리가 얼마나 구성진지, 듣고 있노라면 어린 가슴에 슬픔이 차올랐다. 그래서 아버지의 염불 소리만 나면 나는 구석방으로 피해 갔다. 그러나 어머니의 울음소리보다는 훨씬 나았다.

어머니는 의치를 하러 다니러 치과에 가시는 것 말고는 집에서 염불만 외셨고, 울지도 화내지도 않으셨다. 불같은 성정도 사라지고 딸들에게 엄하게 대하지도 않으셨다. 집 안은 조용해졌다. 나도 밖으로 나돌아 다니지 않고 조신하게 집에 머물러 있었는데, 어느 날 내 눈에 두툼한 책이 눈에 띄었다.

나는 무작정 읽어나갔다. 무언지도 모르고 읽기 시작했다. 열두 살이 된 나는 늘 불경소리만 들리는 집이 사실 조금 싫고 심심했다. 그래서 지루해지기 시작했는데 때마침 책이 눈에 띈 것이다. 나는 무조건 읽어나갔다. 책이 재미있었다. 춘원의 소설 〈흙〉이었다. 작은 손으로 잡기에는 너무 두꺼운 책이었다. 그래도 끝까지 읽고 다시 읽고 몇 번을 읽었는지 모른다.

소설이란 이렇게 재미있는 것이구나. 세상에 이렇게 재미있는 것도 있구나. 나는 소설을 구하기에 혈안이 되었다. 친구 집이나 친척 집에 드나들며 책꽂이만 훑어보았다. 소설이 눈에 띄면 온갖 사정을 하여 빌려 왔다.

"설마 니가 보려는 건 아니겠지?"

친척 아주머니의 말에 "그럼요. 엄마가 보신대요" 이렇게 거짓말을 했다.

박계주의 〈순애보〉, 김래성의 〈무쇠탈〉, 이광수의 〈무정〉, 〈유정〉, 〈사랑〉. 방인근의 〈마도의 향불〉, 김말봉의 〈찔레꽃〉, 이태준의 〈제2의 운명〉. 이런 소설들이 내가 초등학교 시절에 읽은 책이다. 워낙 유명한 책이었기에 갖고 계신 분들이 많았고 덕분에 쉽게 구해 읽을 수 있었다.

단편소설은 짧아서 싫었다. 아주 긴 소설 1, 2, 3권짜리 앞에서는 읽기도 전에 포만감을 느꼈다.

어린 내가 처음 읽은 책이 안데르센 동화집이나 〈소공녀〉, 〈소공자〉가 아니라 어른들이 읽는 애정소설이었던 것이다. 나는 소설 삼매경에 빠졌다. 대부분 뒷방에서 몰래 읽었다. 충정로 집은 크고 뜰도 넓어서 소설을 얼마든지 숨어서 볼 수 있었다. 그런데 문제는 밤이었다. 그 당시는 전력 사정이 아주 나쁜 때였다.

압록강 수풍댐에서 수력발전소를 이용한 전력이 서울에까지 공급되었는데, 북한이 송전을 제한 내지 중단했던 것이다. 해가 지면 남포불, 촛불, 호롱불이 전등을 대신했다. 소설을 다 읽지 못하면 나는 잠이 들지 못했다. 달빛 아래에서라도 보아야 했다.

체계적인 독서 지도를 받지 못한 점, 무턱대고 닥치는 대로 읽어 제친 점, 미쳐 소화할 힘이 생기기도 전에 책 읽기에 재미를 들인 나의 독서 습관은 아무리 너그럽게 봐주어도 잘못된 것이었다. 그리고 일평생 나를 힘들게 한 고도근시의 원인이 되기도 했다.

아, / 또 / 하나의 / 슬픔

1936년에 태어나 45년에 둘째언니가 떠나기까지 9년 동안, 나는
가난은 물론, 슬픔이나 불화(不和)를 겪어보지 못했다. 학교에 가
고, 숙제하고, 놀고, 호의호식의 호강은 하지 않았지만 부족하지 않
은 환경이었다. 부모님은 점잖으셨고, 오빠나 언니는 예의 발랐다.
그러다가 둘째언니가 갔고, 이태 뒤에 셋째언니마저 떠났다. 나는
알지 않아도 되는 일을 너무 일찍 알아가면서 열두 살이 되었다.

　이때 우리 집은 다른 가족을 맞아 한 식구로 지내게 된다. 큰오
빠네 세 식구는 분가하여 따로 살고 있었고, 큰언니도 결혼을 하였
다. 작은오빠는 수원에 내려가 있어서 부모님과 동생과 나 이렇게
네 식구로 줄어들었는데, 넷째 숙부 댁의 사촌들과 한집에 살게 된
것이다.

아버지의 바로 위 형님, 그러니까 내게는 중부(仲父)님이 되시는 둘째아버지와 아버지의 동생인 넷째아버지는 해방이 되기까지 함경도에서 살고 계셨다. 함흥과 회령에서 각각 사셨는데, 해방이 되니 서울로 내려오신 것이다.

둘째아버지는 둘째어머니와 다섯 남매, 넷째아버지는 당시 상처를 하신 터이라 3남 1녀, 이렇게 대식구가 찾아왔다. 둘째아버지께서 먼저 내려오셨다. 그때 큰오빠는 식산은행에 다녔는데, 오빠의 은행에서 주선을 하여 둘째아버지는 한강이 내려다보이는 뚝섬에 작은 집을 장만하여 정착하셨고, 넷째아버지는 우선 서울에서 자리 잡으실 때까지 큰아버지 댁과 우리 집에 식구들이 나뉘어서 살게 되었다.

나는 둘째아버지 댁을 좋아했다. 토요일이면 서대문에서 전차를 타고 을지로 6가까지 가고, 거기서 왕십리행으로 갈아타고 종점에서 내려 무한정 걸어가야 뚝섬이 나왔다. 부모님의 꾸중을 들어가면서도 어린 나이에 그 먼 길을 찾아갔다. 둘째아버지 댁은 작은 온돌 방 두 개에 부엌이 나란히 붙은 일자(一字) 집이고, 좁은 툇마루가 방과 부엌에 붙어 있었다. 언덕 위에 있었기 때문에 툇마루에 앉으면 강이 내려다보였다.

울타리는 나뭇가지 같은 것으로 엮어서 만든 것이었고, 대문 역시 나무로 만든 쪽문이었다. 충정로 우리 집같이 정원이 넓은 것도 아니고, 방이 많은 것도 아니었다. 그래도 나는 둘째아버지 집이 좋았다. 나보다 생일이 빠른 동갑내기 사촌은 명랑하고 똑똑했다. 두 살 아래 여동생이 있었는데 착하고 순했다.

둘째어머니가 시장에 채소를 팔러 나가시면 우리들 세상이었다. 둘째아버지는 방 안에 계시거나 뒷짐을 지고 강가를 오락가락하실 뿐 우리들에게 전혀 관여하지 않으셨다. 장사를 끝내고 돌아오신 둘째어머니는 감자도 쪄주고 밀전병도 부쳐주시며 나를 귀여워해주셨다.

"고래 등 같은 제집 놔두고 이 오막살이가 왜 좋누?" 하면서 "어이 먹어라. 어이 먹어라" 대견해하셨다.

나는 방바닥을 뒹굴면서 내가 읽은 소설 이야기를 해주었다. 아주 근사하게 더러 꾸며대기도 하면서 얘기를 하면 둘째아버지도 둘째어머니도 "저런, 저런!" 하면서 귀를 기울이셨다.

"슨진이는 지 애비를 닮았구나?"

둘째아버지가 말씀하셨다. 집에서는 나를 슨진이라고 불렀다.

이렇게 따뜻하고 조용한 것, 넉넉지 않으면서 풍족한 것, 둘째아버지 댁의 이런 것이 좋아서 나는 멀고 먼 뚝섬 길을 걸어갔고, 어른이 되어 내 가정을 이루고 살 때 '따뜻하고 조용한 가정, 넉넉지 않으면서 풍족한 가정'을 첫 번째 가치로 두었는데, 그것이 둘째아버지 댁에서 느꼈던 열두 살 때의 기억 때문인지 모른다.

넷째아버지 댁의 두 남매, 언니와 남동생이 우리 집으로 와서 같이 살게 되니 어머니는 조카들까지 데리고 계시면서 울적할 수가 없었는지 의연하게 살림을 하셨고, 나는 사촌들 덕분에 2년 여의 시간 동안 평온한 날들을 보내면서 1949년 열네 살이 되었다.

그러나 1949년. 아, 1949년에 우리 가족은 또 한 번의 불행을 맞는다. 작은오빠의 발병이다. 병명은 폐결핵. 겨우 안정을 찾으신 부모님은 청천벽력 같은 사건에 기함을 하신다. 당시 결핵은 치유가 불가능한 악성질환이었다.

발병의 원인은 셋째언니의 임종과 관계가 있었다. 결핵은 환자의 임종 시 균이 몸 밖으로 다 나온다는 속설이 있다. 맞는 말인지 틀린 말인지는 모르겠다. 셋째언니가 세상을 떠날 때 아버지는 나를 큰오빠네 집으로 보내셨다. 나는 그래서 마지막 일들을 모르는데, 어른들이 하시는 말씀을 나중에 들었다.

수원에서 동생의 상태를 전해 듣고 오빠는 서둘러 집으로 왔다. 그리고 아버지에게 말했다고 한다.

"아버지, 예진이를 제가 거두겠습니다. 저는 건강하잖아요?"

평소 사랑이 많고 다정한 작은오빠였다. 불쌍한 동생을 정성껏 보살피며 보냈을 것이다.

그로부터 3년. 잠복기를 거쳐 결핵균은 오빠의 폐에 터를 잡았다. 객지 생활 탓이리라. 조석인들 제대로 먹었을까? 신열이 나고, 입맛이 없었어도 무심코 지냈겠지. 운명일 것이다.

오빠는 집으로 돌아와 셋째언니가 안방에서 그랬던 것처럼 햇볕이 잘 드는 8조 다다미방에 요를 깔고 누웠다.

1949년에 나는 경기여중에 합격하였다. 내 합격 소식을 들으신 어머니는 한숨을 푹 내쉬며 말씀하셨다.

"네가 아버지께 효도를 하는구나. 간 애가 두 번이나 낙방한 학교를 대번에 합격하다니……."

제일 좋은 학교의 학생이 되었으면서 열네 살의 나는 왠지 서러웠다. 알 수 없는 슬픔 같은 것이 잔잔히 가슴에 차올랐다.

잔인한 계절

아직도 살아 있는 것 같은 누군지 분간하기 어렵게 훼손된
수없이 많은 죽은 자를 나는 보았다
나는 진저리를 쳤다 열다섯 어린 나이로 감당할 수 없었다
인간이 어쩌면 이렇게 잔인할 수 있단 말인가

잔인한 / 계절

성악설

1950년 6월, 나는 중학교 2학년이 되었다. 1949년 9월에 입학식을
하고 여중 1학년이었으니 9개월 만에 한 학년이 올라간 것이다.
1950년에 학제(學制)가 바뀌면서 신학년 시작이 6월로 되었기 때
문이다.

처음 중학생이 되던 날, 당시의 교장 선생님은 입학식에서 "너
희는 남한의 제일가는 수재들이다. 자긍심을 가져라. 학업에서는
물론, 품행에서도 뒷모습까지도 달라야 한다"라고 축사를 겸한 훈
화를 하셨다. 치열한 경쟁을 뚫고 들어온 신입생들에 대한 칭찬이
요 격려이겠지만 중학생이 되어 들은 이 첫마디 말은, 아직은 어린

학생들의 인격 형성에 작지 않은 영향을 끼쳐 사회생활을 하면서 또 가정을 영위하면서 우리 동문들 모두에게 뛰어 넘어야만 될 장애 요소가 되었음을 고백한다. 이렇게 자칭 수재들만이 모인 제일 가는 학교에서 긴장되고 치열하고 낯선 1학년을 보낸 후 제법 그 학교의 교풍에 적응되어가면서 2학년이 되었던 때가 1950년 6월이었다.

내가 중학생이 되어 제일 신기했던 것이 과목마다 가르치는 선생님이 다른 점이었다. 초등학교 때는 담임선생님에게서 모든 학과를 배웠는데, 시간마다 다른 선생님을 만나는 일은 여섯 시간의 수업을 지루하지 않게 해주었다.

그때 내가 제일 좋아하던 과목이 역사였다. 당시의 역사 선생님은 얼마나 열강을 하시던지 강의를 하실 때면 입가에 흰 거품이 일었다. 그래서 사이다라는 별명이 붙기도 하였다. 우리가 배운 것은 동양사, 중국 역사였다. 주나라 제 11대 선왕부터 시작해서 진나라 시황이 천하를 통일하기까지의 중국 춘추전국시대의 파란만장한 역사로, 항우와 우미인 이야기, 유방과 한신 이야기, 사면초가, 조조 유비 손권과 제갈량의 위, 촉한, 오의 세 나라 이야기는 얼마나 흥미진진한지 숨도 크게 쉬지 못할 정도였다.

어느 날 선생님이 인간의 본성에 대한 강의를 하셨다. 맹자의 성선설과 순자의 성악설에 대한 설명이었다. 순자의 성악설은 악(惡)이라는 것에 전혀 접하지 않은 어린아이가 난폭한 언동을 하며 거

짓을 행하는 것을 예로 들어 설명하였고, 아무리 악독한 죄인이라
도 물에 빠진 아이를 보고 건져내는 것을 일화로 들면서 어린 우리
들에게 맹자의 성선설을 이해시키셨다. 물론 이들 사상이 통치에
필요 수단이 될 수밖에 없었던 사회 현상을 가르쳐주셨겠지만, 당
시에 나는 인간의 본질이 선인가 악인가에만 골몰하여 그것을 기
억하지 못한다.

집이 서대문구 충정로에 있었기 때문에 정동의 학교까지 걸어
서 다녔다. 20분 가까이 걸리는 거리였는데, 길 위에서 늘 역사 시
간에 배운 것들을 생각했다. 고개를 오른쪽으로 갸우뚱하며 땅을
보고 걷는 내 걸음걸이는 그때 시작되어 '철학자의 걸음'이라는
별명도 얻었지만 등 굽은 여인이 된 원인도 된다.

상황에 따라서 순간마다 변화되는 내 마음의 상태에 스스로 황
당해하면서 과연 나를 구성하는 것이 악인가 선인가 회의하며 검
토하던 어린 나의 의구심은 의외로 빨리 끝났다. 확실한 해답을
얻었기 때문이다. 6월 25일, 일요일. 이 땅에 일어난 전쟁이 답을
주었다.

나는 그 일요일에 친구 한 명과 다른 학교로 진학한 초등학교
동창의 집에서 놀고 있었다. 점심을 먹고 있는데, 라디오를 듣고
계시던 친구의 아버지가 빨리 집으로 가라고 말씀하셨다.

"삼팔선에서 전쟁이 났다는구나."

그즈음 삼팔선에서는 자주 충돌이 일어났다. 얼마 전에도 침공

해 들어오는 괴뢰군(그때는 그렇게 불렀다)을 온몸으로 막다가 전사한 애국 군인을 기려 '10인의 용사' 추모식을 거행하기도 했었다. 나는 '또야?' 하면서 별로 심각하게 생각하지 않았다.

그런데 이틀날부터 피난민들이 몰려오기 시작하는 것이다. 삼팔 경계선이 무너지고, 국군이 밀리면서 사람들이 남부여대하여 후퇴하는 국군을 따라 내려오는 것이었다.

이번에는 좀 달랐다. 6월 27일의 사태는 심상치 않았다. 대포 소리가 점점 가깝게 들리고 방송에서는 노 대통령이 국민을 안심시키는 담화가 들렸는데, 밤새 억수같이 비가 퍼부었다. 그리고 벼락 치는 굉음이 들려왔다. 한강 다리를 폭파하는 소리인 것을 나중에 알았다.

다음 날인 28일 아침은 거짓말 같게도 날씨가 청명했다. 대포 소리도 잠잠했다. 거리에 나서보았다. 서대문 사거리로 붉은 기를 꽂은 탱크가 도열하듯 지나갔다. 그리고 지프차 같은 쓰리코터(소형 화물차)가 뒤따랐는데, 얼굴이 하얗게 바랜 수인(囚人)들이 차에 올라타고 붉은 기를 휘두르며 만세를 외치고 있었다. 사람들이 거리에서 하나씩 자취를 감추었다. 나는 무섭고 섬뜩하여 집을 향해 달음박질하였다.

그 이후 나는 인간이 얼마나 악한 것인지 체험하였고, 내가 그 동안 그렇게 알고자 애썼던 인간의 본성이 성선(性善)인가, 성악(性惡)인가에 대한 해답을 얻었다. 어린 내가 체득한 결과, 인간의 본성은 악(惡)이었다.

그 해 여름은 잔인하였다

1950년 6월 28일. 서울이 인민군에게 무혈 점령당했다. 그리고 며칠은 세상이 조용했다. 우선 무엇이 어떻게 돌아가려는지, 우리는 허탈과 공포로 웅크리고 있을 수밖에 없었다.

사흘 후에 올 것은 오고야 말았다. 우선 아버지의 해직이다. 파면을 당했으니 사택을 내놓는 일은 당연한 일이었다. 우리에게는 갈 집이 없었다.

한 달 전인 1950년 5월 30일. 제 2대 국회의원 선거가 있었다. 이 제 2대 총선에 아버지께서 무소속으로 파주에 출마하였다가 낙선하셨다. 이때 선거 비용 때문인지 아닌지는 당시 어린 내가 알 수 없었지만, 사택으로 이사 다니며 살 때 창신동에 마련한 집을 파셨다. 소슬 대문에 방이 다섯 개나 되는 큰 한옥이었다. 출마로 집이 없어진 것은 크게 문제가 되지 않았다. 문제는 국회에 출마했던 반동분자라는 것이다. 공산주의 세상이 되자 선거운동을 해주던 사람들이나 고향의 행랑에 살던 사람들의 겁박성 내방이 잦았다. 그것이 두려웠다.

유명 인사들이 속속 납치되었다. 우리는 대충 중요한 짐을 친척

집에 맡기고, 결핵으로 집에서 요양을 하고 있는 작은오빠와 어머니는 어머니의 사촌 동생 집으로 가고, 아버지와 여덟 살의 동생과 나는 구파발 진관사 아래에 두 노인이 살고 있는 집의 방 하나를 얻어 숨어 지냈다.

당시 큰오빠는 세 아이의 아버지였고 은행원이었다. 오빠는 주산 실력이 특출한 우수 행원이었다. 각 은행끼리 겨루는 주산 대회에서 늘 두각을 나타냈다. 오빠는 은행의 호출을 받았다. 새언니의 친정은 의정부 근처인 덕정리였다. 청주 한씨 한확의 후손인 언니네 친정은 그 고장의 덕망 있는 지주 가문으로 가세가 넉넉하여 언니는 세 아이들을 데리고 친정으로 내려갔고, 오빠는 명령에 따라 출근을 하였다. 출근한 그날로 오빠는 종적이 묘연해졌다. 이렇게 전쟁은 정직하고 성실하게 사는 한 가정을 풍비박산으로 만들었다.

아버지는 일체의 바깥출입을 삼가셨다. 가끔 어머니께서 삼십리 길을 걸어 쌀과 반찬을 머리에 이고 오셨다. 나는 그때까지 밥을 할 줄 몰라서 아버지가 풍로에 장작을 작게 쪼개어 넣고 밥을 지어주셨다. 동생과 같이 밥 두 끼를 먹고 나면 여름 해는 그렇게 길고 길었다.

꼭 석 달을 그렇게 지냈다.

해병대와 맥아더 장군의 인천 상륙으로 9월 28일 서울은 탈환되었다. 그러나 후퇴하는 인민군이나 공산주의자들의 보복이 두려워 서울이 궁금해도 참으면서 지냈다. 어머니가 오신 것은 개천절이 지난 10월 4일이었다. 남노당원이 살던 충정로 우리 집은 그들의 월북으로 비어 있었고, 아버지는 서대문 지점장으로 다시 복직되셨다.

석 달 만에 밟아보는 서울은 폐허 그 자체였다. 더구나 마포에서 아현동, 서대문에서 영천을 지나 홍제동으로 이어지는 길은 인민군이 후퇴하면서 시가전을 치렀기 때문에 건물은 파괴되고 여기저기 시체가 뒹굴었다.

아버지는 눈에 핏발을 세우셨다. 큰아들의 행방을 찾아 동료 행원들을 찾아 다니셨다. 오빠가 출근을 했던 날이 7월 초였는데, 그때 같이 출근했다가 효제국민학교 운동장까지 강제 이동되었었다는 사람의 이야기도 들으셨고, 같이 있다가 자기는 한강을 건널 때 탈출했다는 다른 이의 이야기도 들으셨다.

아버지는 오빠가 전쟁에 투입되었다고 확신하셨다. 의용군으로 전선에 보내진 것은 틀림이 없는데 서울 후퇴 때 시가전에 총알받이로 썼을지 모른다고 생각하셨다. 아버지는 오빠 찾기에 나서셨다. 시체를 찾으러 나선 것이다. 나는 아버지의 뒤를 따라갔다. 아버지가 염려돼서이기도 했지만, 아버지가 무언으로 먼저 청하셨다. 시체만 모아놓은 곳이면 다 찾아갔다. 반쯤 부패된 또는 아직도 살아 있는 것 같은, 누군지 분간하기 어렵게 훼손된 수없이 많은 죽은 자를 나는 보았다.

나는 진저리를 쳤다. 열다섯 어린 나이로 감당할 수 없었다. 인간이 어쩌면 이렇게 잔인할 수 있단 말인가. 누구를 위해 전쟁을 일으키고, 이렇게 많은 사람들이 참혹하게 죽어야 하는가? 인간이란 이렇게도 악한 존재인가? 나는 인간의 악(惡)을 보았다. 인간의 본성은 악이라는 것이 그 이후 내 사상이 되었다.

"내일부터 너는 따라오지 마라."

아버지는 말씀하셨다. 그러나 아버지 당신께서도 큰아들을 찾아 나서는 일을 하지 않으셔도 되었다. 정확하게 1950년 10월 6일. 충정로 우리 집으로 낯선 젊은이 하나가 찾아온 것이다.

오빠하고 같이 낙동강 전선으로 끌려갔던 사람이라고 자기를 소개했다. 전선을 향해 가는데, 미처 전쟁터에 도달하기 전에 인민 군들이 후퇴를 했고, 후퇴하는 군대 후미에서 같이 후퇴하다가 전투기의 폭격으로 몸을 숨길 때 오빠와 자기 그리고 두 사람이 합쳐 네 사람이 탈출을 했다는 것이다. 산 속에 숨어 있으면서 누구든 살아서 서울에 가면 서로 가족들에게 꼭 소식을 전해주기로 약속했다고 한다.

더 이상 산 속에 있는 것이 불가능하여 밤중에 몰래 마을로 내려와 보니 집집마다 태극기가 걸려 있었다. 오빠와 두 사람은 손을 들고 파출소로 가고, 자기는 죽을 각오를 하고 서울로 왔다고 말을 했다.

"그날이 10월 3일이었어요. 아마도 유형께서는 포로가 되어 수용되셨을 겁니다."

아버지는 이듬해 1월. 부산 피난 시절에 거제도 포로수용소에 오빠가 수용되어 있는 것을 확인하셨고, 면회를 하고 오셨다. 그리고 1952년 포로 석방이라는 이승만 대통령의 특별 명령으로 오빠는 다시 가족에게로 돌아왔다.

신설동 아저씨

신설동 사거리에 6.25 전쟁 전까지 안학수 내과가 있었다. 개업을 하시고 줄곧 그 자리에서 환자를 보셨으니 20년이 넘었을 것이다. 안학수 원장님을 우리는 신설동 아저씨라고 불렀다. 어머니께서 신설동 아저씨를 '오라버님' 이라고 부르셨으니 어머니와 동갑이신 우리 아버지보다 한두 살 위일 것이다. 아버지와 신설동 아저씨가 얼마나 절친한 사이인지, 어린 나는 세상에서 아버지와 제일 친한 분이라는 것을 의심하지 않았다.

신설동 아저씨는 우리 어머니의 사촌언니의 남편이시다. 그러니까 우리 아버지와는 사촌 동서 간인 것이다. 두 분의 처가가 다 우리 외가였다. 어머니의 백부님 내외께서 일찍 타계하셔서 그 큰 댁의 사촌언니가 우리 외가에서 자라고 출가를 하였기 때문이다.

옛날에는 연줄혼인들을 하셨다고 한다. 생판 모르는 집과는 혼

사를 되도록 하지 않았다. 근본을 모른다는 이유에서다. 혼인 당
사자보다 가풍이나 가문의 내력을 아는 것이 당사자를 아는 데 더
확실하다는 생각이다.

안학수 아저씨는 우리 어머니의 외 오촌의 아들이다. 어머니가
'오라버님' 하는 것은 이렇게 외가 쪽으로 인척이기 때문이다. 수
원 백씨인 어머니의 사촌언니와 결혼하는 데 어머니의 외가 성인
안씨(安氏)는 아무 지장이 없었다. 국립의료원 원장을 지낸 안병훈
오빠가 안학수 아저씨의 큰아들이 되고, 상공부 장관을 역임했던
안병화 한전 사장이 둘째 아드님이다.

신설동 아저씨는 가끔 우리 집으로 놀러 오셨다. 병원 일을 끝
내고 저녁때쯤 오셨는데, 그런 날은 거의 밤을 새우며 말씀들을 나
누셨다. 우리들도 옹기종기 앉아 두 분이 나누는 이야기를 들었
다. 어린 내 소견에도 정말 멋진 말들이었다. 다 알아듣지는 못했
지만 이야기의 주제는 종횡무진, 어머니는 몇 번이나 주안상을 갈
아대셨다.

그야말로 고담준론(高談峻論), 옛 선비들이 그랬으려니 상상을
했다. 특히 종교 문제에서는 두 분의 예각(豫覺)이 맞부딪치며 불
꽃을 튀겼다. 아버지는 두 언니를 잃고 불교에 깊이 심취하여 조
계종의 청담 스님이나 하동산 스님과도 불도에 대해 말씀을 나누
실 정도였다. 반면 신설동 아저씨는 독실한 기독교 신자였다. 일
본의 무교회주의에 관심이 많으셨고, 뜻을 같이하는 이들과 각 가

정으로 다니며 예배를 드리셨다. 함석헌 선생님과 돈독한 사이셨다. 중국의 〈열국지〉, 사마천 〈사기〉, 〈반야심경〉, 〈사도 바울의 서신〉 그 이외에도 현실 정치에 대해 열띤 토론을 벌이시니, 나는 신설동 아저씨가 오시는 날이면 공연히 신이 났다.

두 분은 처가 쪽으로 같은 사위가 되고, 외 육촌 처남매부 간도 되기 때문에 가까운 것이 아니라 스무 살 청년에서부터 아저씨가 세상을 떠나신 쉰두 살까지 30년 동안 마음과 철학이 통하는, 진정으로 좋아하고 서로 인정하는 친구 중의 친구였다.

서울이 인민군에게 점령당하기 전날인 1950년 6월 27일, 신설동 아저씨께서 충정로 우리 집으로 찾아오셨다. 평상시의 단아하고 기품 있는 모습이 아니었다. 불안하고 당황한 기색이 역력했다. 오미자차를 들고 나는 안방으로 들어갔다.

"저들 공산당 세상이 되면 우리 기독교 신자들은 어떻게 되겠나?"

아저씨가 물으셨다.

"대단한 박해를 당하겠지. 유물론자들 아닌가? 그들은 어떤 종교도 허락하지 않겠지."

"그렇다면……?"

"신앙을 지키기 어려울 걸세."

아저씨는 황망히 당신 댁으로 돌아가셨다.

서울 시내에 붉은 기를 꽂은 탱크가 위용을 뽐내며 행군하는 아슬아슬한 아침에 병훈 오빠가 하얗게 질려 아버지를 찾아왔다.

"아저씨, 아저씨. 오늘 새벽에 아버지께서 자진을 하셨습니다."

"뭬야?"

하나님을 욕되게 하느니 죽음을 택하셨던 것이다. 아버지는 부리나케 신설동으로 달려가셨다.

"내 잘못이다. 내 탓이로구나" 아버지는 가슴을 치셨다.

휴전 협정이 이루어지고 나름대로 이 땅에 전쟁의 포화가 끝났던 어느 날을 잡아 '안학수 박사 추모의 밤' 이 열렸고, 추모 문집도 발간되었다. 아버지는 그 문집에서 신설동 아저씨를 그리워하며 아저씨와의 잊지 못할 우정의 30년 세월을 회고하셨다. 마지막에 이런 말을 쓰셨다.

그날 나를 찾아와 "우리 기독교 신자는 어떻게 되겠나?" 물었을
때, 나는 왜 그렇게 말했을까? "힘들겠지만 잘 버티고 무던히 인
내하며 기다려보세" 했다면 그가 마지막 수단은 쓰지 않았을지도
모르지 않는가…….

전쟁은 이렇게 한 단아한 선비이자 인술을 펴고 있는 결백하고 신실한 신앙인을 죽음으로 몰아넣었다.

덕정리 큰 어르신

스물한 살에 우리 집 큰며느리가 된 새언니의 친정은 경기도 양주
군 덕정리이다. 사람들이 덕쟁이라고 부르는 덕정리에 청주 한씨
한확(세조의 사돈)의 후손들이 집성촌을 이루며 살고 있었다. 언니
는 그 마을의 셋째 댁 아기씨였다.

어느 날 누상동에 살고 계신 고모아주머니가 찾아오셨다. 어머
니보다 두 살 아래인 고모아주머니는 올케인 우리 어머니와 그렇게
자별할 수가 없었다. 색싯감 하나를 물색해 오신 것이다. 그때 큰
오빠가 스물네 살이었고, 부모님은 며느릿감을 찾고 계실 때였다.

"그처럼 얌전한 색시는 처음 봐요. 앞모습을 봐도 뒷모습을 봐
도 나무랄 데가 없어요."

고모아주머니는 입에 침이 마르도록 칭찬을 하셨다. 평상시 점
잖고 말수가 적으신 분이다. 그런데 그날은 들떠 보이기까지 하
셨다.

고모는 장수 황씨 댁으로 출가를 하셨는데, 시댁 조카며느리의
선을 보시고 오셨다는 것이다. 색싯감이 어찌나 마음에 드는지, 팔
이 안으로 굽는다고 친정 조카인 우리 오빠의 배필로 삼고 싶어서
그쪽의 혼사가 이루어지기 전에 우리 쪽에서 서둘러보자는 말씀
이었다.

색시는 숙명여고 출신인데, 국민학교 졸업 때 도지사 상을 탄

재원이라는 것이다. 거기에 인물이 곱고 자태가 조신하여 탐이 난
다고 어머니를 부추기셨다.

"그렇다고 남의 혼사 가로채면 안 되지요. 인연이 닿으면 그때
선을 보러 갑시다, 작은아씨."

인연이 닿으려고 그랬는지 황씨 댁과의 혼사가 이루어지지 않
아서 믿을 만한 분을 덕쟁이로 보내시어 알아보게 하셨다. 그분 말
이 과연 천하에 없이 신붓감이 요조하다는 것이다. 혼사는 척척 진
행되어 스물한 살 언니가 며느리가 되었다. 내가 아홉 살 때이다.

덕쟁이의 청주 한씨 일문은 가세가 넉넉하였다. 더욱이 종손인
큰댁은 인근의 모든 집을 거느리는 대지주로 비옥한 농토를 소유
하고 있었다. 조카딸의 혼사도 큰댁 어르신이 사돈 접대며 혼주
역할을 하셨다. 아버지는 지극히 만족해하셨다. 예의범절이며 가
풍이 마음에 흡족하신 것이다.

혼사를 치른 그 해에 아버지는 덕정리와 가까운 의정부 다음 역
인 동두천 지점장으로 발령받으셨기 때문에 언니는 친정과 거리
가 가까워져서 기뻐하였다. 언니는 친정 부모님들에게 애지중지
하는 딸이었지만 종가인 큰댁의 큰아버지, 큰어머니의 사랑을 한
껏 받은 조카딸이었다. 큰댁에는 딸이 없이 외아들 하나뿐이어서
조카딸인 언니를 딸로 달라고 졸랐을 정도였다고 한다. 그래서 언
니에게는 큰댁 또한 친정이었다.

나도 언니의 큰댁에 가본 적이 있다. 아홉 살인 2학년 때 동두천

국민학교에 전학을 갔는데, 아이들이 어떤 아이의 이름을 부르면서 "그 애가 의정부로 이사를 갔기 때문에 니가 일등을 할 수 있는 거야. 그 애가 있었으면 너는 어림없어. 그 애는 공부도 잘하고 노래도 잘해" 하는 것이었다. 서울에서 전학을 오자마자 시험을 쳐도 무엇을 해도 일등만 하는 내가 미웠던 것이다. 나는 아이들을 꾀기 시작했다. 그 공부 잘하는 아이를 보고 싶었던 것이다.

"얘들아, 우리 기차 타고 의정부에 가자. 그 애 만나러 가자. 그 애 보고 싶지? 그렇지?"

"그렇지만 집도 모르잖아? 어떻게 찾아?"

"다 찾을 수 있어. 못 찾으면 기차 타고 돌아오지 뭐. 의정부 가깝잖아?"

그래서 방학을 하던 날, 두 아이와 나, 이렇게 셋이서 의정부행 기차를 탔다. 동두천에서 한 정거장만 가면 의정부다. 의정부에서 내려 무턱대고 "아무개네 집이 어디예요? 어디예요?" 한집 한집 훑으며 그 아이의 집을 찾았다. 점심때가 지나 날은 어두워오고, 그 집은 찾지 못하고, 배는 고프고, 돌아갈 기차는 오지 않고, 아홉 살짜리 셋은 겁이 나기 시작했다. 훌쩍이며 우는 애도 있었다.

"다 너 때문이야."

나도 겁이 났다. 집에다 말도 하지 않고 나온 것이다. 슬슬 겁이 점점 더 나는데 한 가지 생각이 떠올랐다.

"얘들아, 나를 따라와!"

나는 친구들을 데리고 의정부 금융조합을 찾아갔다. 그리고 지점장실로 갔다.

"제가 동두천 지점 누구누구의 딸입니다" 하고 아버지의 성함을 댔다.

"오, 그러냐?"

지점장은 친절하게 대해주었다. 내가 자초지종을 이야기하니 그분께서 "그런데 어쩌냐? 동두천 가는 막차는 세 시간 후에나 있단다" 하시는 거였다.

"그러면 우리 새언니 집이 덕쟁이인데 거기 가는 길 좀 가르쳐주세요."

내가 말했다.

"맞구나. 덕정리 한씨 댁을 우리가 잘 알지" 하면서 덕쟁이까지 데려다주라고 급사 아이를 우리에게 붙여주었다.

"너희 집에는 내가 연락을 해주겠다. 얼마나 걱정하시겠냐?"

이렇게 해서 나는 덕쟁이 언니의 친정에 불쑥 나타난 것이다. 사돈댁에서는 야단이 났다.

"아이고, 아무개 시뉘라네. 똘똘해 보이지?"

언니의 어머니께서는 닭도 잡으며 딸의 어린 시누이와 두 친구를 귀하게 대접해주셨다. 언니의 큰어머니도 오셨다. 내 머리도 쓰다듬어주시고 당신 집으로 데려가셨는데, 대문도 어마어마하게 크고 마당에 들어서니 뒷산의 골짜기 물이 계곡을 이루며 집 안으로 졸졸 흘렀다.

"원, 똑똑도 하지. 어떻게 덕쟁이 생각을 해냈누?" 하면서 엿이
랑 강정을 주셨다.

다음 날, 기차 시간에 맞춰 야채며 잡곡이며 큰 보따리로 하나
가득 자전거에 싣고 의정부 정거장까지 데려다주서서 세 소녀는
무사히 동두천으로 돌아왔다.

"새언니, 나 언니네 집에 갔다 왔어요."

나는 신이 나서 떠드는데 언니는 "그래요?" 심드렁하게 대꾸했
다. 지금 생각해보니 너무나 가고 싶은 친정이었기에 새삼 친정
생각이 나서 그랬던 것 같다.

6.25 전쟁이 났을 때 아버지는 언니와 조카 셋을 덕쟁이로 보내
셨다. 우리가 집을 쫓겨났을 때이고, 쌀도 인민군에게 다 빼앗기어
그야말로 양식도 없었기 때문이다. 서울을 점령한 인민군은 6월
30일 충정로 일대의 집을 뒤지며 쌀이란 쌀은 모두 빼앗아 갔다.

인천상륙작전으로 서울을 수복하고 국군이 북진을 할 때, 덕쟁
이에서 언니가 세 아이를 데리고 집으로 돌아왔다. 언니의 모습이
말이 아니었다. 언니는 울면서 말을 했다.

"큰아버지께서 돌아가셨어요."

인민군이 덕쟁이를 점령했을 때 노동자 농민 착취 악질 반동분
자 일착으로 덕정리 큰 어르신을 잡아갔고, 어르신을 고발한 사람
에게 문초를 맡겼는데, 그는 일생을 어르신의 덕을 보며 그 그늘에

서 충성스럽게 큰댁 일을 보던 마름이었다. 그는 공산당이 무언지도 모르는 순박한 농부임에 틀림없겠는데, 세상이 바뀌었다는 시류에 춤을 추며 악마로 변해갔던 것이다. 손가락 마디마디, 손톱 하나하나를 뽑으며 "부자로 살 때 이 맛을 알았겠냐?", "이런 날이 올지 꿈에도 몰랐겠지? 흐흐" 살점을 각 뜨며 잔인하게 죽였다고 한다.

던져진 시신은 그야말로 걸레쪽이 되어 있었고, 차마 눈 뜨고 볼 수 없이 참혹하였으며, 그때 놀란 가슴으로 큰어머니도 세상을 떠나셨다. 그리고 인민군이 후퇴하고 국군이 들어왔을 때 미처 도망가지 못한 그 잔인한 일당을 산 채로 구덩이에 묻었다고 하니, 인간의 이 악마적 본성을 무엇으로 설명하랴.

전쟁은 숱한 살생을 동반한다. 전투에서, 폭격에서, 원한에서, 수많은 사람이 죽어갔다. 무수하게 많은 사람이 죽은 전쟁에서 내가 직접 보지는 못했지만 가까이에서 겪은 죽음은 신설동 아저씨와 덕쟁이 큰 어르신이다.

이제 며칠 있으면 6.25 전쟁 기념일이다. 전쟁을 겪은 세대는 잊으면 안 되는 동족상쟁이 일어난 날이고, 전쟁을 겪지 않은 세대는 경거망동을 삼가며 우리가 정말 경계해야 할 것이 무엇인지 깊이 깨달아야 할 것이다.

어머니 고향, 안골

어머니는 수원 백씨 휴암공 파의 종가 댁 큰따님이다. 안골은 현재 행정구역상 파주군 광탄면 분수리 내동인데, 옛날부터 '안골'이라고 불렸다. 어머니는 안골에서 태어나셨고, 열여섯 살에 창원 유씨 귀와공의 8대 후손인 아버지께로 출가해 오시기까지 그곳에서 자라셨다.

'안골'은 앞산 뒷산으로 산이 둘러져 있고, 마차가 지나갈 수 있는 큰길에서 이십 리는 더 들어가야 있는 두메산골이다. 안골로 접어드는 길목에 쉬엄령 고개라는 높은 고개가 있다. 하도 높고 험해서 쉬어가지 않고는 건너지 못한다고 하여 붙여진 이름이다. 원 이름은 혜음령(惠陰嶺) 고개이다.

공산 치하에서 3개월을 지내는 동안 나는 이 혜음령 고개를 두 번 넘었다. 양식이 떨어져 어머니와 같이 외가에 식량을 구하러 가기도 했고, 다른 한 번도 엄마가 아껴둔 비단을 들고 혼자 그 고개를 넘어 안골에 가기도 했다. 두 번 다 전쟁 통에 처음 가보는 어머니의 고향이었다.

혜음령 고개는 열다섯 살 소녀에게 정말 잔인한 고개였다. 서울에서 안골까지는 육십 리가 넘는 거리이다. 벽제까지 걸어와서 혜음령을 넘어야 분수리 길목으로 들어설 수 있는데, 이 고갯길을 넘는 일이 벽제까지 걸어온 길보다 더 힘이 들었다. 쉬면서 쉬면서 걷지 않고는 도저히 넘을 수 없는 가파른 쉬엄령 고개. 이렇게 험준한 산 고갯길을 끼고 있기 때문인지 전쟁의 피해를 거의 보지 않았다. 적치(赤治) 3개월 동안에 인명 피해가 한 건도 없었다. 반동이라고 붙들려 간 사람도 없었고, 국군이 들어왔을 때 부역자라고 고발당한 집 역시 하나도 없었다. 삼팔 이남을 휘젓고 다닌 전쟁의 피해를 보지 않은 지역이 이곳이었다.

쉬엄령이라는 험준한 고개가 있는 벽촌인 까닭도 있지만 안골은 수원 백씨들만의 집성촌이라 30호가 조금 넘는 주민들이 모두 가까운 일가친척들이기 때문이다. 우리 외가는 이 집성촌의 종가였고, 친척들은 종가 댁의 농토를 경작하면서 생계를 유지했다.

외가는 부농의 지주였다. 해방이 되어 토지 개혁 정책에 따라 농토를 소작인에게 나누어주게 되었을 때 외삼촌은 흔쾌히 정부 시책에 따랐고, 정부로부터 지가증권을 받았지만 소작을 하던 친척들은 공연히 종가 댁에 죄를 진 듯 송구해하였으므로 공산 치하가 되었다 하더라도 세상과는 상관없이 인심 좋은 마을을 유지했다.

1950년 9월 28일 수도 서울을 탈환한 국군과 유엔군은 파죽지세로 북으로 올라갔다. 평양이 함락되고 압록강을 향해 진군을 할 때였다. 북의 남침 시에 유엔군이 참전을 하듯 이번에는 중공군이 전쟁에 합류하였다. 당시 유엔군 최고 사령관이던 맥아더 장군은 만주 폭격을 감행하여 중공군이 압록강 이하로 남하하는 것을 막고 한반도의 전쟁을 승리로 이끌려고 하였다. 맥아더 장군의 이 전략

은 미국 정부에 의해서 거부당하였다. 만주 폭격으로 전쟁이 확대
되는 것을 미국이 원치 않았기 때문이다. 맥아더 장군은 전격적으
로 해임되었고, 중공군의 인해전술에 견디지 못하던 국군과 유엔
군은 후퇴를 거듭할 수밖에 없었다. 이번에는 이북 동포까지 남부
여대하여 남으로 남으로 내려왔다.

통일의 기대에 부풀어 있던 많은 사람들은 다시 피난 짐을 쌌
다. 우리도 떠나야 했다. 아버지와 어머니, 병든 작은오빠와 동생
과 나, 덕정리에서 돌아온 오빠의 3남매와 새언니.

대식구였다.

생각이 깊으신 아버지께서 며칠을 고뇌하시다가 드디어 결정
을 하셨다. 아버지 혼자 정부를 따라 남하하시고 나머지 식구들은
어머니 고향 안골로 피난을 보내신다는 것이다.

"안골로 가서 있거라. 안골은 모두 외가 쪽 일가친척들이고, 지
난 인공 시절에도 무사한 고장이었고, 쉬엄령 때문에 인민군도 중
공군도 들어오지 않을 것이고, 두메산골 푹 파묻혀 있는 곳이니 그
리로 가서 전쟁이 끝날 때까지 거기 친척들과 같이 지내는 것이 좋
겠다."

아버지는 모택동 군대와의 싸움에서 패한 장개석 정부가 본토
를 다 버리고 대만으로 쫓겨 갔던 일을 생각하셨는지 모른다. 세
계 3차대전을 두려워하는 미국의 소극적 대응으로 저들의 적극 공
세에 밀려 한반도를 전부 내주고 제주도로 철수한다면 피난을 간

다 한들 어디가 피난처가 될 수 있으랴. 그렇다면 안골 외가댁 친인척에게 의탁하는 것이 오히려 안전하지 않겠는가. 아버지는 이렇게 생각하셨던 것이다.

아버지의 이 제안에 작은오빠가 병석을 박차고 일어났다.

"아버지, 저는 안골로 가지 않겠습니다. 직장으로 복귀하여 직장과 운명을 같이하겠습니다. 가다가 적을 만나면 병든 몸으로 싸우겠습니다."

오빠의 뜻이 하도 완강하여 아버지는 허락을 하셨다. 오빠는 안양연구소에 재직하다가 결핵으로 휴직을 하고 있던 상태였다.

이때부터 아버지는 세상 경험이 없는 아내와 스물일곱 살의 며느리, 열다섯 살, 여덟 살의 딸 둘, 여섯 살, 네 살, 두 살의 어린 손자들의 피난 생활을 준비하시기 시작했다. 당신 손수 안골에 먼저 다녀오셨다. 그리고 가장 가깝게 지내는 처당숙에게 가족을 당부하며 그 댁에 방을 얻고 쌀과 벼를 장만하셨다. 여러 댁을 방문하고 간절한 부탁과 함께 성의를 보이셨다. 그리고 서울에 돌아와 고무신 두 가마니를 사셨다. 어른들의 여자 것, 남자 것, 여자아이 남자아이 것, 문수도 골고루 사셨다.

"잡곡이라도 바꿔 먹어라."

1950년 12월 중순에 우리는 파주군 광탄면 안골로 피난을 떠났다. 우마차 한 대를 빌려서 짐을 대강 꾸리고 짐을 쌓은 위에 어린 동생을 앉혔다. 나는 마차를 따라 걸어서 갔다. 언니와 조카와 어머니는 후에 합류하셨다. 남들은 모두 남으로 떠나는데, 우리는 북쪽 엄마의 고향을 찾아갔다. 아버지의 생각대로 첩첩 산골 엄마의 고향은 여름과 가을에 아무 일 없었듯이 인민군도 중공군도 비켜가기를 소원하면서, 그리고 국군이 다시 진격하여 헤어졌던 가족들이 속히 만나게 되기를 기원하면서…….

외할아버지

나는 외할아버지를 뵌 적이 없다. 내가 태어나기 전에 돌아가셨기 때문이다. 나는 친가 쪽의 조부모님도 뵙지 못했다. 그 당시에는 회갑을 넘기기가 쉽지 않았던 때인가 보다. 조혼(早婚)을 하던 시대였고, 일찍 자손을 두어 사십 세 미만에 할아버지, 할머니가 되어 빨리 노인들이 된 것도 짧은 수명의 한 요인이 되었을 것이다.

외할아버지의 자랑은 당신의 13대 선조 휴암 어르신이 율곡선생의 스승이었다는 사실이었다. 외가인 수원 백씨의 가문에 대해 들어 아는 것이 별로 없지만 외할아버지의 성정이 괴팍하시고, 학문을 좋아하시고, 특히 양반을 좋아하셨던 일은 안골 사람들 중 모르는 이가 없었다.

나는 어릴 때 어머니의 정을 거의 느끼지 못하고 자랐다. 이거 해라, 저거 해라 하는 명령의 말과 계집애가 뭣이 되려는지 모르겠다, 라는 꾸중의 말밖에 어머니에게서 들은 말이 없다. 어머니와 거의 말을 나누지 않으며 컸다. 자식들과 말을 나누는 일이 몸에 배이지 않은 것, 이것이 어머니가 자란 환경이었고 모두가 외할아버지의 영향이었다.

아버지는 어머니와 반대로 자상하고 살뜰하신 성품이셨다. 일가친척들에게도 그러하셨고 딸들에게는 더욱 다정하셨다. 어머니에게서 오는 찬바람에 기가 죽지 않은 것은 아버지의 자애 때문일 것이다. 퇴근해서 오시면 아버지는 우리 자매들과 친구가 되셨다. 어머니는 늘 아버지께 언짢은 말씀을 하셨다.

"어쩌자고 딸들을 그리 버릇없이 키우십니까?"

아버지께서는 이렇게 말하시고 "어떻게 어른하고 만수받이를 한단 말이냐? 나는 열여섯 출가할 때까지 아버지 얼굴을 쳐다보지도 못했다. 이렇게 막 자라서 이담에 부모에게 무슨 누를 끼치려 하느냐?" 하고 우리들을 쫓으며 야단치셨다.

아버지는 '어허' 웃으시며 외할아버지 말씀을 하셨다. 맏사위인 아버지를 끔찍이 여기셨는데, 아버지도 빙장 어른을 꽤 좋아하셨다고 한다. 감정 내색하는 것을 수치스러워하신 분인데, 사위를 보면 흡족한 표정을 감추지 못하셨고, 안골 처가에 도착할 때가 아무리 밤중이라도 꼭 도포에 갓을 쓰고 사위의 문안 절을 받으셨다고 한다.

외할아버지가 양반을 좋아하셨다는 말을 나는 다른 글에서도 썼다. 여기서 외할아버지 이야기를 쓰려니 중복되더라도 다시 한 번 더 쓴다.

어머니 아래로 네 살 터울의 여동생이 있다. 어머니는 딸 셋, 아들 하나의 자손 중에 맏이였는데, 큰딸을 출가시키고 보니 사부인 (우리 할머니)이 혜경궁 마마의 친정인 풍산 홍씨 가문이시고, 그 동생(아버지의 외삼촌)이 순종조에서 승지를 지내시던 분이었다. 한일 합방으로 낙향하여 지내시는데, 가세 빈한하기가 민망할 지경이었다. 조석이 간 곳 없을 정도였다. 이 가난한 홍승지 댁에 열다섯 살난 외아들이 있었다. 그러니까 사위의 외사촌 동생이었다.

외할아버지는 홍승지 댁 이 총각이 탐이 나셨다. 사돈인 우리 할아버지께 간곡한 청을 넣으셨다. 외할아버지는 벼슬길에는 나가지 못하셨지만 안골의 넓은 땅이 다 당신 소유였다. 요새 말로 둘째 딸의 지참금으로 기와집과 승지 댁에서 지내시기 넉넉한 논과 밭을 내놓으셨다. 이렇게 해서 수원 백씨 안골의 종가 댁 자매는 유씨와 홍씨 내외종 사촌 간에게 각각 시집을 가게 된 것이다. 승지 댁 도령인 우리 이모부는 집과 논 그리고 밭을 머리에 얹고 시집온 색시를 무엇 보듯 외면하고 평생을 밖으로만 돌았다. 양반을 좋아하던 아버지 때문에 이모는 독수공방에 그 어려운 시어른들을 공경하며 소설에서나 읽던 조선조 여인의 한 많은 세월을 보내야 했다.

학문이 소일의 전부였던 외할아버지가 돈 버는 일에 눈을 돌리셨다. 소작의 도지만으로도 곳간이 찼던 부농의 외할아버지께서 어째서 땅에 손을 대셨는지 나는 잘 모른다.

'외할아버지께서 왜 땅을 담보로 나무 장사를 하시려 하셨을 까?'

이 글을 쓰면서 나는 외사촌에게 물어보았다. 외사촌에게는 친할아버지가 되시니 나보다는 그 사정을 알 것 같아서이다.

"모르지, 나도……. 그런데 전하는 말로는 둘째 딸에게 큰 덩어리를 내주시고, 그나마 딸이 행복하게 살지도 못하니 없어진 당신의 땅만큼 땅을 채우고 싶으셨던 것은 아닐까?"

사촌의 대답이었다.

어쨌든 글 읽는 것밖에 모르는 시골 서생이셨던 외할아버지는 안골의 땅을 모두 담보로 넣고 나무 장사를 한다는 이와 합작으로 사업을 시작하시려고 하였다. 그러나 동업자는 일을 시작하기도 전에 은행에서 나온 돈을 가지고 줄행랑을 쳤고, 이에 절망한 외할아버지는 충격을 다스리지 못하고 자결을 하고 마셨다.

서른 살의 맏사위인 아버지는 빙장 어른의 장례를 치른 후 이 사기꾼들을 수소문하여 고소하셨다. 변호사도 쓰지 않으시고 직접 재판을 하여 승소하셨고, 잃어버린 땅을 모두 다시 찾으셨다.

"어떻게 그런 묘안이 떠올랐는지 지금 생각해도 신기하다. 제갈량의 지혜였다고나 할까?"

아버지가 하셨던 말씀을 나는 기억한다. 적의 힘으로 적을 치는 것. 손자병법에도 있는 전법이라는데 사기꾼들이 서로 다투게 하고, 그 중언을 가지고 물증을 제시하여 승소를 이끌어내셨다고 한다. 하나뿐인 처남이 어렸던 때라 안골의 땅이 일단 아버지의 명의로 되어 있었는지 몇십 년이 흘러 외삼촌이 돌아가시고 난 다음에도 아버지 명의로 된 것들이 남아 있어서 외사촌 오빠가 명의 이전을 해 가던 기억이 난다.

안골에서는 종가 큰댁의 맏사위인 아버지에 대해 칭송이 자자했다. 처가의 땅을 모두 찾아준 일이 아니더라도 서울에 찾아오는 안골의 처가 쪽 일가권속을 아버지는 성심으로 대하셨다. 1951년 1.4 후퇴 때 아버지가 사랑하는 가족들을 안골에 보낸 것은 안골이 첩첩산중이라 어쩌면 전쟁의 피해가 비켜갈지도 모른다는 기대와 안골과의 이런 깊은 인연 때문이었다.

안골에서 겪은 전쟁

1951년 1.4 후퇴는 평안도까지 진격한 국군과 유엔군이 중공군의 참전으로 후퇴하면서 국민들에게 남하를 권유하여 전 국민이 피난을 간 사건이다. 6.25가 발발했을 때는 국민은 안심하라, 국군이 곧 반격하여 전쟁을 마무리할 것이라는 방송을 했던 때와는 달랐다.

정부의 권유가 있지 않았다 해도 이미 3개월의 공산 치하를 체험했던 터라, 후퇴하는 정부를 따라가지 않는 백성이 없었다. 서울은 빈 도시가 되었다. 아버지의 지나치신 생각으로 우리는 안골로 전쟁을 피해 갔으니 서울을 떠난 것은 마찬가지였다. 우리는 일찌감치 안골로 들어갔다. 1950년 12월 중순이었다.

안골의 어머니가 태어나신 외가는 마을의 중심에 있었고, 종가답게 위풍이 당당했다. 기와를 얹은 대문의 지붕부터 위용이 넘쳤다. 외삼촌이 일찍이 고향을 떠나 있었기에 외할아버지의 매제(어머니의 고모부)께서 사랑채에서 서당을 열며 처가를 지키고 있었다. 외삼촌은 전쟁 당시 일산국민학교 교장이셨다.

외숙모와 3남 2녀의 자녀들도 1.4 후퇴 때 우리처럼 안골로 들어왔다. 외삼촌만 경기도 교육구청을 따라 남쪽으로 내려가셨을 뿐이다. 외삼촌의 두 딸 중에 큰딸이 나와 동갑이다. 그때 여상(여자상업중학교) 2학년이었다. 내가 이 외사촌과 친구가 된 것은 일곱 살부터다. 어느 날 외삼촌을 따라 서울 우리 집에 왔는데, 처음 만나는 날부터 둘은 떨어지지 않고 이야기를 해서 어른들이 신통해하셨다. 방학이 되면 나는 이 외사촌이 보고 싶어서 외삼촌 댁에 가곤 했다. 외삼촌은 경기도 소속 교육공무원이라 경기도로만 전근을 다니셨다. 김포로 백마로 나는 외사촌을 만나러 다녔다. 전쟁 때문에 좋아하는 외사촌과 함께 살게 되었으니 나는 피난 생활이지만 즐거웠다.

열다섯 살의 소녀에게 두메산골 생활은 목가적 낭만이 있었다.

포화 소리는 들렸지만 첩첩산중인 안골에는 전쟁의 그림자도 보이지 않았다. 사촌과 나는 일찍 해가 떨어져 칠흑같이 어두운 기나긴 밤을 이야기로 새웠다. 사촌은 글짓기에 남다른 소질이 있었는데, 대학 주최 여학생 글짓기 대회에서 대상을 수상한 바 있는 문학소녀였다. 나는 외사촌이 토해내는 문학 세계에 깊이 매료되어갔다. 나 또한 그 나이에 꽤 많은 성인 소설을 읽은 조숙한 아이였다. 산골의 겨울은 길고 적요했다. 그 많고 많은 시간을 무료한 두 소녀는 각자 읽은 책들을 곱씹고 곱씹고 하였다. 그러다가 어느 날 사촌이 말했다.

"그럴 게 아니라 우리 소설을 쓰자. 나는 쓸 것을 생각해냈어."

소설을 쓴다는 일은 새로운 자극이고 활력이었다. 나는 이미 전쟁 같은 것, 피난 와서 살고 있다는 것, 사람이 그렇게 많이 죽었다는 것, 인간의 본성은 악(惡)이라는 것 등은 까맣게 잊고 수없이 아름다운 이야기를 머리에서 만들어내고는 빠져들었다. 지난여름 공산 정권 3개월처럼, 그리고 아버지가 소망하셨던 대로 안골에 인민군이 들어오는 일이 없었다면 두 소녀의 소설 만들기 작업은 계속되었을 것이다.

1951년 1월 중순쯤 되는 어느 날이었다. 대포 소리도 끊겨 조용한 밤에 저벅저벅 군화 소리를 앞세워 인민군이 마을에 들어왔다. 낮에는 폭격이 두려워 밤에, 그리고 큰길을 피해 산골짜기 길을 택해 남쪽으로 내려왔기 때문에 안골 같은 벽촌과 벽촌으로 남하의 길을 잡은 것이다.

그들은 30여 가구에 분산하여 머물렀다. 그리고 낮에는 쥐 죽은 듯이 방에 있다가 어두워지면 길을 떠났다. 그렇게 한 부대가 머물다가 떠나면 다음 날 밤에 다른 부대가 당도했다. 그들에게 안방과 마루를 다 내어주고 식구들은 방 하나에서 잠을 잤다. 그들은 발싸개를 몇 겹으로 겹쳐서 발을 쌌다. 그리고 흰콩 볶은 것을 먹었다. 다른 마을에서는 밥도 해달라고 하여 먹었다는데 안골에서는 그냥 하룻밤을 자고 떠났다. 국군은 싸우지도 않고 어디까지 내려간 것일까? 안골에서 하루를 지내면 인민군은 계속 남쪽으로 내려갔다.

대포 소리도 잠잠하고 인민군 부대도 며칠 뜸하던 어느 날 밤에 알아듣지 못할 중국말이 들리더니 중공군이 들이닥쳤다. 그때 우리는 어머니의 당숙 식구들과 다 같이 방공호에 있었다. 동네 사람들은 마을에 폭격기가 지나가며 기관총 소사를 할 때 피해 들어가 있을 목적으로 몇 군데에 방공호를 넓게 파놓았는데, 헛간과 비슷했다. 우리말을 쓰는 통역 군인이 전지를 비추며 말을 했다.

"다들 두 손을 머리에 얹어라. 국군과 경찰이 있으면 나와라."

모두 와들와들 떨었다. 들리는 말로 중공군은 죽창으로 사람을 찔러 죽인다고 했다.

"좋은 말로 할 때 나와라!"

그가 목소리를 높였다.

내가 앞으로 나갔다. 그러고는 "우리는 보시다시피 다 가난하고 선량한 농민이다. 거기다 아이들과 부녀자가 태반이다. 모두 전쟁을 피해 떠났지만 우리는 못 가고 남은 사람들이다. 어느 쪽의 군인이라고 해도 우리 같은 백성은 죽이지 않을 것을 알기 때문이다" 대충 이런 내용의 말을 또박또박 해댔다.

갓 열여섯 살이 된 아이였던 내게 어떻게 그런 용기가 났었는지 지금도 알 수가 없다. 전시(戰時)였기 때문이었으리라. 비상시의 인간은 생명을 보존하기 위한 의외의 능력을 발휘하는 모양이었다. 포성이 들릴 때 여섯 살짜리 조카가 육십 리 길을 걸었던 것처럼……

"모두 자기 집으로 돌아가라. 해방군은 인민을 해하지 않는다."

통역 군인은 이렇게 말했고, 그날 이후 안골에는 중공군이 주둔하여 몇 채의 농가를 점령했다. 그들이 점령한 집의 사람들은 다른 집의 방을 얻어서 같이 살았다. 어머니의 당숙 댁이 중공군의 본부가 되어 우리는 다른 일가 댁의 사랑채를 얻어 이사를 갔다.

중공군은 죽창으로 농민을 위협하거나 식량을 뺏는 일이 없었다. 참견도 하지 않았다. 다만 그곳에 주둔할 뿐이었다. 마을은 그런 대로 조용했지만 화약고를 안고 있는 듯 불안했고, 비행기가 하늘에 뜨면 중공군들은 잽싸게 깊이 숨었다. 우리들도 덩달아 숨었다.

전쟁은 어찌 되어가고 있는가. 아버지는 무사하신가. 아무 소식도 듣지 못하는 답답한 가운데 2월이 가고 3월이 되면서 이번에는 남쪽에서 북쪽으로 가는 인민군들이 밤에 안골에 들어와 낮에는 잠을 자고 밤이 되면 또 떠나곤 했다. 북으로 퇴각하는 것 같았다.

다시 남쪽으로

안골에 인민군과 중공군이 들어올 때와 그들이 북으로 후퇴할 때는 양상이 달랐다. 들어올 때는 여유가 있고, 전체적인 분위기가 마을 사람들에게 우호적이었다. 그러나 나갈 때는 초췌하기도 했지만 살벌했다. 누가 시킨 것도 아니고 의논이 된 것도 아닌데 조금 젊은 일가친척들과 여자들이 안골보다 더 깊은 산골로 몸을 숨겼다. 나는 열여섯 살이지만 그때 키가 다 커서 그들과 행동을 같이했다. 나보다 키가 작은 외사촌은 그냥 집에 머물렀다.

전쟁은 일선의 현장에서 싸우다가 전사하는 것만이 아니다. 폭격으로 사망하고 그리고 원한이나 잘못된 인간관계가 고발이라는 형태로 처참한 형태의 죽음을 초래하기도 한다. 인민군이 들락거리고 중공군이 주둔해 있었어도 마을에 인명 피해가 없었던 것은 아버지의 예상대로 30여 가구가 모두 친인척이고 서로서로 도왔기 때문이다.

3월 초순쯤이었다. 광탄면 면소재지의 인민위원회에서 사람이 나왔다. 그리고 소개령을 내렸다. 모두 북으로 떠나라고 했다. 마을을 불태운다는 것이다. 집집마다 비상이 걸렸다. 일단 떠나보자는 사람들이 생겼다. 우리가 세 들어 살고 있는 집의 아저씨 댁도 짐을 쌌다. 아주머니의 친정이 한탄강 부근인데 일단 그리로 간다고 했다. 어머니는 나를 그 편에 딸려 보내셨다. 낮에는 움직이지 못하게 하고 밤에만 길을 걸어갔다. 가족들이 같이 있어야지 어머니는 나를 왜 딸려 보내셨는지 모를 일이다. 게다가 겁도 없이 나는 왜 또 따라나섰는지 모를 일이다. 중도에 돌아왔으니 망정이지 만일 그때 북으로 갔었다면 나는 어떻게 되었을까? 지금 생각하면 전쟁은 사람의 사고(思考)와 판단력을 마비시키는가 보다.

아무튼 나는 밤에 식구들을 떠나 북으로 북으로 걸어갔다. 인솔하는 이는 인민위원회 사람이고, 후퇴하는 군부대가 일행이 되기도 했다. 이틀 밤을 빈집에서 자고 난 뒤였다. 아저씨가 아주머니에게 조용히 말씀하셨다. 북쪽으로 가는 길마다 지뢰를 묻어놓아서 걸음을 옮길 수가 없었고 밤에만 떠나야 하니 더 두렵고 조심스러운 상황이었다.

"집으로 다시 갑시다."

"어떻게요?"

"눈치껏."

그 근방의 지리를 아저씨는 소상히 알고 계신 듯했다. 캄캄한 밤을 택해 산길을 돌고 돌며 이틀 만에 우리는 안골로 돌아왔다. 어머니는 나를 붙들고 울음을 터뜨리셨다.

"아이고, 천우신조다. 보내놓고 혀를 깨물었다" 말씀하시고 "동생, 고맙네. 이렇게 돌아와서" 어머니는 가슴을 쓸어내리셨다. 마을은 불타지 않았다.

그리고 얼마 안 있어서 아버지께서 안골에 나타나셨다. 아버지는 얼마나 초췌하게 마르셨는지 그 모습은 아버지로 보이지 않았다. 큰아버지 댁과 함께 부산에 계셨었는데, 중공군이 죽창으로 사람들을 다 찔러 죽였다는 소문을 들으시고 식구들을 안골로 보낸 당신의 잘못을 한탄하며 병환이 깊어져서 사경을 헤매셨다고 한다. 전세가 역전되어 국군이 다시 진격해 올라오자 당시 구호 양곡 배분에 관여하고 계셨던 관계로 북진하는 군인 차에 동승하여 민간인으로서는 일차로 서울에 들어오셨고, 한달음에 안골로 오신 것이다. 가족들이 모두 무사한 것을 아신 후 아버지는 안골 처가 일가들에게 일일이 감사 인사를 드리고 그날로 우리들을 다 데리고 안골을 떠나오셨다.

서울 충정로 우리 집은 난장판이 따로 없었다. 집 정리도 못하고 우리는 남쪽을 향해 길을 떠났다. 인민군이 다시 진격해 내려왔고, 1.4 후퇴 때 미처 피난을 가지 못한 사람들이 이번에는 큰 대열을 만들며 남으로 내려갔다. 우리는 안양 근처까지 걸어갔다가 양곡을 실은 트럭을 얻어 타고 충청도 예산까지 갔다. 예산에서 어머니의 육촌이 자리 잡고 사는 공주에 찾아갔다. 아버지는 다시 부산의 직장으로 가시고 우리들은 그 근처에 방을 마련하고 1952년 가을까지 공주에서 지내게 된다.

열일곱 살 고개

1951년 4월, 충청남도 공주에 자리를 잡은 우리 집은 1952년 8월까지 그곳에서 지냈다.

나는 공주 사범학교에 청강생 등록을 하고 학업을 계속하였다. 전선은 삼팔선 근방에서 밀고 밀리고 하면서 소강 상태로 들어갔고, 북측과 유엔군은 모두 휴전을 원하는지 휴전 이야기가 나오기 시작했다. 우리 정부만 이 엄청난 희생을 치른 전쟁을 승리할 때까지 끝까지 싸우기를 주장하였다.

시민들이 서울로 들어가는 것을 한강에서 철저히 막고 있을 정도로 도강은 큰 모험이었지만 피난민들은 그 살벌한 경계를 뚫고 한집 두집 서울로 들어갔다. 우리도 서울로 왔다. 나는 1986년 수필 공부를 시작하면서 이 이야기를 〈강을 건너며〉라는 제목으로 쓴 적이 있다. 그 당시 도강의 전후 이야기는 이 글 말미에 그 수필을 올리는 것으로 대신하려고 한다.

1952년의 서울은 전쟁으로 인한 폐허와 가난, 거리에 가득한 걸인들, 짙은 화장에 울긋불긋 치장을 한 미군 상대의 여인들, 그리고 남녀 모두 국방색 유엔 군복을 검게 물들여 입어, 군복이 어떻게 시장에 유통되었는지는 모르겠으나 시장에서는 큰 드럼통에 염색약을 넣고 김이 무럭무럭 나게 쪄대고 있었다. 양말을 풀어 물들인 털실로 스웨터를 떠 입었고, 담요로 외투를 지어 입었다.

나는 소녀의 낭만과 꿈을 전쟁으로 빼앗겨버리며 아니, 소녀에게는 낭만과 꿈이란 것이 있는 것인지도 모르는 채 열일곱 살이 되었고, 서울 정동의 학교로 복교했다. 나의 모교는 그때까지 부산 영도에 있었고, 서울 정동 교사가 분교 형식으로 운영되었다.

1953년 7월 27일, 해방 때 만들어진 삼팔선 대신 휴전선이 새롭게 남과 북의 경계를 이루며 수많은 사람의 목숨을 앗아간 전쟁은 만 3년 만에 휴전 상태로 들어갔다.

나의 열일곱 해 고개는 이렇게 지나갔다. 혈육을 잃는 비애로 몸살을 앓으며 열네 살 고개를 넘겼고, 겨우 안정을 찾을 즈음 전쟁을 겪었다. 엄청난 살상과 파괴, 전쟁을 직접 겪은 내 소녀 시절은 이후 씻어낼 수 없는 상흔을 어린 가슴에 남겼다. 인간의 잔혹성에 대한 절망과 허무주의는 스무 살의 나의 정신세계를 이루었고, 우울과 비애가 체질화되는 것이 두려워 의도적으로 밝은 것, 좋은 것에 시각을 고정시켰다. 그래서 필요 이상의 감상주의자의 길을 가게 되었고, 현실감이 부족하고, 도처에서 시행착오를 겪으며 일흔 살의 중반을 넘기고 있는데, 어릴 적에 체험하며 형성된 복합적인 요인들이 인생관의 주조를 이루었기 때문은 아닌가 생각해본다.

강은 언제나 내게 아득한 막막함으로 다가온다. 그것은 어쩌면 내 소녀 시절 강을 건너지 못하여 발을 굴렀던, 그 지워지지 않는 기억에서부터 비롯된 것인지도 모른다.

6.25가 일어났던 이듬해 가을, 그러니까 1.4 후퇴 때 너도나도 피난길을 떠났던 그 해 10월이었다. 서울은 다시 수복되었고, 전선은 지금의 휴전선까지 밀어 올라갔었지만 군사작전상 일반 시민의 도강은 허용되지 않았다. 그러나 어떻게 하든 내 집에 가고 싶은 많은 피난민들은 삼엄한 감시망을 뚫고 용케 나룻배로 하나 둘 강을 건넜다.

충청도 공주에서 피난살이에 지쳐 있던 우리도 뚝섬 부근이 조금 용이하다는 소리를 듣고 그쪽으로 올라와 배를 수소문하여 밤되기만 기다리고 있었다. 날이 어두워오니 통통거리며 순찰하는 경비선 소리, 사방에서 불어 제치는 호루라기 소리, 대낮처럼 환하게 비쳤다가 사라지는 서치라이트, 그 밤따라 경비가 삼엄하여 배를 띄울 수가 없었다.

도리 없이 강가에서 밤을 지새웠다. 뜬눈으로 새우면서 한밤 내내 몸을 떨었다. 늦가을 강바람이 매서웠기도 했지만 눈앞을 가로막고 있는 검은 강물이 참으로 해결할 수 없는 절망이기 때문이었다.

며칠 후, 구호양곡을 싣고 서울로 들어가는 트럭과 교섭하여 가마니를 쌓는 중간에 판자로 공간을 만들고, 그 속에 쪼그리고 앉아 가슴 졸이면서 강을 건널 수 있었지만, 다리 입구에서 미군이 검문을 할 때 재채기라도 날까 봐 긴장하고 조마조마했던 기억은 40년이 가까워오는 지금까지 생생하여 강(江)을 언제나 내게 두려움으로 남게 한다.

강물은 이처럼, 비록 암담하고 막막한 느낌으로 다가온다 하여도 어려웠던 이 도강의 경험은 살아가면서 부딪치는 힘든 고비 때마다 극복의 원천이 되어주었다.

전쟁이 일어난 것은 중학교 2학년이 되던 학기 초였다. 정규수업을 제대로 받지 못한 채 휴전이 되어 복교해보니 어느 사이 고등학교 2학년 2학기였다. 피난을 다니면서 그 고장 학교에 청강생 노릇을 잠깐씩은 하였다 해도, 3년을 건너뛴 기초가 없는 상태에서 눈앞에 닥친 대학 입시는 어디서부터 어떻게 준비해야 할지 참으로 난감하였다. 울면서 밤을 새워 참고서와 씨름했지만 어느 문제 하나 풀 수가 없었다. 상급 학교를 포기할 수밖에 없는 절망, 좌절, 어느 날 하학 후에 발길이 저도 모르게 강을 향했다.

강에는 망을 보는 순찰선도 다리를 지키는 경비병도 없었다. 사람들은 마음대로 건너가고 건너오고 있었다. 그때의 그 백사장이 생각났다. 지척에 내 집을 놔두고 다시 되돌아서야 했던 분노 같은 것, 검게 출렁이는 물 앞에 무력하기 짝이 없었던 비애 같은 것이 어제 일인 듯 되살아났다. 아아, 아무리 어려워도 그때 그 강물보다 힘들랴. 그 강도 건넜거늘, 길만 있다면 아무리 험준한 산이라도 기어서 넘을 수 있을 것 같았던 안타까움을 생각했다. 새로운 각오, 어금니가 맞물리는 독한 결심이 솟아났다. 합격은 무난하였다.

이 최초의 극복 이후 강은 줄곧 내 의지의 표적이 되어 삶의 여정 중 어렵고 힘든 길목에서 스스로 헤집고 나오게 해주는 힘이 되었던 것이다.

그래서인지 나는 강다리 건너기를 좋아한다.

인도로 접어들어 걷는 것도 좋고, 차를 타고 거침없이 질주하는 것도 좋다. 다리 입구에서 차가 철커덕 하고 속력을 더하여 달릴 때, 그 차량의 진동이 몸에 전해져오면 강을 통쾌하게 달린다는 충일과 안도를 맛본다. 완강하게 도강을 거부했던 강에 대한 무의식적인 도전 심리인지도 모른다. 일종의 쾌감이다.

강남에 살고 있는 나는 시댁과 친정이 모두 강북에 있어 자주 강을 건너게 된다. 그럴 때는 될수록 창가에 서서 열심히 강물을 내려다본다. 스스로의 깊이로 푸르른 물. 깊이에 따라 그 빛깔을 달리하는 물의 모습에서 하나의 깨달음을 얻는다.

대체로 아침에 집을 떠나 저녁에 귀가하게 되는데, 안개 낀 날의 자욱한 아침, 강을 건너면 구름 속을 뚫고 천계(天界)로 들어가는 환상에 젖기도 하고, 저녁에 돌아올 때는 아파트의 불빛이 길게 비추어 강물 따라 둥둥 떠 있는 모습이 마치 부처님 오신 날의 제

등 행렬처럼 아름답고 신비롭게 느껴지기도 한다.

그런 안개 속을 뚫고 강을 건널 때나 불빛과 어우러진 밤의 다리를 지날 때는 강을 한가운데 둔 저편과 이편이 전혀 다른 별개의 세상으로 마음에 다가온다. 그것은 마치 한쪽 끝은 이승이고 다른 쪽은 저승 같다는 생각, 강다리는 그 양쪽을 연결하고 있는 통로 같다는 착각이다. 그러면 다리 저편에 있는 내 생활, 울고 웃으며 사랑하고 미워했던 일이 참으로 허허로운 한 조각의 편운(片雲)임을 실감한다.

특별한 볼일이 없을 때라도 편안한 차림 그대로 종종 강을 찾아 나선다. 무수히 지나가는 크고 작은 차들을 피해 인도로 들어서서 난간을 잡고 강을 내려다본다. 깊이에 따라 다른 색으로 흐르는 물. 그러나 지금 발아래서 흐르고 있는 것은 더 이상 강물이 아니다. 내가 안고 있는 여러 어려움들, 저 소녀 시절 나루터에서 강을 건너지 못하여 눈앞이 캄캄했을 때보다 더 아득하고 막막한 일들이 깊은 강이 되어 흐르고 있다.

난간을 잡고 있는 손에 힘을 주며 나는 천천히 다리를 건넌다. 마치 그 모든 것을 이겨내는 연습이라도 하려는 것처럼.

저녁 산책

저녁 산책. 솔직히 말해서 때로 나서기 귀찮은 날도 있다
그럴 때 나를 일으켜 세우는 내 안의 소리가 들린다
'지금 네가 지키는 것들이 너를 지키리라'
나는 게으름을 떨쳐내고 저녁 산책길에 나선다

시작

저녁 산책을 시작한다. 벼르고 벼르던 일이다. 저녁밥을 여섯 시 반에 먹고 설거지를 끝낸 후 공원으로 나선다. 집에서 도보 2분 거리에 작은 규모의 공원이 있다. 이름이 학동공원이다.

사오 년 전에도 나 혼자 늘 산책을 했었다. 대책 없이 몸이 불어 나는데, 아무 운동도 하지 않으니 위기의식에 사로잡혔다. 그래서 시도해본 것이 공원 산책이었다. 별 효과는 없었지만, 남편의 퇴근 시간에 맞추어 한 시간가량 걷다가 돌아오면 몸이 아니라 마음이 가벼웠다.

아침 걷기도 해보았다. 아침의 공원은 부산하고 활기가 넘쳤다. 일터로 나가기 전에 체력을 단련하려는 젊은이들이 대부분이었 다. 그들은 비치된 운동기구를 가지고 열심히 운동을 하고, 우렁찬

구령에 맞추어 씩씩하게 맨손체조를 하기도 하고, 빠른 템포의 음악에 따라 유산소운동을 하기도 했다. 그리고 바삐 제 갈 곳을 향해 뛰어갔다. 나처럼 한가하게 걷는 것과는 거리가 멀었다. 아침은 하루의 시작이고 준비이다. 신선하긴 했지만 아침이 만들어내는 분주함이랄까, 쫓기는 듯한 조급함이 부담스러웠다. 그래서 저녁 산책을 택했었다.

일 년 가까이 산책을 하였어도 체중 감량에 별 효과를 보지 못하여 의욕이 없어질 즈음 한국무용을 시작했고, 춤을 배우면서 사오 킬로그램의 체중이 줄어 산책은 자연히 중단되었는데, 남편에게 걷기가 꼭 필요한 것 같아서 다시 시도하는 것이다.

남편이 하던 일을 정리하고 집에 있은 지 2년이 된다. 일흔여섯 살 때였으니 그도 할 만큼은 일을 한 셈인데, 일종의 퇴직 증후군인지 도통 방 밖으로 나오지를 않는다. 식탁이 있는 부엌과 침실 사이가 그의 동선의 전부이다. 책을 읽거나, 텔레비전을 보거나, 잠을 자거나, 화장실 출입도 방에서 전부 가능하니 그의 생활은 방 안으로 국한되어버렸다.

아내인 내 입장에서 남편이 방 안에 틀어박혀 지내는 일이 나쁘지만은 않다. 나 혼자서 지내던 낮 시간에 남편이 퇴직하여 집에 들어앉으면 무언지 압박감이 들 수도 있을 법하지만, 이 양반이 마치 집에 없는 사람인 듯 자기 방에서만 소일을 하니 나는 둘이 있으되 여전히 혼자 지내는 것과 별반 다르지 않게 편하기(?) 때문이다.

"너희 남편은 어떻게 지내시냐?"

친구가 안부를 물으면 "착한 아이같이 방에 콕 박혀서 나오지 않아. 지루해하지 않는 것을 보면 존경스럽기까지 하단다" 나는 대답을 한다.

"너, 큰일 난다. 그러다가 운동 부족으로 아예 몸을 못 쓰게 되면 어쩌려고 그러니?" 친구는 야단을 친다.

"지금 당장 대문 밖으로 모시고 나와서 걸어. 너 그렇게 무식해?"

걱정이 되지 않는 것은 아니었다. 그래서 외출을 권유해보기도 했다.

"싫어. 이렇게 지내니까 아주 편해. 내가 좋다는데 왜 그래?"

남편의 대답은 한결같다. 내 체중의 증가로 위기의식을 느꼈을 때처럼 이번엔 자꾸만 불어나는 남편의 몸무게 앞에서 또 한 번 위기의식에 사로잡힌다. 그는 원래 대식가이고 소화기능도 양호하니 모든 옷이 작아지기 시작한다.

왜 움직이기 싫은지 달래듯 물어본 적이 있다. 무릎이 많이 아파서 그렇다는 것이다. 원래 퇴행성관절염으로 보행이 불편하여 근본적인 치료를 하자고 강권해도 마이동풍으로 요지부동이더니 방 안에서 지내니까 통증이 덜하다는 것이다.

"당신이 하는 말 중에 제일 싫은 것이 자꾸 움직이라고 하는 말이야. 엄청 스트레스가 돼."

말하는 표정이 그야말로 엄청 불쌍해 보였다.

"좋아요. 당신이 방 안에서 행복하다면 방에 계셔요. 그러다가 당신 다리가 굳어져서 화장실 출입도 어려워진다면 내가 짜증내지 않고 시중 다 들어줄게……. 정말이야. 평생 나를 벌여 먹였는데 내가 그것도 안 하겠어? 정말이야. 당신 편하고 좋을 대로 해. 아무 염려 말고 방에서 편한 마음으로 지내셔요."

나는 진심으로 이 남자가 행복하기를 바라는 사람인지라 그가 방해 없이 방 안에서 행복하기를 바랐고, 그의 건강을 위해서라는 어떤 구실로도 그를 압박하지 않으려고 했다. 그 대신 심부름을 자꾸 시켰다. 여보오, 저 베란다에서 비누 좀 가져다줘요. 여보오, 싱크대에 이것 좀 넣어줘요. '여보오, 여보오'를 입에 달고 다녔다. 남편이 순한 아이처럼 잘 따라주었다. 그러던 어느 날, 그러면 저녁에 공원이라도 산책을 하자는 것이다.

"당신이 나 때문에 하도 애쓰는 것 같아서……."

이렇게 해서 나의 저녁 산책이, 아니 부부가 함께 하는 저녁 산책이 시작된 것이다.

시작하자마자 중단되기도 하고, 그러면서 혼자 걷기도 또 둘이 걷기도 하겠지만, 걸으면서 가는 비처럼 스며드는 상념, 번개 같은 섬광, 가슴 벅찬 희열, 부끄러운 자책을 생각나는 대로 써볼 생각에 가슴이 저 혼자 미리 뛴다.

첫날

매주 화요일. 오후 여섯 시의 내 발바닥 상태를 어떻게 표현해야 할까? 발바닥 전체에 낡고 탄력 잃은 두꺼운 고무 밑창이 꽉 달라붙어 있는 느낌이라면 설명이 되려나? 그래서 오므릴 수도 펼 수도 없이 답답하고 불편하다면 남들이 짐작할 수 있을까? 하루 종일 춤을 추고 난 후의 발 상태를 나는 이해시킬 재간이 없다.

　나는 내 나이 고희가 되던 4년 전에 한국무용을 처음으로 배우기 시작했다. 고희 기념 동창회를 제주도에서 갖기로 했는데, 임원들이 다채로운 준비를 하면서 프로그램에 한국무용을 넣었다. 동기생 12명이 무용 공연을 한번 해보기로 하고 참여했다. 모두 초보자들이다. 4개월간 민요 한 곡을 억지로 끝내고 무대에 섰는데 친구들이 기립 박수를 보냈다. 이 일이 계기가 되어 나는 지금까지 한국무용을 배우고 있다.

배우기를 계속했던 것은 춤이 좋아서가 아니었다. 건강검진에서 '비만'이라고 판정되어 나오는 체중 때문이었다. 우리 춤은 일종의 기(氣) 운동과 같아서 심폐기능이 강화되고 순환작용에도 좋으며, 체중 조절에도 효과가 있다는 말에 계속해보기로 한 것이다. 그랬는데 실제로 체력이 점점 좋아지더니 피로가 없어지고, 배운 지 일 년 4개월이 되는 시점에서 정확히 5킬로그램이 감량되는 게 아닌가.

온갖 시도를 해도 꿈적 않던 체중이 빠져나가는 것이 하도 신기해서 춤에 집중하게 되었고, 집중하다 보니 흥미도 생기고, 특히 춤을 배우면서 얻는 미적 감흥은 삶 전체를 풍성하고도 충만하게 해주어 내 생활에서 춤을 빼면 사는 의미가 없을 정도가 되었다. 우리 음식이 오래 익히는 것, 발효시키는 것이 특징이듯이, 우리 국민정신이 은근과 끈기이듯이, 춤에서 우리의 고유한 특성을 모두 만나게 되는 것은 놀라움이었고, 정중동(停中動), 동중정(動中停)의 절제와 멈춤의 춤사위는 미학이며 철학이었다.

춤을 익히면서 나는 이미 이 세상에 춤사위가 존재하고 있는 것에 개안이 되기도 했다. 꽃잎에 사뿐히 날아와 앉는 나비의 착상, 소리 없이 쌓이는 조용한 흰 눈의 내림, 한 점 흐트러짐 없는 철새들의 무리 지은 이동, 세찬 폭풍의 노도, 바람에 나부끼는 가을날의 낙엽, 이 모든 우주의 행위에서 우리 춤이 보였다. 그러니까 우리 춤을 춘다는 것은 우주를 내 안에 존재하게 하는 엄청난 일이었다.

칠순이 지난 굳어진 몸으로 시작한 춤 배우기이니 어떤 동작도 쉽게 되는 것이 없지만 추면서 느껴지는 이런 감성에 빠져 나는 일주일에 하루는 아침부터 저녁까지 춤으로 보낸다. 10시부터 2시간 간격으로 네 가지의 춤을 배우고 나면 그제야 발바닥이 뻣뻣하고 얼얼한 것을 느낀다. 춤을 추는 동안에는 전혀 감지되지 않았던 것들이다.

집으로 돌아오면 나는 남편에게 있는 대로 엄살을 떤다. 아이고 발바닥 아퍼. 여보오, 족욕하게 뜨거운 물 좀……. 여보오, 저것 좀……. 여보오, 이것 좀……. 마치 돈벌이라도 하고 온 사람처럼 법석을 떨고 수선을 피운다. 화요일 오후 6시의 우리 집 풍경이다.

이런 판국인데 남편이 저녁 산책을 하자고 하여 시작하기로 단단히 약속한 날이 하필 화요일이라니! 내일로 미뤄? 안 되지. 남편 스스로 꺼낸 말인데 미루면 아예 없었던 일이 될 것 같았다. 그래서 부지런히 저녁밥을 짓고, 먹고, 미적거리는 남편을 재촉하여 공원으로 나섰다. 퇴행성관절염의 남편은 절뚝인다. 발바닥이 굳어져 있는 아내는 비비적거린다. 아, 걸음걸이로만 본다면 누구의 눈에도 우리는 천생연분의 해로하는 부부다.

학동공원은 규모가 작다. 금싸라기 땅인데 그나마 공원으로 유지해주니 그게 어디랴. 면적이 좁으니 계단식으로 일층 이층 삼층의 구조를 이루었다. 완만하게 또는 가파르게 나무 계단을 백여

개 만들어놓았고, 그 중간쯤에 운동기구도 놓여 있고, 테니스도 할 수 있는 공간이 있다.

공원에 들어서면 농구나 족구도 가능한 주 운동장이 있다. 운동장의 가장자리는 흙길로 만든 전용 산책로이다. 흙길부터 한 바퀴 돌면서 모든 굽이굽이를 도는 데 6분이 걸린다. 열 번을 돈다면 한 시간 운동이 되는 것이다.

남편이 내 손을 잡고 소나무 밑 벤치로 간다. 그리고 나를 앉힌다.

"오늘이 화요일이잖아? 당신은 발바닥이 닳도록 춤을 춘 날이잖아? 내가 다 알아. 그러니까 여기 앉아 있어. 나 혼자 돌게……. 조심하며 돌게……."

남편이 어정어정 걸어간다. 족히 10분이 지났을 즈음, 저만치서 한 노인이 다가와 내 앞을 스쳐간다. 나는 검지를 높이 쳐들고 소리를 쳤다.

"한 번이요~!'

첫날, 처음 산책을 나간 날 나의 외침은 "세 번이요!"로 끝났다.

세 번째 외치는 소리는 목젖에 걸려 겨우 나왔다.

팔각정에 / 머물다

6분이면 한 바퀴 돌 수 있는 우리 부부의 공원 산책은 "세 번이요!"를 외쳤던 그날 이후 아직 한 번도 이루어지지 않았다. 남편이 텔레비전 앞을 떠나지 못하기 때문이다. 베이징 올림픽 중계. 몇 번을 반복해서 보아도 통쾌하고 시원한 유도와 수영에서의 금메달.

"여보, 이런 중계를 늘 걸을 기회가 있는 공원 산책하고 바꿀 수는 없잖아? 봐주라, 응?"

작심삼일이라는 말은 들어봤어도 작심일일이라는 말은 못 들어보았다고, 일흔여덟 살이 아무리 사나이 대장부는 아니기로서니, 고작 하루 시행은 부끄럽지 않으냐고 면박을 주고 싶었지만 꾹 참았다.

몇 년 전 어느 날, 나는 나하고 한 가지 약속한 바가 있다. 사람이 나이를 먹는다는 것은 매일매일 조금씩이라도 나아지는 것에 의미를 두어야 한다. 거룩이라고 해도 좋고, 성화(聖化)라고 해도 좋다. 겉모습은 추해져도 속사람은 아름다워지자. 기도를 더 많이 할까? 선행에 좀 더 용기(?)를 내볼까? 봉사를 더 할까? 이리저리 속사람이 좋아지는 방법을 생각해봤었다. 아마도 어떤 말실수를 하고 자괴감에서 헤어 나오지 못했던 날이었던 것 같다.

모두 좋은 일이다. 그런데 그런 것을 잘했을 경우, 미욱한 나는 분명 으쓱할 것이고, 자랑할 것이고…… 그러면 속사람은 더 나빠질 것 같았다. 대신 밥 한 끼를 줄일까? 하기 싫은 일을 골라 더 열심히 할까? 그것도 마음에 들지 않았다. 그러다가 나는 무릎을 쳤다. 그래, 입으로 짓는 어리석음을 범하지 말자. 〈잠언〉에 나오는 '혀'에 대한 가르침을 명심하자. 그렇다면 가장 가까이 있는 남편에게 우선 실행에 옮기리라고 다짐을 했었다. 그 다짐이 생각이 나서 "당신이 그럴 줄 내가 알았지. 마음대로 뱃살 늘리슈…… 그 이후는 나는 책임 안 져" 보통 때 같으면 거침없이 내뱉었을 이 말을 꾹 참고 이렇게 말했다.

"그래요. 저녁 산책은 다음에 하지 뭐. 올림픽이 아무 때나 열리나요? 뭐…… 재미있게 보세요. 산책은 나 혼자 나가겠수."

남편 때문에 시작한 저녁 산책이었지만 나 홀로 하게 되는 저녁 산책은 오히려 홀가분하고 그야말로 조용히 홀로 걷는 '마음의 산책'이 될 수 있을 것이다. 나는 씩씩하게 집을 나섰다.

공원에는 가랑비가 내리고 있었다. 올여름의 비 내리는 양상은 예년과 조금 다르다. 비가 오는 것 같다가는 개이고 우산을 접으면 또 비가 뿌린다. 그래서인지 비 온 후에도 시원한 느낌이 없고 후텁지근하다. 대기에 습도만 높여놓았기 때문인가.

저녁 산책 시간으로는 많이 이르지만 날이 흐리니 어슴푸레한 것이 딱 해질 녘 분위기다. 공원은 한적하다. 비가 내리고, 올림픽 결승전 중계가 있고, 이런 날 공원의 산책길을 걷겠다고 누가 나오겠는가.

공원 산책길은 흙길이다. 조금씩 내리는 비는 오히려 땅에 고이기 마련. 길이 미끄러웠다. 게다가 좁은 공원이라 산책길도 군데군데 경사가 가파르다. 넘어져서 골절이라도 될까 봐 걷기를 단념하고 벤치를 찾으니 물기로 가득하다. 저 앞에 보이는 팔각정을 바라본다.

팔각정이 비어 있다. 나는 그리로 향한다. 아무도 없는 빈 공원, 아무도 없는 빈 팔각 정자, 간간이 매미 울음소리만 들릴 뿐 적요 그 자체이다. 마음에 고요가 차오른다.

고요. 나는 고요를 천주교 신자 시절에 배우고 익혔다. 1985년에 영세를 받고, 1998년에 개신교도로 개종할 때까지 13년 동안 나는 어설픈 가톨릭 신자였다.

새 신자 시절에 처음 참석해본 '피정' 교육을 잊지 못한다. 세상일을 잠시 피하여 고요 속으로 침잠해보는 훈련이 피정이다. 우리는 어딘가로 쉬지 않고 달리고 있다. 달리는 무리 속에 끼어 나도 그들이 달리는 곳으로 같이 달린다. 그 달리는 대열에서 잠시 빠져나와 내가 가는 곳이 어디인가, 그 대열이 옳은 곳을 향하고 있는가, 남의 속도에 맞추어 내 속도를 잃고 있는 것은 아닌가 점검해보는 작업이 피정이라고 나는 받아들였다.

나는 피정 마니아가 되었다. 성당 차원의 신자 교육이 없을 때에는 내가 '피정의 집'을 혼자 찾아가 묵고 올 때도 있었다. 피정의 집 문에는 이런 글귀가 이태리어로 쓰여 있다.

짐을 내려놓고 들어와라.
홀로 머물러라.
변화되어 나가라.

홀로 머물면서 청수에 씻긴 듯 마음이 청량해지기도 하고, 내가 범한 크고 작은 죄가 붉은 주홍글씨가 되어 가슴에 화인처럼 박히기도 하고, 멈추려야 멈춰지지 않는 울음으로 당혹스럽기도 했다.

비어 있는 팔각정이 피정의 집으로 다가왔다. 그래, 오늘은 홀로 머물다가 내려가자. 물이 신선하기 위해서는 흘러야 하지만 고요하기 위해서는 멈춰야 하듯, 멈춰 있는 고요한 물이라야 그림자를 제대로 비추어주듯, 오늘은 산책이 아니라 정지를 시도하자.

침잠이란 내 모습을 점검하는 것, 반성하는 것, 성찰하는 것이 아니라 점검하고, 반성하고, 성찰하는 그 '일'에서도 자유로워지는 것, 무념무상의 상태가 아닐까 가늠해보면서 비 내리는 공원의 팔각정 정자 안에 오늘은 앉아 있었다.

로또 / 당첨

지하철역에서 우리 집으로 올라오는 길목에 '논골집' 이라는 생고
기 체인점이 있다. 양념하지 않은 고기를 숯불에 구워 야채에 싸
서 먹으니까 한 달에 몇 번을 먹어도 질리지 않는 것이 특징이다.
값도 비싸지 않아서 자주 들르는 집이다.

달라도 너무 다르다고 서로 인정하고 사는 우리 부부지만, 절묘
하게 맞는 부분이 있는데 그것이 식성이다. 둘 다 본적이 서울 종
로이니 어린 시절부터 먹고 자란 것이 비슷하기 때문일 것이다.
육류를 좋아하지 않는데 올해는 이 집 고기를 많이도 먹었다.

금년은 큰애가 안식년을 보내는 해다. 안식년을 맞이하면 대체
로 미국 연구 교수로 간다. 중고등학생 자녀가 있으면 그 기회에
아이들 어학연수를 겸한 견문의 시기로 잡고 떠나게 되는데, 아들

은 국내에 머물기로 작정을 했다. 큰애가 고3이니 대학 입시 준비에 공백을 줄 수 없고, 아내의 직장 문제도 있어서 국내 연구 기관에서 안식년을 보내기로 작정을 한 모양이다. 학교에 나갈 때보다는 아무래도 시간에 여유가 있는 것 같았다.

작년 여름방학부터 올 여름방학까지가 아들에게 주어진 안식년 기한이다. 아들은 작심이나 한 듯, 안식년 내내 일주일에 한 번은 우리 내외에게 찾아와 같이 밥을 먹었다. 점심이 되기도 하고 저녁이 되기도 했지만 미리 전화를 하고 약속을 잡았다.

우리 집 근처의 지하철역 부근은 먹자골목이다. 신사역에서 잠원역으로 가는 정거장 한 거리가 온통 음식점으로 즐비하다. 일 년 가까이 우리 내외는 아들을 따라 음식점 순회를 하는 호사를 누렸다. 그중에서 제일 많이 다닌 곳이 논골집이다. 아들이 오기도 좋은 위치이고, 식사 끝나고 집으로 돌아가는 우리도 편했기 때문이다. 논골집에서 우리 세 식구는 명물(?)이 되었다. 카운터를 보는 지배인도 종업원들도 늙은 부모를 자식같이 챙기는 젊은 아들을 흐뭇한 시선으로 바라보았다.

이제 아들의 안식년이 끝난다.

"개학하면 찾아뵙기가 힘들 것 같아요."

아들은 잘 익은 고기를 석쇠에서 집어 아버지 접시에 그리고 내 접시에 올려놔 주었다.

"아유 그럼. 그렇고말고. 괜찮아. 호강이 과했어."

우리 내외는 말을 잇지 못했다.

논골집에서 곧바로 올라가면 우리 집에 이르고, 왼쪽으로 접어들면 공원이 있다. 아들이 먼저 자리를 떴고 우리는 공원 쪽으로 발을 옮겼다. 퇴행성관절염의 남편은 나보다 걸음이 느리다. 어린 아이 때 아이들의 걸음마에 맞춰 걸음을 걷듯 나는 천천히 남편의 속도에 맞춘다.

한여름이지만 저녁의 공원엔 바닷바람 같은 시원한 바람이 불었다. 공원에서도 우리 부부는 각기 걷는다. 남편은 편편한 평지만 돌고 나는 가파른 계단을 오른다. 계단을 가뿐하게 오르는 아내를 남편은 부러운 눈으로 바라본다.

내가 계단을 도는 시간과 남편이 평지를 도는 시간이 일치하여 출발 지점에서 만나게 된다. 남편은 세 바퀴 이상은 돌지 않는다. 첫날 세 바퀴가 영구히 세 바퀴가 되었다. 그가 벤치를 찾아 앉는다. 나도 걷기를 중단하고 남편의 옆에 앉는다. 남편이 의아한 듯이 바라본다. 남편이 앉아 있어도 나는 늘 혼자서 걷기를 계속 했었기 때문이다.

"여보, 우리 큰아들 말유. 아무것도 해준 것 없는 부모인데 노상 미안한 마음이 들어요."

벤치에 앉은 이유가 이 말을 하고 싶어서인 듯 나는 앉자마자 남편을 향해 이렇게 말을 한다.

"그러게 말이지······."

남편이 곧장 대답을 한다. 남편의 "그러게 말이지"라는 말은 하나의 연장선상의 말이다.

얼마 전 우리 내외는 건강에 대한 교양강좌를 듣고 온 적이 있다. 정신 건강에 관한 강의였는데 그중에 정신과 의사인 이만홍 교수의 '우울증'에 관한 강의가 특이했다. 2시간 강의에서 내게 가장 인상 깊었던 것은 "자식은 부모의 한계에서 벗어날 수 없다"는 그분의 학설이었다. 두 부부의 고유 유전인자로 만들어진 것이 자식이라는 것이다. 부모의 성향, 자질, 기질, 소질 이상의 것을 자식은 가질 수 없다는 것이다. 교육이 보충을 하고 환경이 다른 요인이 되기도 하지만 궁극적으로 자식은 부모의 테두리 안에 있다는 것이었다.

그 강의를 듣고 집으로 돌아오는 길에 남편과 나는 공원으로 발길을 돌렸다. 지하철역에서 내려 집을 향해 올라가다가 왼쪽으로 가면 학동공원이다. 저녁 산책을 시작한 이래 우리는 종종 부부 동반의 외출에서 귀가할 때면 숙제를 하는 마음으로 공원에 들러서 걷곤 했다. 그러나 그날은 숙제를 하려는 마음 때문이 아니라 너무도 처절하고 착잡한 심사 때문에 공원에 들어섰다. 들어서기는 했지만 걷지도 않고 이렇게 벤치에 앉아 있었다. 그때도 내가 입을 떼었다.

"여보, 우리 애들 참 재수 없는 애들이네. 당신이나 나나 좋은 것을 물려주지 못하는 부모잖아? 나는 우선 지독한 근시이니 부실한 시력이나 물려주고, 태생이 게으르니 근면을 물려주지 못했고, 외모도 볼품없고, 터무니없는 낙천주의자니 투지의 근성도 보여 주지 못했고……. 애들이 지금 저 모양인 건 다 나 때문이야."

그러자 남편이 말을 이었다.

"그렇게 말하면 나는 더하지 뭐. 키도 작고, 성미는 급하고, 심한 알레르기 체질에다가 재주도 없고, 말솜씨도 없고, 사회성도 부족 하고, 나야말로 아이들에게 좋은 것을 하나도 주지 못한 애비네."

우리들은 진정으로 참담해졌었다. 오늘도 벤치에 앉아 똑같은 그 이야기를 나누고 말았다.

"우리같이 모자란 부모에게 큰애는 왜 이렇게 눈물 나게 잘해 주는 거지?"

"그러게 말이야."

기분이 울적하여 자리를 털고 일어나려는데 섬광처럼 어떤 단 어 하나가 머리를 스쳐 갔다. '로또 당첨!' 나는 보물찾기 놀이에 서 보물이 적힌 쪽지를 발견했을 때처럼 목소리를 높였다.

"여보, 로또 당첨이야!"

"무슨 소리야? 당신 복권 샀어?"

"샀어, 샀고말고……."

"……?"

의아해 쳐다보는 남편에게 나는 아무 설명을 하지 않았다. 분에 넘친 아들만이 어찌 로또 당첨이랴. 우리 둘이 생명을 받아 현재

이 순간, 이 공간에 이렇게 마주 앉아 있는 것이 로또 당첨이 아니고 무엇이랴.

서쪽으로 지는 노을이 우리들의 주름진 얼굴을 주홍빛으로 물들여주고 있었다.

내가 / 지킨 / 것들이 / 나를 / 지킨다

"선배님은 어떤 일에서 살고 있다는 보람을 느끼세요?"

한 후배가 모임에서 이야기 끝에 이런 질문을 했다. 여고 18년 후배인데 노인 전문가이고 가족문제 상담사이다.

나의 모교 동문회에 컴퓨터 교실이 생기고 많은 졸업생들이 수강을 하면서 동기동창에 한정되어 있던 우정의 범위가 넓어졌다. 같은 학교 출신이라는 유대감이 20년 차의 선후배까지도 쉽게 친숙한 사이로 만들었다. 거기에 동창회 홈페이지까지 운영되니 자유게시판을 통해 삶을 나누게 되고, 성향이 같은 동문들은 온라인을 통해 맺은 친교를 오프라인까지로 이어간다.

후배가 던진 '어떤 일에서 살고 있는 보람을 느끼는가?' 라는 질문은 그곳에 모여 있는 모든 이에게도 해당되는 물음이었다. 질문을 받은 사람은 나였지만 각자가 생각을 해보는 것 같았다. 대답은 나이에 따라, 삶에 임하는 소신에 따라 다를 것이다. 자식을 기르고, 경제 활동을 하고, 학문에 종사하는 연령에서는 하고 있는 일이 성취되었을 때 무엇보다 보람을 느끼겠지. 실제로 40대, 50대 후배들은 자식들의 대학 합격, 자신의 발전, 남편의 승진, 가정 경제력의 증가에서 보람과 기쁨을 느낀다고 말했다. 또 누군가를 위해 헌신했을 때, 자기의 것을 이웃과 나눌 때 가장 기쁘다고 말하는 갸륵한 이도 있었다.

나는 지금 칠십의 중반이다. 이 나이에서는 대부분 특별히 하는 일 없이 그냥 살아갈 뿐이다. 자식은 떠나가 있고, 직장에서는 은퇴하였으며, 연금이나 저축으로 생활할 수 있다면 그나마 복 받은 노후이다. 몸의 여기저기에서 고장이 일어나고, 누구를 위해 봉사하기보다 짐이나 되지 않으면 다행이라고 생각한다. 빠르게 변하는 세상을 따라가기에 힘겨워 생각이나 취미가 옛날에 머문다. 그래서 몸은 현대에, 생각은 옛 시대를 살아가는 혼란에 빠지게 된다. 질문을 한 후배는 아마도 이런 노인 세대의 의식 구조가 알고 싶었는지 모른다.

나는 물론 "내가 살아 있어서 얼마나 다행인가?" 할 때가 많다. 자식들에게 좋은 일이 있을 때 무엇보다도 기쁘다. 그러나 그것은 어디까지나 자식의 몫이다. '자식의 고통은 내 것, 자식의 기쁨은 그의 가족들의 것' 이런 생각으로 자식의 기쁨을 대해야만 노인인 부모가 마음의 평화를 누릴 수 있다. 그래서 자식에게 기쁜 일이 생기는 것은 좋은 일이나 내 삶의 보람이라고까지는 생각지 않으려고 노력한다.

나의 작은 행위가 타인에게 도움이 되었을 때도 보람을 느낀다. 그러나 옛날 하던 식으로 봉사 팀에 참여해보면 오히려 젊은이들이 신경을 써서 거기에도 내 자리는 없다는 것을 알게 된다. 의욕에 이끌려 무리하다 보면 주위 사람에게 근심을 끼쳐 몸도 마음도 근신을 하며 살아가게 된다.

그렇다고 내게 보람과 기쁨이 없는 것은 아니다. 내가 살면서 즐거워질 때가 있는데 '어제 몰랐던 것을 오늘 알 때' 이다. 학문적인 지식을 말하는 것이 아니다. 내가 지식이 더 많아진들 무엇이 그리 대단할 것인가. 학자가 될 것인가, 경제 활동을 할 것인가, 정보나 지식에 접하는 일이 그리 즐거운 일은 못 된다. 다만 "맞아, 그거구나. 예전에는 왜 몰랐었지?" 하면서 무릎을 탁 치게 하는 삶의 지혜를 만났을 때 나는 내가 살아 있음에 보람을 느낀다. 내 삶의 질이 조금이라도 나아질 것이기 때문이다.

"예전에 몰랐던 삶의 평범한 진리를 알게 될 때 살아 있는 기쁨을 느낀다고 대답하면 잘난 척하는 게 되겠지? 듣기에 역겹겠지?"

나는 농담조로 대답을 했다. 그런데 그 대답은 사실이다.

주일 설교말씀이나 독서를 통해 귀한 지혜를 얻게 되는데, 책을 광고하는 한 줄의 문구에서 정신 나게 좋은 글을 만나기도 하고,

드라마 대화 속에서도 "옳거니!" 감탄하기도 한다. 대체로 대가족을 이끄는 극중의 어르신들을 통해 작가가 보내는 메시지가 되겠는데, 지나가는 작은 한마디에서 삶의 지침을 발견하고 깨닫는다. 그럴 때 아, 내가 오늘 살아 있는 것이 다행이구나, 이런 걸 몰랐다면 하루를 더 산다 해도 미욱한 인간으로 살아갔겠구나, 하면서 오늘 살고 있는 보람과 기쁨을 느낀다.

어제는 신문의 광고란에서 "내 허락 없이는 아무도 나를 무너뜨릴 수 없다"라는 짧은 광고 문구를 만났다. 내 가슴이 우줄우줄 떨렸다. 환희가 차올랐다. 이렇게 근사한 말이 또 있을까. 누가 모함하고, 누가 비난하고, 누가 유혹해서 내가 추락하는 것이 아니다. 그 모함, 그 비난, 그 유혹에 내가 함몰되는 것이다. '나의 내적인 힘이 약해 무너지는 것이지 외부의 작용이 나를 무너뜨리는 것이 아니다'를 알아낸 날, 나는 왠지 모르게 자신감이 생기는 나를 발견했다.

또 "몸이 백 냥이면 눈이 아흔아홉 냥이다"라는 말에서 눈이란 사물을 보는 것이기 때문에 그만큼 중요하다는 말로 풀이하고 눈을 아끼고 있었는데, 눈이 '시력'이 아니라 '관점'이라는 말인 것을 알아냈고, 이 '관점'은 '가치관' 내지 '인생관'인 것을 터득했을 때 삶에서 어떤 것에 중점을 두고 지켜나가야 몸(자기 인생)을 건강하게 유지할 수 있는지 알게 되어 마음이 즐거워졌다.

이런 날, 나는 살아 있음에 감사를 보낸다.

"쉬어라. 쉬는 것 같지만 그 '쉼' 이 너를 살릴 것이다."

안식의 중요성을 깨달은 날도 나는 행복했다. 안식은 호흡이다. 호흡 없는 질주는 무엇을 가져올 것인가. 오늘 큰애와 저녁밥을 같이 먹으면서 86학번, 41살의 유망한 대학 교수가 자다가 사망했다는 이야기를 나누었다. 그 나이가 아깝고 쌓은 학문이 아까웠다. 쉬었다면, 그가 안식을 지켰다면, 그가 지킨 안식이 그 젊은 학자를 지켰을 것이다.

소신을 지키기란 쉽지 않다. 옳다고 생각하는 바를 지켜나가면 그것들이 결국 그 사람을 지켜나간다. 요즘 한 기업인에게 부적절한 금품을 받은 정치인들이 무더기로 추락할 조짐을 보인다. 정직을 지켜나간 이들은 자기가 지킨 그 정직이 어떤 상황에서도 자기를 지켜준다는 것을 알았을 것이다.

살아가노라면 내가 어제 몰랐던 이러한 삶의 지혜를 곳곳에서 만난다. 나는 이럴 때 내가 살아 있음에 감사한다.

저녁 산책. 솔직히 말해 때로 나서기 귀찮은 날도 있다. 그럴 때 나를 일으켜 세우는 내 안의 소리가 들린다.

'지금 네가 지키는 것들이 너를 지키리라.'

나는 게으름을 떨쳐내고 저녁 산책길에 나선다.

천사

나는 우리 집 근처에 있는 서울영동교회 성도이다. 1998년에 신자 등록을 했으니 11년이 된다. 집사 직분도 받았고 구역장으로 봉사하고 있다. 담임 목사님은 교회 운영에 있어 구역예배에 제일 큰 비중을 둔다. 교역자들뿐 아니라 모든 성도가 사역을 하는 교회. 따라서 모든 성도는 어떤 구역에든 소속이 되어 소그룹 모임에 참여한다.

내가 속한 구역은 논현 5구역이다. 구역원은 인근에 살고 있는 이웃들로 구성되는 것이 원칙이다. 그런데 우리 구역 식구들은 교회를 중심으로 동서남북 원거리 거주자들이다. 그리고 지금까지 구역예배에 참석해본 적이 없는 신참 구역원들이다. 공직생활을 하다가 정년퇴임한 분들을 한데 묶어서 구역을 조직한 것이다. 그리고 연배가 비슷하다는 이유로 이 신설 구역을 내게 맡기신 것이다.

매주 금요일 11시에 구역예배를 드린다. 장소는 주로 교회에서 가까운 우리 집이 된다. 그래서 목요일 밤부터 나는 분주하다. 집 청소도 해야 되고 점심 준비도 한다. 주일 설교 말씀을 인터넷을 통해 다시 한 번 듣고 구역 공과 나눔지를 보며 예습도 한다.

노처(老妻)의 이런 모습이 노부(老夫)의 눈에 안쓰럽게 보였나 보다. 오늘 아침 내가 일하고 있는 조리대 앞으로 가만히 와서는 "구역원들은 천사라오" 뜬금없이 이렇게 말하는 것이 아닌가.

"아브라함이 지나가는 나그네를 정성껏 대접하고 보니 바로 천사였다지 않소? 온갖 축복을 가져다주는 천사 말이오. 그러니 당신이 조금, 아니 많이 힘들겠지만 구역 식구라고 생각 말고 천사라고 본다면 비록 당신이 늙어서 힘이 부치지만 보람을 느낄 거요. 나는 우리의 누거(陋居)에 매주 천사가 찾아온다는 생각에 가슴이 뛴다오."

세상에 이런 신통방통(?)한 말이 어떻게 그의 입에서 나오는가. 나는 대꾸할 말을 잃고 남편의 얼굴만 쳐다보았다.

우리 구역은 구역 나눔지를 끝내면 그때부터 이야기보따리를 풀어놓는다. 교회에서 구역에 요구하는 것도 공과 공부가 아니라 삶의 나눔이다. 서로의 삶을 나누면서 치유를 얻는 것, 상처가 회복되는 것, 같은 공동체로서 일체감을 느끼는 것, 이것이 교회에서 지향하는 구역 모임이다. 구역장이 못 말리는 수다쟁이라 그것도 전염이 되는지 얌전하던 구역원들이 어느 날부터인가 수다의 대열에 끼었다.

사실 70년을 산 여인들에게 쌓여 있는 것이 지나온 삶의 이야기 말고 무엇이 있겠는가.

"우리들이 말이지요. 저마다 다른 삶을 산 것은 우리가 체험하고 경험한 것들이 다른 사람에게 도움이 되라고, 그렇게 나만의 독특한 삶을 산 것이래요. 그러니까 내가 산 세월은 꼭 이야기를 하고 나눠야 돼요. 다른 사람을 치유할 부분이 내가 산 세월 속에 꼭 있거든요."

나는 이렇게 구역원들을 부추긴다. 그러면서 나의 치부(?)부터 풀어놓는다. 중매로 만나 결혼한 남편이 낯설기만 했던 젊은 날. 가정의 뿌리를 깊게 박지 않고는 살 수가 없어서, 천재 시인 이상(李箱)이 "날자, 날자" 하며 현실에서 비상하려고 했던 것처럼 "낳자, 낳자" 하며 아이를 넷이나 낳았다는 이야기. 아이들에게 몰두하느라고 여인들이 일반적으로 겪는다는 이십의 방황, 삼십의 갈등, 사십의 허무, 오십의 비애를 모르면서 지낼 수 있었다는 고백. 그때는 믿음이 없었을 때인데 그럼에도 지켜주신 하나님의 은혜는 생각할수록 감격이라는 것 등등 나는 내 이야기를 솔직하게 털어놓는다.

"행복한 엄마이긴 했는데 행복한 여인은 아니었어요. 내 나이 칠십. 이제라도 행복한 아내이고 싶네요. 웃기죠?" 내가 이렇게 말을 하면 "늘 명랑한 표정이어서 엄청 행복한 여인인 줄 알았는데, 안 그렇다니 왠지 쬐끔 기분이 좋네요. 호호……" 어떤 이는 이렇게 농담으로 받아넘기고, "구역장님의 그 말에서 많은 위로를 받아요" 어떤 이는 진지하게 말을 했다. 하여튼 모두가 유쾌한 웃음을 터뜨렸다.

오늘도 그렇게 구역 모임을 끝냈다.

"안녕히들 가세요, 천사님들!"

현관을 나서는 구역원들에게 이렇게 나는 인사를 했다.

"아니, 웬 천사?"

그들이 의아해하며 물었다.

"우리 집 양반이 구역원들은 천사래요. 아브라함이 맞이했던 천사!"

"우리가 천사라고요? 우와, 기분 좋고 행복해라. 사실 매주 미안했거든요."

장황하게 작별 인사를 나눈 후 설거지며, 청소며, 뒷마무리를 끝내고 나는 공원으로 갔다. 우리가 구역예배를 보는 금요일, 남편은 자리를 피해준다. 부부 구역이면 남자들도 같이 참여하여 저녁 8시에 예배를 드리는데, 논현 5구역은 여성들만의 모임이라 남편은 자리를 피해주는 것으로 협조(?)를 한다. 그래서 외출할 일을 금요일로 잡아놓거나 딱히 갈 만한 곳이 없을 때는 집 근처 영화관에서 영화를 보고 공원으로 와서 걷기를 한다. 저녁 산책을 시작한 이후 공원과 낯이 익어 산책 시간이 아니라도 익숙하게 공원에 드나든다.

공원으로 들어서서 나도 일단 한 바퀴를 돈다. 돌면서 남편을 찾는다. 테니스장에도, 운동 기구가 놓여 있는 곳에도, 벤치에도 남편의 모습이 보이지 않는다. 오늘은 공원에 오지 않은 건가? 어디 다른 곳이라도 간 건가? 전화를 걸어보려고 핸드폰을 꺼내는데, 팔각정에서 어떤 초췌한 청년과 열심히 이야기를 나누고 있는 한 노인이 눈에 들어왔다. 낮 2시에 공원 팔각정에 앉아 있는 청년. 설명이 없이도 알 수 있는 청년의 실의와 낙망을 달래주려는 듯 무언가 이야기를 하고 있는 노인, 남편이었다.

"우리가 살면서 만나는 사람들은 모두 천사라오. 아브라함이 만났던 천사……."

아침에 조리대 앞으로 와서 내게 말했던 남편의 말이 떠올랐다. 그러자 비약의 명수인 내 상상이 활개를 펴고 날아간다. 어쩌면 저이는 지금 청년에게 천사의 역할을 하고 있는지 몰라.

팔각정으로 향하려던 발길을 나는 집으로 돌렸다.

나의 / 가묘 / 앞에 / 서다

시아버님의 기일 추모 예배를 묘소 앞에서 드리고 왔다. 1985년
6월 9일에 소천하셨는데, 자손들이 다 모이기 위해 우리는 공휴일
인 6월 6일 현충일에 유택 앞에서 추도식을 거행한다.

산소는 경기도 광주시 송정리, 작년에 광주시 상하수도 확장 공
사로 묘소 자리가 수용되어 수용되지 않고 남아 있는 위쪽으로 이
장을 하였고, 이장 후 처음 드리는 묘소 참배다.

원래 묘소에는 두 분 양위분이 묻혀 계시고, 저만큼 떨어진 자
리에 부모님보다 먼저 타계한 셋째 시동생이 누워 있었다. 이번에
묘지 조성을 새로 하면서 부모님 묘소 아래로 생존해 있는 세 아드
님의 가묘를 지었는데, 셋째 시동생의 묘소도 형제분들 옆으로 나
란히 옮겨 왔다. 그리고 맨 아래쪽에 유골 24기가 들어갈 수 있는

납골묘도 만들었다.

이렇게 큰 공사를 하게 된 데에는 연유가 있다. 수도 사업소 측에서 산소를 수용하면서 자기들이 필요한 부분만으로 한정을 했고, 우리가 이장한 묘역 경계까지 시설물을 설치하기 때문에 나중에 산역을 하려면 진입로가 없어져서 산소를 만들 때 쓰일 어떤 장비도 운반할 수 없게 된다. 그래서 수도 사업소 시설이 완공되어 길을 막기 전에 가묘도 지어놓았고, 아직은 젊은 손자들이 사후에 들어갈 납골묘까지 지어놓을 수밖에 없었다.

이장을 하게 되면서 가족묘의 형태에 대해 의견이 분분했다. 납골당, 수목장 등 여러 말들이 오고 갔지만, 묘소로 쓸 만한 면적이 위에 남아 있으니 부모님의 유택을 그대로 옮겨 유지하고 싶은 것이 아드님들의 마음이라 그 뜻을 따랐다.

가족묘의 관리는 우리 집 둘째 애가 맡아서 한다. 오늘도 와보니 잡풀 없이 잔디가 곱게 자라고 있었다.

"이장 이후 매월 한 번씩 와서 산소를 돌보고 있어요."

아들이 말했다. 등산하는 마음으로 오기 때문에 힘들지 않다는 말을 빼놓지 않았다. 요즘 젊은이 같지 않게 기특하다고 칭찬을 받지만 그것도 어미 마음에는 짠하다. 어린 시절부터 내가 그렇게 길렀기 때문이다. 내가 아들들을 키우면서 모델로 삼은 것이 군자(君子)였다.

때때로 많은 생각을 한다. 왜 이 번거로운 일을 아이들에게 남겨주어야 하나, 라고…….

더구나 제 부모만이 아니라 조부모님, 삼촌 세 분의 묘소가 한 묘역 안에 있으니 그것이 우리 아이들의 몫이 될 것을 생각하면 짐을 남겨주고 떠나야 할 내 마음이 무거운 것은 솔직한 고백이다. 그러나 이장 산역을 하면서 형제간에, 숙질간에, 사촌간에 한자리에 모여 피붙이의 정을 나누는 모습을 보니, 돌아가신 조상께서 뿔뿔이 흩어져 살고 있는 자손들의 일체감에 구심점이 되는 매장의 선 기능을 인정하게 된다.

그래, 힘들겠지만 협력하여 잘들 가꿔 나가거라. 선산의 묘소 참배를 핑계 삼아 일 년에 두세 번 사촌, 오촌을 만나는 일도 좋지 않겠니? 나는 속으로 말한다.

우리가 장남이라 우리 부부의 가묘는 맨 왼쪽에 있다. 나는 오늘 그 앞에 오래 서 있었다. 내가 누워서 지낼 나의 집이다. 머지않아 이곳으로 오게 되겠지. 땅 위에서 땅 아래로 이사 오는 것이 생명을 가진 자의 인생길이니까……. 땅 위에서 땅 아래로 갈 때 무엇을 가지고 가는가. 베옷 한 벌 걸치고 가겠지?

생명이 다하면 육신의 갈 길은 이렇게 자명하게 보이는데, 육신을 떠난 영혼은 어디로 가게 될까? 심판대 위에서 내려지는 결과에 따라 천국과 지옥으로 나눠져 가게 되는 걸까? 그전에 부모님 묘소를 참배하고 올 때도 그랬지만, 내 가묘 앞에 서보니 죽음이 그리고 죽음 이후의 세상이 더 현실감 있게 다가왔다.

땅 위의 삶. 초로(草露) 같은 것. 무엇을 환희하고 무엇을 절망한단 말이냐. 무엇을 욕심내며 무엇을 미워한단 말이냐. 깊은 통회를 하게 된다. 그러나 무덤 곁을 떠나서 다시 일상으로 돌아가면 나는 여전히 이기적이고, 자기 편리적이고, 기왕의 자기에서 조금도 나아지지 않았었다.

오늘은 내가 들어가 묻힐 자리 앞에서 좀 더 명징하게 삶과 죽음을 통찰한다. 풀잎 끝에 맺혀진 이슬방울처럼, 햇볕이 내리면 금방 사라질 찰나의 인생이 허무하고 허망한 것이 아니라, 짧은 만큼 그래서 더 소중한 것이 아닐까. 귀하게 아끼며 후회 없는 최선을 다할 것을 다짐해본다.

묘소 앞에서 나는 별안간 부자가 된 느낌을 받았다. 돈을 지불하지 않고 받은 것이 아주 많은 부자. 내 존재에 단 한 푼도 지불한 적이 없고, 숨 쉬는 것, 말할 수 있는 것, 듣는 것, 생각하는 것, 느끼는 것에 대가를 치르지 않고 지금까지 살아온 것을 깨달은 것이다.

"임플란트 인공 치아 세 대에 몇 천만 원. 그런데 부모님은 내 치아 스물여덟 개를 공짜로 주셨구나."

누군가 탄식하였다는 말이 피부에 와 닿았다. 무덤 앞에서의 감상이라고 해도 좋다. 내가 평생을 거저 산 엄청 큰 빚의 채무자임을 인식하고 만 것은…….

부모님은 이미 타계하셨으니 갚을 도리가 없지만, 우선 빚진 자를 찾아 하나씩 갚아나가야겠다는 생각을 한다. 여기 나의 묘소 안으로 들어가기 전에 나는 내가 받은 고마움을 모두 갚고 싶구나. 어떻게 해야 가장 좋은 '갚음'의 길이 되려나?

새로 조성된 묘역은 가파른 산길을 꽤 올라가야 한다. 그것도 수도사업소 뒷길을 이용해야 한다. 오늘은 묘소까지의 제법 먼 길을 올라왔고, 주변을 돌보고 산 위로 뻗은 등산로까지 걸었으니 그 것으로 저녁 산책을 대신해도 무방하리라.

무덤을 끼고 걷는 일은 공원 산책에서 느끼지 못했던 여러 가지를 생각하게 했다. 산다는 것, 죽는다는 것, 그리고 죽음 너머의 세상까지…….

나를 / 다스리시는 / 이

비가 내려도 운치 있는 날이 있다. 새색시같이 내리는 비나 열여섯 소녀같이 오는 비다. 아니면 서른 살 여인의 농염이 묻어 있는 비다. 어느 것이 새색시 같고 열여섯 소녀 같은 비냐고 묻는다면 명쾌하게 대답할 말이 없다. 현상이 아니라 느낌이기 때문이다. 날씨는 흐리되 무겁지 않고, 내리는 모습이 얌전하고 수줍게 자근자근 내리면 소녀 같거나 새색시 같다고 느껴진다. 또 빗줄기가 풍성하나 부드럽고 조신하면 살집 좋은 여인네가 연상된다. 그런 날은 기분이 좋다. 퍼붓듯이 쏟아지는 비는 또 얼마나 장쾌한가. 속까지 씻어내는 듯 시원하고 상쾌하다. 나는 비 오는 날을 좋아한다.

오늘은 하루 종일 흐리고 비가 내렸다. 무덥고 음습하다. 심통

사나운 여인 같고, 심술을 부리는 남정네 같은 느낌의 비다. 이런 날의 비도 나쁘지는 않다. 애호박을 썰어 넣고 밀전병을 부치거나 감자를 찐다. 대낮인데도 어두우니 낮잠 자기에 제격이다. 이불을 뒤집어쓰고 잠을 청하다 말고 우산을 들고 산책길에 나섰다.

날씨 탓인지 기분이 무겁다. 낮게 가라앉은 마음이 꿈틀댄다. 심사가 요동을 친다는 말이 되겠는데, 한번 발동이 걸리면 걷잡을 수 없는 것이 내 심사다. '감사' 라는 포장에 묶여 숨죽이고 있던 것들이 작은 틈새를 만나면 때를 기다렸다는 듯이 비집고 나와서 활개를 치며 나를 울적하고 비참하게 만든다. 세상에 대한 불만이나 사람에 대한 미움을 솟아나게 하는 것이 아니다. 오직 나 자신을 향한 자괴감, 열패감에 빠트리는 것이다.

74년의 인생, 그렇게 우매한 편도 아닌데 살아오면서 한 것들이 온갖 시행착오뿐이었다. 내 탓이 대부분이지만 더러 남의 탓도 있었다. 그런데 나라는 위인은 모든 것을 '내 탓' 으로 몰고 가는 자학의 기질이라 자신을 힘들게 한다. 후회하고, 반성하고, 절망도 하고, 비판도 한다. 마음을 단단히 다잡고 있지 않으면 이런 복잡 다단한 갈등 속으로 빠져들기 일쑤이다.

그러나 나는 자기 방어의 수단인 자구책에 능하다. 그리고 비겁할 정도로 평화와 타협을 한다. 그래서 요동치는 내 심사를 피해 간다. 다독이며 가라앉힌다. 비장의 무기로 다스리는데, 그 비장의 무기가 '감사' 와 '위안' 이다.

아침에 자리에서 눈을 뜨면 팔다리 어깨허리를 움직여본다. 아무 데도 아픈 곳이 없다. 위도 눌러보고 배도 만져본다. 역시 아프지 않다. 나는 그것 하나로 오늘 하루를 감사하기로 한다.

"오늘 육신이 아프지 않은 것 하나로 다른 어떤 기원도 하지 않게 하소서."

침상에서 하는 나의 간구이다.

육신보다 더 아픈 것이 정신의 고통이라고 하지만 나는 아니다. 육체가 아픈 것이 마음이 아픈 것보다 더 참기 어려운 고통이라는 것을 경험을 통해 안다. 내 경우 마음의 고통은 내가 결심을 하고 막으면 침노하는 힘이 약해졌다. 그러나 육체의 아픔은 내 거부를 뛰어넘는 것이었다. 그래서 나는 몸의 통증이 무섭다. 아무 데도 아픈 곳이 없는 것, 나는 그것 하나로 하루를 감사하기로 작정을 하며 매사에 감사한다.

나는 〈전도서〉 저자의 '하늘 아래 새로운 것도 없고 영구한 것도 없다'는 가르침으로 나를 달랜다. 빛나는 것들이 얼마를 가랴? 기껏 무덤에 들어가기 전까지의 향연이다. 이런 '위로'로 내 시행착오를 변호하느라 안간힘을 쓴다. 이것이 내 평화 전략이다. 그럼에도 초연하고 평온한 나의 일상의 저 아래는 해결되지 않은 상처들이 엉켜 생존하고 있는지 틈새가 조금만 보이면 수면 위로 솟구치는 것이다.

산책에 익숙해지면서 체중 조절이라든가 운동이라든가 건강에 목적을 두지 않으니 비로소 산책이 눈에 보였다. 그냥 걷는 것이다. 바쁠 것도 없고 목적지도 없다. 익숙한 흙길 위를 두 발이 움직이는 대로 몸을 맡기는 것이다. 머리도 비우고 마음도 비운다. 몸의 긴장도 풀어지고 마음도 느슨해진다. 그럴 때 놀라운 경험을 하게 되는데, 예기치 않은 '해후상봉'이다. 명부를 달리한 지 오래인 아버지도 만나고 어머니도 만난다. 때로는 한 번도 본 적이 없는 역사 속의 인물과도 만나게 된다. 이렇게 만난 이들이 친구가 되어 나와 동행한다. 동행하면서 이야기를 나눈다.

오늘은 느닷없이 구약 선지서에 나오는 〈에스겔〉이 내 옆으로 왔다. 오면서 함께 걷는다. 날씨 탓인가. 그리고 시행착오를 범했던 자괴감, 열패감으로 참담해졌었기 때문인가.

오늘은 에스겔이 동행자가 된다.

하루아침에 바벨론으로 끌려가서 포로가 된 서른 살의 에스겔, 조국에서라면 제사장인데 수로 공사를 해야 하는 포로가 되었다. 감독의 채찍이 그의 등을 때린다. 목마름과 배고픔과 학대로 한 마리 짐승으로 전락한다. 그러나 육체에 가해지는 이런 고통은 인간의 자존감에 입히는 모멸에 비하면 아무것도 아니다. 그는 목마름과 배고픔보다 수모에 몸서리를 친다.

나는 누구인가. 제사장인 내가 참 나인가. 아니면 이 수로 공사장의 노예인 내가 참 나인가. 내 의지와 상관없이 제사장에서 포로로 전락된 나. 도대체 나는 어떤 보이지 않는 힘에 밀려 이곳으로 끌려와 채석장의 돌을 쪼아대고 있는가. 나를 다스리는 이는 누구인가.

절규하는 그의 눈에 하늘이 열리고 그는 하나의 환상을 보게 되는데, 거기서 세상을 다스리고 계신 초월자를 본다. 일을 진행하시는 그분의 선하신 목적과 그 목적을 이뤄드리는 피조물들의 생을 본 것이다. 그 이후 그는 포로라는 신분에 갈등하지 않고 주어진 여건에서 최선을 다한다. 자기를 포로로 끌려오게 한 초월자의 목적에 순응한 것이다. 이후 그는 하늘의 뜻을 세상에 알리는 선지자가 된다.

나는 잠시 포로 에스겔이 부르짖었던 그의 절규를 따라 해본다. 나는 누구의 다스림을 받고 이 시점까지 왔는가. 나도 잘되고 싶고, 부자이고 싶고, 자식들도 다 출세하기를 원한다. 그리고 그 길에 나름대로 힘써왔다. 정말 열심히 애썼다. 만일 내가 나를 다스리는 사람이었으면 내 소원대로 되었을 것이다. 그러나 나는 잘되어 있지 않고, 부자도 아니고, 자식들은 지극히 평범하다. 모두가 내 탓인가. 거의 내 탓일 것이다. 그러나 그렇게 가도록 물꼬를 파놓은 분의 작용이 있었지 않을까?

"제가 위인이 미련하여 교만 방자할 것이 분명하니 그를 막으려 하신 것입니까?"

나는 하늘을 향해 묻는다.

"아니다."

“그러면 어째서입니까?”

“내게는 세상에서 중히 여기는 것들이 하나도 중요하지 않기 때문이다. 성공한 사람이나 성공하지 못한 너의 삶이 도무지 다르지 않구나.”

“그러면 무엇이 중요합니까?”

“세상에 나올 때 받은 목적을 깨닫고 그 목적을 이루는 삶이다.”

이제 나의 저녁 산책은 몸무게를 줄이려는 체중 감량 때문이 아니라 이렇게 나를 다스리는 이를 만나기 위해 가는 길이다. 그리고 나를 세상에 내놓으신 이의 목적을 깨닫고 그 목적을 이루기를 다짐하는 길이다.

나는 / 다시 / 엄마이고 / 싶다

오후 3시는 한가하다. 점심은 먹었고 저녁밥을 짓기에는 이른 시간이다. 추석 연휴의 마지막 날. 여덟 살짜리 손녀의 손에 이끌려 공원으로 향한다. 추석이 지난 바람이 제법 소슬하다. 걷기에 알맞은 기온이다. 공원을 한 바퀴 돌려고 하는데 아이가 그네를 타겠다고 조른다. 넓지 않은 공원이라 놀이터가 있을 줄은 생각도 못했다. 그도 그럴 것이 어두운 저녁시간에 계단을 도는 데에만 열중하였으니 공원 끝에 붙어 있는 놀이터는 무심하게 지나칠 수 있는 일이었다. 아이를 따라가 보니 미끄럼틀과 그네 두 대가 있다. 아이를 그네에 앉히고 살살 밀었다. 여덟 살짜리는 할미가 미는 것이 성에 차지 않는 모양이다.

"할머니, 쎄게…… 멀리, 높이 뜨게 쎄게 밀어봐" 사뭇 고함을 친다.

그래. 멀리멀리 높이높이 앞으로 나가보거라. 나는 있는 힘껏 민다. 그네는 앞으로 나간 만큼 꼭 그만큼 뒤로 물러선다. 처음엔 무심했는데 반복해서 밀다 보니 내가 민 것만큼 뒤로 밀리는 것이 재미가 났다. 앞으로 전진한 것만큼 뒤로 후진하는 그네. 문득 어떤 가닥 하나가 머릿속에 잡힌다.

나는 한 달 가까이 일주일에 한 번 여고 선후배들의 사랑방 게시판에 '나는 엄마이고 싶다' 라는 제목으로 글을 쓰고 있다. 그런데 결미를 짓지 못하고 두 주를 넘겼다. 그냥 일회성 글로 쓸 것을 지지부진하게 이것저것 쓰다 보니 마지막 정리에서 왜 '엄마가 되고 싶은지' 공감을 가져올 논리 전개가 미흡했다. 그래서 고심에 고심을 하고 있었는데, 오늘 손녀딸이 타는 그네를 보니 서두의 실마리가 풀릴 듯한 예감이 든다. 손으로 그네를 밀며 머리로는 글을 전개해본다. 먼저 두 발을 힘차게 구르며 그네를 앞으로 멀리 올리던 내 모성의 전진으로부터 이야기를 시작하면 되려나?

1963년 첫아이를 낳고 1971년 막내를 낳은 이래, 그리고 1989년 첫아이를 결혼시킨 후 2000년 미혼인 아이마저 모두 분가시킨 그 40년 가까이, 나는 오로지 어미로서만 살았다. 엄마라는 책임과 의무를 말하는 것이 아니라 엄마의 마음으로 살았다는 말이 되겠다.

두 딸을 잃고 허물어지는 젊은 엄마를 겪었던 소녀 시절의 독특한 체험은 자식을 잃는다는 것이 어미에게 얼마나 가혹한 것인지를 너무 일찍 알게 했고, 자식을 잃는 일만 아니면 어떤 어려움도 다 참을 만한 것이라는 생각에서 벗어나지 못했다. 잘생긴 것? 공부 잘하는 것? 키 큰 것? 부자 되는 것? 출세하는 것? 이런 것은 안중에도 없었다. 그저 건강하게 오래 살자. 하루하루 즐겁고 행복하자. 오직 이 마음뿐이었다.

살아 움직이는 것은 파리도 모기도 죽일 수가 없었다. 창문을 열고 훠이훠이 밖으로 쫓아냈다. 마당에 수없이 올라오는 잡초도 뽑아버리지 못했다. 생전에 아버지께서는 모진 말은 살생이라고 가르치셨다. 잡초도 뽑지 못하는 마음으로 내 혀를 다스리고자 애썼다. 늘 부드럽고 따뜻한 말을 입에 달았다. 수양으로도 종교로도 할 수 없는 일들이 자식을 위해서는 수월하게 되었다. 욕심도 분노도 엄마의 마음 밭에서는 싹을 틔우지 못했다. 그때, 엄마의 마음으로 살 때, 나는 겸허했다.

자, 이제는 앞으로 나간 그네가 그 힘만큼 뒤로 물러나는 이야기다.

아이들이 다 떠난 집에서 나는 이제 엄마라는 자리를 거둬들이기로 작정했다. 이제는 각자 제 인생이다. 제가 짊어지고 제가 책임져야 할 제 몫이다. 떠나간 자식을 향한 끈을 내가 먼저 놓아야 될 것 같았다. 그렇게 하는 것이 사랑이니까, 곁에 있을 때 사랑하는 것보다 떠난 자식에 대한 사랑을 멈추는 것이 더 큰 사랑이니까. 사랑이라는 이름으로 결심하니 끈을 놓는 일 또한 너무도 수

월히 되었다.

양가 부모님들도 다 타계하시고, 아이들은 제 갈 길로 가고, 나는 50여 년 만에 나만의 삶을 살게 되는 홀가분함이랄까, 벗어남이랄까, 누구의 자식도 아니고, 누구의 부모도 아니고, 본연의 나 자신으로서만 살아도 되는 새 경험에 취하고 말았다. 그것은 얼마든지 구가해도 좋은 신나는 삶이었다. 거짓말처럼 자식들을 잊어갔다. 찾아온다고 하면 귀찮다고 거절했다.

"저, 아무개예요" 전화에서 아이가 말하면 "누구라고? 맞아, 맞아, 그거 내 아들 이름이었어" 이렇게 건방을 떨었다. 나는 정말 근사한 어미로구나, 기를 때는 기르는 일에 올인 하더니 결혼시키고 나서는 이렇게 멋지게 잊어가니 말이다. 이런 마음으로 수년을 지내는 사이, 당연한 일로 아이들도 어미를 잊어갔다. 조금도 섭섭하지 않았다. 내가 의도한 바니까. 솔직히 고백하면 나는 두려웠던 것이다. 흔히 말하는 결혼한 아들들의 부모에 대한 외면, 무관심이 무서웠던 것이다. 거기에 상처를 받고 목숨보다 귀히 여기던 자식들을 미워하게 될까 봐 겁이 났던 것이다. 내가 먼저 버리자. 내가 먼저 떠나자. 가엾은 자구책이었다.

나는 글을 쓰면서 만난 문우들과 친교를 나누며 온갖 세미나에 참석하면서 즐겁게 지내고, 새로 배우기 시작한 우리 춤에 빠져 새로운 감성에 도취되어 황홀했다. 엄마라는 역할의 그네를 두 발 힘껏 앞으로 밀어 높이 떴던 거리만큼 엄마의 역할을 벗어나는 뒷

걸음도 그만큼 힘찼던 것이다. 그것은 신나는 전진이었고 기분 좋은 후진이었다.

이 통쾌한 독립, 상쾌한 후퇴를 즐기던 어느 날, 정확히 말해 2007년 봄부터 조금씩 달라져가는 내 모습을 발견하고 내가 먼저 놀라게 된다. 내 안에 어느새 사소한 일에 대한 분노가 자리 잡고 있는 게 아닌가.

누군가가 내게 한 대로, 그러니까 내가 받은 대로 그대로 돌려주는 편협과 작은 일에도 자존심에 상처를 입으며, 이 세상이 덜 불쌍하고, 덜 가슴 아프고, 오래 친하던 친구가 섭섭히 군 것에 참지 못하여 절교를 선언하고, 나를 비난하는 메일에 격분하여 마음에서 또 다른 친구를 추방하고……, 경망스럽고 치졸하기 짝이 없는 작태를 이어가는 것이었다. 아이들을 기를 때 그 조심스럽던 나를 떠올리면 상상도 하지 못할 일이었다.

정말 내가 시시한 인간으로 전락하는구나. 깊은 자괴감에 빠졌던 날, 해결책으로 떠오른 것이 모성의 회복이었다. 바로 '다시 엄마이고 싶구나' 이다. 장성하여 가장이 되어 있는 아들들에게 엄마 노릇을 하고 싶다는 것이 아니라, 엄마만이 가질 수 있는 그 끝 간 데 없는 사랑의 마음, 어떤 것이라도 무엇이든지 용납했던 그 넉넉한 마음, 그 엄마의 마음을 되찾고 싶은 것이다. 나는 정말 다시 엄마이고 싶었다.

마침 한 해가 저물어가는 시점이었다. 지난 일 년을 검토하는 작업을 하면서, 유난히 악수(惡手)를 많이 둔 패작의 날들을 부끄러워하면서, 새해에 내가 지향해야 할 덕목은 세상을 향한 엄마의 마음을 가져야겠다는 깨우침이었다. 아이들을 길렀을 때의 그 마음으로 존재하는 모든 것을 대하고 싶다. 다시 엄마이고 싶다. 정말 엄마이고 싶다.

공원에는 어느 사이 아이들을 데리고 나온 엄마들의 모습이 눈에 들어온다. 유모차에 아이를 태우고 서서히 밀고 가는 젊은 엄마, 걸음마를 시작했는지 불안전하게 발을 떼는 아이를 대견하게 바라보고 있는 엄마, 아이와 함께 배드민턴을 치는 엄마, 맑은 하늘 위로 그보다 맑은 웃음소리가 퍼져나간다. 이보다 더 아름다운 그림이 어디 있는가. '아이와 엄마가 있는 풍경'을 홀린 듯 쳐다보고 있는데 손녀딸의 외치는 소리가 상념을 깬다.

"할머니, 뭘 해? 밀지 않고."

"알았어. 이번엔 정말 멀리 간다아!"

나의 유쾌한 대답이 공원 안에 퍼진다.

사람, 참 따뜻하다 유선진 산문집

2009년 11월 17일 초판 2쇄 발행
2009년 10월 26일 초판 1쇄 발행
지은이 유선진

펴낸이 이원중 책임편집 김재희 디자인 이유나 출력 경운출력 인쇄 · 제본 상지사
펴낸곳 지성사 출판등록일 1993년 12월 9일 등록번호 제10 - 916호
주소 (121 - 829) 서울시 마포구 상수동 337 - 4 전화 (02) 335 - 5494~5 팩스 (02) 335 - 5496
홈페이지 www.jisungsa.co.kr 블로그 blog.naver.com / jisungsabook 이메일 jisungsa@hanmail.net
편집주간 김명희 편집팀 조현경, 김재희, 김찬 디자인팀 이유나, 박선아 영업팀장 권장규

ⓒ 유선진 2009
ISBN 978 - 89 - 7889 - 208 - 7 (03810)

이 도서의 국립중앙도서관 출판시도서목록(CIP)은 e-CIP 홈페이지(http://www.nl.go.kr/ecip)에서 이용하실 수 있습니다.
(CIP제어번호: CIP 2009003185)